Chester
Himes

# Fenstersturz
in Harlem

*Zu diesem Buch*

Big Joe Pullen ist tot, und während der Trauerfeier stürzt ein Mann aus dem Fenster auf die Straße hinunter. Aber er bleibt unverletzt: Er ist in einen Korb mit frischem Brot gefallen ... Zufälle gibt es auch anderswo; das ist noch nicht typisch für Harlem (wenn auch hier die glücklichen Zufälle ziemlich selten sind). Doch wenige Minuten später liegt ein anderer Mann in demselben Korb. Ein toter Mann. Ein Mann mit einem Messer in der Brust.

Grave Digger und Coffin Ed gelingt, was andere nicht geschafft hätten. Sie klären ihren Fall – indem sie Dinge tun, auf die ein weißer Polizist nicht gekommen wäre; indem sie Motive aufdecken, die außerhalb Harlems kaum denkbar sind.

»Wer Chester Himes' Krimis liest, taucht ab ins tiefste Harlem ... Hier harrt ein Klassiker seiner Entdeckung.« *Annabelle*

*Der Autor*

Chester Himes wurde 1909 in Jefferson City, Missouri, in eine gutbürgerliche Familie hineingeboren. Aus dem College wurde er hinausgeworfen, und schließlich kam er wegen eines Juwelendiebstahls ins Gefängnis. Hier sammelte er den Stoff für seine späteren Romane. Nach seiner Entlassung ging er 1953 nach Europa. Mit seiner Serie von Harlem-Krimis, die seit Ende der fünfziger Jahre erschienen sind, hatte er in Europa großen Erfolg. Chester Himes starb 1984 in Spanien.

Weitere lieferbare Titel im Unionsverlag: »Lauf Mann, lauf!« sowie »Der Traum vom großen Geld«.

*Der Übersetzer*

Manfred Görgens reiste ausgiebig in Asien und studierte Kunst in Düsseldorf. Anschließend spezialisierte er sich auf Fotografie und schrieb mehrere Reiseführer. Seit einigen Jahren arbeitet er als freiberuflicher Lektor und Journalist.

# Chester Himes

# Fenstersturz in Harlem

Deutsch von
Manfred Görgens

Unionsverlag
Zürich

Die französische Erstausgabe erschien 1959 unter dem Titel
*Couché dans le pain* bei Éditions Gallimard, Paris.
Die Übersetzung erfolgte nach der amerikanischen Ausgabe
*The Crazy Kill* von 1989, erschienen bei
Vintage Books Edition, New York.

*Auf Internet*
Aktuelle Informationen
Dokumente über Autorinnen und Autoren
Materialien zu Büchern
Besuchen Sie uns:
*http://www.unionsverlag.ch*

Unionsverlag Taschenbuch 131

Rieterstrasse 18, CH-8059 Zürich
Telefon 0041-1 281 14 00, Fax 0041-1 281 14 40

Umschlaggestaltung: Heinz Unternährer, Zürich
Druck und Bindung: Clausen & Bosse, Leck
ISBN 3-293-20131-8

Die äußersten Zahlen geben die aktuelle Auflage
und deren Erscheinungsjahr an:

1 2 3 4 5 - 01 00 99 98

# 1

Es war vier Uhr morgens, am Mittwoch, dem 14. Juli, in Harlem, USA. Die Seventh Avenue lag so dunkel und verlassen da wie ein verhexter Friedhof.

Ein Farbiger machte sich gerade daran, einen Geldsack zu stehlen.

Es war ein kleiner weißer Leinensack, oben mit einer Kordel zugebunden. Er lag auf dem Vordersitz einer Plymouth-Limousine, die in zweiter Reihe vor einem A&P-Lebensmittelladen in der Mitte des Blocks zwischen 131st und 132nd Street geparkt war.

Besitzer des Plymouth war der Manager der A&P-Filiale. Im Sack befanden sich Silbermünzen, die als Wechselgeld dienen sollten. Da der Parkstreifen mit chromblitzenden Straßenkreuzern zugepflastert war, hatte der Manager seinen Wagen nur kurz in zweiter Reihe abgestellt, um den Laden aufzuschließen und das Geld im Safe zu verstauen. Zu so früher Stunde wollte er nicht riskieren, mit einem Geldsack unter dem Arm auch nur einen Häuserblock in dieser Gegend entlangzumarschieren.

Wenn der Manager morgens aufkreuzte, stand bereits ein farbiger Wachposten vor dem Laden. Bis der Manager eintraf, hielt er ein Auge auf die Kartons und Kisten voller Konserven, Lebensmittel und Gemüse, die der A&P-Lieferwagen auf dem Bürgersteig abgeladen hatte.

Aber der Manager war ein Weißer, der auch dann kein Vertrauen in die Straßen Harlems hatte, wenn dort ein Polizist auf Streife ging. Sein Argwohn erwies sich als vollauf berechtigt.

Als er vor der Ladentür stand und gerade den Schlüssel aus seiner Tasche ziehen wollte – direkt neben ihm der farbige Polizist –, schlich sich der Dieb hinter den geparkten Autos heran, streckte seinen langen, nackten, schwarzen Arm durch das offene Fenster des Plymouth und ließ sang- und klanglos den Münzsack mitgehen.

Der Manager warf zufällig genau in diesem Moment einen Blick über die Schulter, als die gebückte Gestalt des Diebes, die da die Straße entlangstrich, hinter einem parkenden Wagen verschwand.

»Stehenbleiben, du Dieb!« schrie er. Schon aus Prinzip ging er davon aus, daß der Mann nur ein Dieb sein konnte.

Die Worte waren dem Manager noch kaum über die Lippen gekommen, da rannte der Dieb schon nach Leibeskräften davon. Er trug ein abgewetztes dunkelgrünes T-Shirt, ausgebleichte Jeans und vor Schmutz starrende Turnschuhe, eine Kluft, die genau wie seine Hautfarbe so sehr mit dem schwarzen Asphalt verschmolz, daß man ihn nur schwer erkennen konnte.

»Wo ist er denn hin?« fragte der Polizist.

»Da hinten läuft er!« tönte es von oben.

Der Manager und der Polizist hörten die Stimme, doch keiner blickte hoch. Ihnen war ein dunkler Schatten aufgefallen, der in einer scharfen Kurve in die 132nd Street einbog, woraufhin beide gleichzeitig die Verfolgung aufnahmen.

Die Stimme gehörte einem Mann, der in einem erleuchteten Fenster in der zweiten Etage stand – dem einzigen erleuchteten Fenster in diesem Block fünf- und sechsstöckiger Häuser. Hinter der vom Licht umrissenen Gestalt des Mannes waren die schwachen Laute einer Jam Session zu hören, die irgendwo in den Tiefen der Räume stattfand. Die leidenschaftlichen Schnörkel eines Tenorsaxophons erklangen im Takt der Füße, die unten aufs Straßenpflaster schlugen, und die Baßläufe eines Pianos wogten im Widerhall zum sanftdumpfen Donnern einer Pauke.

Die Silhouette wurde kürzer und kürzer, als sich der Mann weiter und weiter aus dem Fenster lehnte, um die Verfolgungsjagd zu beobachten. Was zuerst nach einem hageren großen Kerl aussah, verwandelte sich nun allmählich in einen untersetzten Zwerg. Und der Mann lehnte sich noch weiter hinaus. Als der Polizist und der Manager um die Ecke bogen, hing er so weit aus dem Fenster, daß seine Silhouette kaum noch einen halben Meter maß. Von der Taille aufwärts ragte die Gestalt schon hinaus.

Dann folgten die Hüften. Das Hinterteil schob sich ins Licht wie eine gemächlich anrollende Welle, kippte dann über die Fensterbank, während sich Beine und Füße langsam in die Lüfte erhoben. Für einen beträchtlich langen Augenblick klebte diese Silhouette aus zwei von Füßen gekrönten Beinen in dem gelbleuchtenden Rechteck. Dann verschwand sie langsam aus dem Blickfeld, wie eine Leiche, die kopfüber ins Wasser gleitet.

Der Mann fiel in Zeitlupe, weiterhin vornüber gebeugt, so daß er sich langsam in der Luft überschlug. Ein Stockwerk tiefer flog er an dem Fenster vorbei, dessen schwarze Lettern verkündeten:

STEH AUFRECHT, HEB MAL RICHTIG AB
SALBE DEINE LIEBESÄPFEL
MIT VATER AMORS ORIGINAL
ADAMSABALSAM
LÖST ALLE LIEBESPROBLEME

Neben den Kartons und Kisten befand sich ein langer Weidenkorb mit frischem Brot. Die großen, teigig-weichen Laibe waren in Wachspapier eingepackt und Stück für Stück wie Wattepakete aufgestapelt.

Der Mann landete ausgestreckt auf seinem Rücken, genau auf der Matratze aus weichem Brot. Rings um den Körper, der in das warme Brotbett einsank, flogen die Laibe auf wie die Gischt schäumender Wellen.

Nichts regte sich. Nicht einmal die laue Morgenluft.

Das erleuchtete Fenster oben war leer. Die Straße lag verlassen da. Der Dieb und seine Verfolger waren in der Nacht Harlems verschwunden.

Zeit verstrich.

Allmählich bewegte sich die Oberfläche des Brothaufens. Ein Brot erhob sich und kullerte über den Rand des Korbes auf den Bürgersteig, als würde der ganze Brothaufen überkochen. Ein weiteres zerquetschtes Brot folgte dem ersten.

Langsam erhob sich der Mann aus dem Korb, wie ein Zombie, der aus dem Grab aufsteigt. Kopf und Schultern erschienen zuerst. Dann griff er nach den Rändern des Korbes und reckte den Oberkörper hoch. Er streckte ein Bein hinaus und tastete mit seinem Fuß nach dem Bürgersteig. Der war immer noch da. Er belastete seinen Fuß ein wenig, um den Untergrund zu prüfen. Der Gehsteig hielt stand. Also legte er den zweiten Fuß über die Kante aufs Trottoir und stand auf.

Als erstes rückte er seine goldumrandete Brille auf der Nase zurecht. Dann tastete er die Hosentaschen ab, um zu prüfen, ob er etwas verloren hatte. Alles schien noch an seinem Platz zu sein – Schlüssel, Bibel, Messer, Taschentuch, Brieftasche und das Fläschchen mit Kräutermedizin, die er gegen seine nervösen Magenbeschwerden nahm.

Anschließend klopfte er so energisch seine Kleider ab, als klebten noch Brotlaibe daran. Dann nahm er einen kräftigen Schluck von seiner Nervenarznei. Sie schmeckte bitter-süß und stark nach Alkohol. Mit dem Handrücken wischte er sich über die Lippen.

Schließlich blickte er nach oben. Das erleuchtete Fenster war noch da, aber irgendwie erschien es ihm seltsam – wie ein zahnloser Kiefer.

## 2

Deep South röhrte mit heiserem Baß: *»Steal away, daddy-o, steal away to Jesus …«*

Seine fleischigen schwarzen Finger griffen wie wahnsinnig in die weißen Tasten seines mächtigen Pianofortes. Susie Q. drosch aus seiner Pauke den Rhythmus heraus, und Pigmeat gab seinem Tenorsaxophon Zunder.

Das große Luxuswohnzimmer des Apartments in der Seventh Avenue war vollgestopft mit Freunden und Verwandten von Big Joe Pullen, die dessen Dahinscheiden betrauerten.

Mamie Pullen, die schwarzgekleidete Witwe, wachte über das Servieren der Erfrischungen.

Dulcy, derzeitige Gattin von Big Joes Patensohn, Johnny Perry, wanderte im Zimmer umher und schien nur so zur Zierde da zu sein, während Alamena, Johnnys Ex-Frau, sich nützlich zu machen versuchte.

Doll Baby, eine Süße aus dem Varieté, die eine heimliche Schwäche für Dulcys Bruder Val hatte, war bloß hier, um zu sehen und gesehen zu werden.

Chink Charlie Dawson, der wiederum eine Schwäche für Dulcy hatte, hätte besser mit Abwesenheit glänzen sollen.

Die anderen trieften nur so vor Kummer, wenn nicht aus tiefstem Herzen, so dank ihres Alkoholpegels, und weil einem bei der drückenden Hitze das Trauern so wunderbar leicht von der Seele ging.

Die Schwestern der Holy-Roller-Gemeinde weinten und klagten und rieben sich ihre blutunterlaufenen Augen mit schwarzgesäumten Taschentüchern.

Speisewagenkellner lobten ihren verstorbenen Chef in den Himmel.

Bordelldamen schwelgten in Memoiren an ihren einstigen Freier.

Und die alten Zockerfreunde wetteten darauf, daß er gleich bei der ersten Runde den Volltreffer landen und einen Platz im Paradies kassieren würde.

Eiswürfel klirrten in randvollen Halblitergläsern mit Ginger-Ale-Bourbon, Cola-Rum und Gin-Tonic. Alle tranken und aßen. Essen und Drinks waren ja gratis.

Die blaugraue Luft war vor Rauch so dick wie Erbsensuppe, angereichert mit dem stechenden Geruch von billigem Parfüm und Treibhauslilien, dem Mief schwitzender Körper und dem Dunst von Alkohol, brutzelndem Essen und schlechtem Atem.

Der große bronzierte Sarg ruhte auf einem Gestell vor der Wand zwischen dem Piano und der Truhe für TV- und Musikanlage. Um einen hufeisenförmigen Lilienkranz waren Blumen arrangiert, ganz so, wie beim Kentucky Derby der Siegergaul umkränzt wurde.

Mamie Pullen sagte zu Johnny Perrys junger Frau: »Dulcy, ich muß mit dir reden.«

Trauer und Sorge lasteten schwer auf ihrem normalerweise sanften braunen Gesicht, das umrahmt war von ihrem glattgekämmten, zu einem festen Dutt geknoteten grauen Haar.

Dulcy sah sie unwillig an. »Sakra, Tante Mamie, kannst du mich denn nie in Ruhe lassen?«

Mit aller Gewalt versteifte sich Mamies großer, dürrer, ans Schuften gewöhnter alter Körper, der in einem schwarzen, über den Boden schleifenden Satinkleid von anno dazumal steckte. Sie sah aus, als wäre sie mit allen Wassern gewaschen und hätte jede Wäsche unbefleckt überstanden.

Einem plötzlichen Impuls folgend, packte sie Dulcy am Arm, bugsierte sie ins Bad, zog die Tür hinter sich zu und verriegelte sie.

Doll Baby hatte die beiden aufmerksam vom anderen Ende des Zimmers beobachtet. Sie ließ Chink Charlie stehen und nahm Alamena beiseite. »Hast du das gerade gesehen?«

»Was gesehen?« fragte Alamena.

»Mamie hat Dulcy mit aufs Scheißhaus genommen und die Tür abgeschlossen.«

Alamena betrachtete sie mit plötzlicher Neugier. »Und was weiter?«

»Wieso tun die so geheimnisvoll?«

»Woher, zum Teufel, soll ich das wissen?«

Doll Baby runzelte die Stirn. Das milderte ein wenig ihren dümmlichen Gesichtsausdruck. Sie war vom Typ dunkles Model, schlank, sonnenverwöhnt und niedlich. Sie trug ein knallenges, grell orangefarbenes Seidenkleid und war dermaßen mit schwerem Modeschmuck behängt, daß sie, mal eben ins Wasser gestoßen, flugs auf den Grund des Ozeans gesunken wäre. Sie arbeitete bei der Tanztruppe im Small's Paradise Inn, und genauso sah sie auch aus.

»Das finde ich bei so einer Gelegenheit doch reichlich komisch«, beharrte sie und fragte dann verstohlen weiter: »Soll Johnny denn was erben?«

Alamena hob die Augenbrauen. Sie rätselte, ob Doll Baby etwas mit Johnny Perry vorhatte. »Warum fragst du ihn nicht selbst, Süße?«

»Das muß ich nicht. Ich kann's mir auch von Val erzählen lassen.«

Alamena grinste bösartig. »Vorsicht, Mädel. Dulcy ist verdammt eigen, wenn es um die Frauen ihres Bruders geht.«

»Alte Schlampe! Sollte sich lieber um ihren Kram kümmern. Ein Skandal, wie scharf sie auf Chink ist.«

»Beim Skandal bleibt's wohl nicht, jetzt, wo Big Joe tot ist«, sagte Alamena ernst. Ein Schatten zog über ihr Gesicht. Früher war sie genauso ein Typ wie Doll Baby gewesen, doch zehn Jahre gehen nicht spurlos vorüber. Zwar machte sie in ihrem dunkelvioletten, hochgeschlossenen Seidenjerseykleid immer noch eine gute Figur, aber ihre Augen waren die einer Frau, der vieles gleichgültig geworden war.

»Val hat nicht das Kaliber, um mit Johnny fertig zu werden, und Chink schmeißt sich an Dulcy ran, als wäre er erst zufrieden, wenn man ihn eines Tages umnietet.«

»Eben das kapier ich nicht«, sagte Doll Baby leicht verwirrt. »Wieso trägt er hier so dick auf? Nur um Johnnys Puppe anzubaggern?«

Alamena seufzte und fummelte unwillkürlich am Kragen herum, der ihren Hals umschloß. »Es sollte ihm lieber jemand sagen, daß Johnny eine Silberplatte im Kopf hat, die ihm zu sehr aufs Hirn drückt.«

»Wer kann diesem gelben Nigger überhaupt was sagen?« fragte Doll Baby. »Sieh doch nur mal zu ihm rüber!«

Sie drehten sich um und betrachteten den großen gelbhäutigen Kerl, der sich seinen Weg durch den überfüllten Raum zur Tür bahnte, als hätte ihn irgendwas auf die

Palme gebracht, und beim Hinausgehen die Tür hinter sich zuknallte.

»Er möchte bloß allen vorgaukeln, er wäre sauer, daß Dulcy zum Quatschen mit Mamie ins Scheißhaus gegangen ist, dabei will er nichts als Land gewinnen, bevor Johnny aufkreuzt.«

»Warum gehst du nicht hinterher und mißt ihm die Temperatur, Süße?« bemerkte Alamena boshaft. »Du hast ihm doch schon den ganzen Abend das Händchen gehalten.«

»Hab kein Interesse an dem Whisky-Jongleur«, sagte Doll Baby.

Chink arbeitete in der Innenstadt als Barkeeper im University Club in der East 48th Street. Er verdiente dort einen ordentlichen Batzen Geld, hing mit den Stutzern aus Harlem herum und konnte sich an jedem Finger zehn von Doll Babys Sorte leisten.

»Seit wann denn nicht?« fragte Alamena sarkastisch. »Seit er gerade zur Tür rausgegangen ist?«

»Ach was, jedenfalls muß ich Val suchen«, ging Doll Baby in die Defensive und schwirrte ab. Gleich darauf verließ auch Alamena das Zimmer.

Mamie Pullen saß auf dem Klodeckel im verriegelten Badezimmer und klagte: »Dulcy, Liebling, ich wünschte, du würdest dich von Chink Charlie fernhalten. Du machst mich verdammt nervös, Kindchen.«

Dulcy schnitt ihrem eigenen Spiegelbild Grimassen. Sie quetschte ihre Schenkel so fest gegen den Waschbeckenrand, daß sich ihr rosafarbenes, hautenges Kleid tief in das Tal zwischen ihren runden, appetitlichen Pobacken versenkte.

»Ich versuch's ja, Tante Mamie«, sagte sie und ordnete nervös ihre kurzgeschnittenen orangegelben Locken, die den olivfarbenen Teint ihres herzförmigen Gesichts einrahmten. »Aber du weißt doch, wie Charlie ist. Er tanzt mir ständig vor der Nase herum, egal wie sehr ich ihm zeige, daß ich kein Interesse habe.«

Mamie grummelte skeptisch vor sich hin. Dunkelhäutige Blondinen, Harlems letzter Schrei, waren nicht nach ihrem Geschmack. Ihre sorgenvollen alten Augen musterten Dulcys schillernden Aufzug: die regenbogenfarbigen Nuttenschuhe mit den vier Zoll hohen Pfennigabsätzen, die enge Halskette aus rosa Zuchtperlen, die diamantenbesetzte Uhr, das Smaragdarmband, das schwere goldene Talisman-Armband, die beiden Diamantringe an ihrer linken Hand und der Rubin an ihrer rechten, die rosafarbenen Perlenohrringe, die wie versteinerte Kaviarkügelchen geformt waren.

Schließlich bemerkte sie: »Alles, was ich dir dazu sagen kann, Süße: Deine Aufmachung fällt etwas aus dem Rahmen.«

Dulcy drehte sich wütend zu ihr um, aber ihre von langen Wimpern gesäumten feurigen Augen wanderten rasch von Mamies kritischem Blick hinunter zu den derben, eher für Männer geschusterten Latschen, die unter dem Saum ihres langen schwarzen Satinkleides hervorlugten.

»Was stimmt denn nicht mit meinen Kleidern?« fragte sie angriffslustig.

»Die sind nicht gerade dafür gemacht, irgendwas von dir zu verstecken«, erwiderte Mamie trocken, und bevor Dulcy kontern konnte, fragte sie rasch: »Mal ehrlich, was ist eigentlich letzten Samstag zwischen Johnny und Chink in Dickie Wells' Kneipe passiert?«

Schweißperlen standen auf Dulcys Oberlippe. »Das alte Spiel eben. Johnny ist so eifersüchtig, daß ich manchmal denke, er hat sie nicht mehr alle.«

»Warum setzt du dann immer noch eins drauf? Mußt du unbedingt bei jedem Mann, der vorbeigeht, mit dem Arsch wackeln?«

Dulcy gab sich empört. »Ich und Chink waren schon befreundet, lange bevor ich Johnny kannte, und ich weiß nicht, wieso ich ihm nicht mal hallo sagen darf, wenn ich will. Johnny tut ja auch nichts, um seine alten Flammen auf Abstand zu halten, dabei hatte ich noch nicht mal was mit Chink.«

»Kind, jetzt erzähl nicht, der ganze Krach kommt daher, daß du Chink hallo sagst.«

»Ich kann dir nicht vorschreiben, was du glauben willst. Jedenfalls saßen ich, Val und Johnny friedlich am Tisch bei der Tanzfläche, als Chink vorbeikam und nur meinte: ›Hallo, Kleines, ist die Ader noch kräftig durchblutet?‹ Ich lachte. Jeder in Harlem weiß, daß Chink Johnny ›meine Goldader‹ nennt, und hätte Johnny nur die Spur von Humor, hätte er mitgelacht. Statt dessen sprang er auf, bevor auch nur einer begriff, was los war, er zog sein Käsemesser und brüllte herum, daß er diesen Scheißkerl auf Vordermann bringen wollte. Logisch, daß Chink auch nach seinem Dolch griff. Wären Val, Joe Turner und Big Caesar nicht dazwischengegangen, hätte Johnny ihn auf der Stelle zerlegt. Aber so ist rein gar nichts passiert, sind nur ein paar Tische und Stühle geflogen. Wenn das Ganze überhaupt nach Radau aussah, dann bloß, weil ein paar dieser hysterischen Hühner zu kreischen anfingen und gar nicht wieder aufhörten, nur um ihren Niggern einzuschärfen, daß sie bei der kleinsten Messerstecherei die Flatter kriegen.«

Plötzlich kicherte sie. Mamie erschrak. »Da gibt's nichts zu lachen«, sagte sie entrüstet.

Dulcys Kiefer klappte nach unten. »Ich lach doch gar nicht«, behauptete sie. »Ich hab Angst. Johnny wird ihn umbringen.«

Mamie erstarrte. Erst nach einer Weile faßte sie sich wieder, aber ihre Stimme versagte fast vor Entsetzen. »Hat er dir das gesagt?«

»War nicht nötig. Ich weiß es einfach. Hab's im Gespür.«

Mamie stand auf und legte ihren Arm um Dulcy. Beide zitterten. »Wir müssen ihn irgendwie davon abbringen, Kind.«

Dulcy drehte sich wieder zum Spiegel um, als könne das Gesicht darin ihr Mut einflößen. Sie öffnete ihre pinkfarbene Basthandtasche und begann ihr Make-up aufzufrischen. Ihre Hand zitterte, als sie ihre Lippen nachzog.

»Ich weiß nicht, wie man ihn davon abbringen kann, ohne selbst dabei draufzugehen«, sagte sie, als sie fertig war.

Mamie nahm ihren Arm von Dulcys Taille und rang verzweifelt die Hände. »O Gott, ich wünschte, daß Val sich beeilen und bald hier sein würde.«

Dulcy schaute auf ihre Armbanduhr. »Schon fünf vor halb fünf. Eigentlich müßte Johnny inzwischen da sein.« Nach einer kurzen Pause fügte sie hinzu: »Keine Ahnung, wo Val bleibt.«

## *3*

Irgend jemand begann kräftig an die Tür zu hämmern. Bei dem Getöse im Zimmer war das Poltern jedoch kaum zu hören.

*»Macht die Tür auf!«* schrie eine Stimme. Sie war so durchdringend, daß sogar Dulcy und Mamie sie hinter der geschlossenen Badezimmertür hören konnten.

»Frag mich, wer das sein kann«, sagte Mamie.

»Bestimmt nicht Johnny oder Val, die würden nicht so ein Theater veranstalten«, antwortete Dulcy.

»Wahrscheinlich ein Betrunkener.«

Einer von den Angeheiterten, die schon drin waren, trällerte wie ein Bänkelsänger: »Ma' ma' auf, Richard.«

So hieß ein Harlemer Gassenhauer, den zwei schwarzgeschminkte Komödianten im Apollo-Theater auf die Bühne gebracht hatten; bei dem Sketch kam ein farbiger Mitbruder betrunken heim und bekniete Richard, ihm die Tür zu öffnen.

Die anderen Besoffenen im Zimmer grölten vor Lachen.

Alamena war gerade in die Küche gegangen. »Schau mal nach, wer an der Tür ist«, sagte sie zu Baby Sis.

Baby Sis, die mit dem Abwasch beschäftigt war, blickte auf und bemerkte mürrisch: »Diese Säufer machen mich krank.«

Alamena erstarrte. Baby Sis war nur ein Hausmädchen, das Mamie als Aushilfe eingestellt hatte. Es stand ihr nicht zu, die Gäste zu kritisieren. »Mädel, du bist wohl übergeschnappt«, sagte sie. »Überleg dir besser, was du sagst. Geh schon und öffne die Tür, und dann sieh zu, daß du diesen Saustall in Ordnung bringst.«

Baby Sis musterte die verlotterte Küche, und ihre verkniffenen Augen in dem verschmierten schwarzen Gesicht verhießen nichts Gutes.

Der Tisch, der Spülstein, die Anrichten und der größte Teil des Bodens waren mit leeren oder angebrochenen Flaschen übersät: Gin-, Whisky- und Rumflaschen, Limoflaschen, Gewürzflaschen; Töpfe, Pfannen und Tabletts mit Essen lagen herum, eine Schüssel mit Resten von Kartoffelsalat, hohe Eisentöpfe mit klebrigen Teilen von gebratenen Hähnchen, Fisch und Schweinekoteletts; Backbleche mit zerkrümelten und zermatschten Plätzchen, Backformen mit Überbleibseln von glitschig gefüllten Pasteten; eine Waschwanne mit Eiswürfeln, die in Spülwasser schwammen; Kuchenstücke und aufgeweichte, angebissene Weißbrot-Sandwiches …

»Krieg ich nie weg, die Schweinerei, unmöglich«, beschwerte sie sich.

»Zisch ab, Mädchen«, sagte Alamena scharf.

Baby Sis bahnte sich ihren Weg durch die Bande lärmender Trinker im vollgestopften Wohnzimmer.

»Jetzt mach doch mal einer die Tür auf!« schrie die Stimme verzweifelt von draußen.

»Bin ja unterwegs!« rief Baby Sis von drinnen. »Mach dir mal nicht gleich in die Hose.«

»Dann beeil dich!« tönte es zurück.

»Ob es wohl kalt draußen ist, Baby«, platzte einer der Betrunkenen heraus.

Baby Sis baute sich vor der geschlossenen Tür auf und rief: »Wer is'n da und haut auf die Tür, wie wenn er sie zerdeppern will?«

»Hier ist Hochwürden Short«, antwortete die Stimme.

»Und ich bin die Königin von Saba«, antwortete Baby Sis, die sich vor Lachen bog und auf die prallen Schenkel klopfte. Sie wandte sich an die Gäste, damit ja keiner den Spaß verpaßte: »Sagt, er ist Hochwürden Short.« Einige der Gäste lachten und tobten, als wären sie auf 'nem Trip. Baby Sis drehte sich wieder zur Tür und rief: »Versuch's noch mal, Kumpel, und sag nicht, du bist Petrus und willst Big Joe holen.«

Die drei Musiker sülzten derweil weiter wie eine hängengebliebene Schallplatte, ihre starren Augen schienen aus den versteinerten Gesichtern über den Jordan hinweg ins Gelobte Land zu blicken.

»Ich sag dir doch, ich bin Reverend Short«, bekräftigte die Stimme.

Baby Sis' Lachen verwandelte sich schlagartig in böswillige Feindseligkeit. »Soll ich dir sagen, wie ich weiß, daß du nicht Reverend Short bist?«

»Genau das würde ich gerne hören«, antwortete die Stimme gereizt.

»Weil Reverend Short schon hier drin ist«, erwiderte Baby Sis triumphierend. »Und du kannst nicht Reverend Short sein, weil du draußen bist.«

»Gütiger Gott im Himmel«, sagte die Stimme wehklagend. »Laß mich geduldig sein.« Doch statt sich in Geduld zu üben, fing er wieder an, gegen die Tür zu poltern.

Mamie Pullen schloß die Badezimmertür auf und streckte ihren Kopf hinaus.

»Was ist denn da draußen los?« fragte sie. Und als sie Baby Sis vor der Tür stehen sah, rief sie: »Wer ist da an der Tür?«

»So 'n Säufer, behauptet, er ist Reverend Short«, war Baby Sis' Antwort.

»Aber ich *bin* Reverend Short!« schrie die Stimme von draußen.

»Kann ja nicht sein«, beharrte Baby Sis.

»Was ist los mit dir, Mädel, bist du betrunken?« sagte Mamie wütend, während sie sich zur anderen Seite des Zimmers kämpfte.

Von der Küchentür hörte man Alamena sagen: »Vielleicht ist es Johnny, der wieder so eine komische Nummer abzieht.«

Mamie war jetzt an der Tür angelangt, schob Baby Sis beiseite und machte auf. Reverend Short schritt torkelnd über die Schwelle und schien kaum in der Lage, sich auf den Beinen zu halten. Sein aschfahles, knochiges Gesicht war von äußerster Empörung gezeichnet, seine rötlichen Augen funkelten wütend hinter der blankgeriebenen Goldrand-Brille.

»Da fällt mir nichts mehr ein!« rief Baby Sis mit ehrfürchtiger Stimme. Ihr schwarzes verschmiertes Gesicht wurde blaß, und ihre Augäpfel traten hervor, als habe sie ein Gespenst gesehen. »Wahrhaftig, Reverend Short.«

Reverend Shorts dünner, schwarzgekleideter Körper wurde vor Zorn so heftig geschüttelt wie ein Setzling im Taifun. »Ich hab dir doch gesagt, ich bin's«, zischte er. Sein Mund war geformt wie das Maul eines Karpfen, und beim Sprechen verpaßte er Dulcy, die herübergekommen war und einen Arm um Mamies Schulter gelegt hatte, eine Spuckdusche.

Ärgerlich trat sie einen Schritt zurück und wischte sich ihr Gesicht mit dem kleinen schwarzen Seidentaschentuch ab, das sie in ihrer Hand hielt und das ihre Trauerkleidung darstellte. »Hören Sie doch mit der Sabberei auf«, fuhr sie ihn an.

»Er hat dich doch nicht absichtlich angespuckt, meine Liebe«, sagte Mamie beschwichtigend.

*»Po' sinner stands a-trembling ...«,* schrie Deep South dazwischen.

Reverend Shorts Körper durchfuhren krampfartige Zukkungen, als hätte er einen epileptischen Anfall. Alle blickten ihn erwartungsvoll an.

*»... stands a-trembling, Daddy Joe«,* echote Susie Q.

»Mamie Pullen, wenn Sie diese Scheusale nicht augenblicklich davon abbringen, *Steal Away,* dieses süße, alte Spiritual, zu verhunzen, dann schwöre ich bei Gott, daß ich auf Big Joes Beerdigung nicht die Predigt halten werde«, drohte Reverend Short mit wutentbrannter Stimme.

»Das ist halt ihre Art, ihm die letzte Ehre zu erweisen«, schrie Mamie, um sich in dem Lärm Gehör zu verschaffen. »Schließlich war es Big Joe, der ihnen den Weg zum Ruhm geebnet hat, als sie noch kleine Fische in Eddy Prices Spelunke waren, und jetzt geben sie alles, um ihn auf seinem Weg in den Himmel zu begleiten.«

»So schickt man aber keinen in den Himmel«, antwortete der Geistliche heiser, wobei sich seine Stimme bei seinem Geschrei fast überschlug. »Sie veranstalten einen solchen Lärm, daß sie eher die Toten wecken, die ohnehin schon oben sind.«

»Oh, na schön, ich bring sie zum Schweigen«, sagte Mamie, ging hinüber und legte ihre runzelige kleine Hand auf Deep South' schweißnasse Schulter. »Habt ihr gut gemacht, Jungs, aber jetzt könnt ihr mal 'ne Pause einlegen.«

Die Musik brach so jäh ab, daß in der plötzlichen Stille sogleich jeder Dulcys ärgerlich geflüsterten Kommentar hören konnte: »Tante, was hat sich dieser Hinterhofprediger in deine Angelegenheiten einzumischen?«

Reverend Short warf ihr einen vernichtenden Blick zu. »Kehren Sie erst mal vor der eigenen Tür, Schwester Perry, bevor Sie mich kritisieren«, krächzte er.

Die nachfolgende Stille wurde unerträglich.

Da fiel Baby Sis mit trunkener Stimme laut johlend ein: »Möcht nur mal gern wissen, Reverend Short, wie ums Verrecken Sie da draußen gelandet sind.«

Der Bann war gebrochen. Alle lachten.

»Man hat mich aus dem Schlafzimmerfenster gestoßen«, erklärte Reverend Short mit einer Stimme, die vor Boshaftigkeit überschäumte.

Baby Sis konnte sich nicht mehr halten und prustete schallend los, doch als sie Reverend Shorts finstere Miene erblickte, hielt sie mitten in der ersten Salve inne.

Die anderen hörten genauso abrupt mit ihrem Gelächter auf. Totenstille legte sich wie ein Leichentuch über den Trubel. Die Gäste starrten Reverend Short mit Stielaugen an. Ihre Grimassen hätten herzlich gern weitergelacht, doch ihr Grips bremste sie. Einerseits konnte der Ausdruck unterdrückter Rachsucht auf Reverend Shorts Gesicht der eines Mannes sein, den man tatsächlich aus dem Fenster gestoßen hatte. Andererseits wies sein Körper keinerlei Anzeichen dafür auf, daß er vom zweiten Stock auf den Betonbürgersteig geknallt war.

»Chink Charlie war's«, krächzte Reverend Short.

Mamie schnappte nach Luft. »Was?!«

»Sie machen wohl Witze, wie?« bemerkte Alamena scharf.

Baby Sis fing sich als erste wieder. Sie lachte versuchsweise und verpaßte Reverend Short einen aufmunternden Knuff. »Sie haben den Vogel abgeschossen, Reverend!« sagte sie.

Reverend Short umklammerte ihren Arm, um nicht hinzufallen.

In ihrem Grinsen lag die blödsinnige Bewunderung, die ein Witzbold für den anderen hegt.

Mamie drehte sich wutschnaubend um und gab ihr eine Backpfeife. »Schleunigst ab mit dir in die Küche«, sagte sie unnachgiebig. »Und für heute Finger weg vom Sprit.«

Baby Sis' Gesicht wurde schrumpelig wie eine Trockenpflaume, und sie fing an zu schluchzen. Bei dieser jungen, großen und kräftigen Frau mit ihrer Eselnatur wirkte die Heulerei wie das Symptom hochgradigen Schwachsinns. Sie machte kehrt, um zurück in die Küche zu eilen, stolperte aber über ihre eigenen Füße und fiel betrunken zu Boden. Niemand kümmerte sich um sie, denn nun, da Baby Sis als Stütze ausgefallen war, drohte auch Reverend Short umzukippen.

Mamie ergriff seinen Arm und half ihm in einen Sessel. »Bleiben Sie einfach da sitzen, Reverend, und erzählen Sie mir, was passiert ist«, sagte sie.

Er hielt sich die linke Seite des Brustkorbs, als hätte er starke Schmerzen, und krächzte mit atemloser Stimme: »Ich ging ins Schlafzimmer, um frische Luft zu schnappen, und als ich so am Fenster stand, beobachtete ich einen Polizisten, der einem Dieb hinterherjagte; da schlich sich Chink Charlie an mich heran und stieß mich aus dem Fenster.«

»Mein Gott!« rief Mamie aus. »Dann hat er ja versucht, Sie umzubringen.«

»Was Sie nicht sagen!«

Alamena sah hinunter auf Reverend Shorts knochiges Gesicht und sagte mit überzeugendem Ton: »Mamie, der ist doch total besoffen.«

»Nicht die Spur«, stritt er ab. »In meinem ganzen Leben habe ich nicht einen Tropfen von diesem teuflischen Alkohol angerührt.«

»Wo ist Chink?« fragte Mamie und blickte sich um. »Chink!« rief sie. »Bringt mir sofort diesen Chink her.«

»Er ist gegangen«, sagte Alamena. »Hat sich verdrückt, als du mit Dulcy auf dem Klo warst.«

»Dein Prediger hat sich das doch nur aus den Fingern gesaugt, Tante Mamie«, sagte Dulcy. »Weil er mit Chink Krach wegen deiner Gäste hatte.«

Mamie blickte von ihr zu Reverend Short. »Was ist denn mit denen?«

Die Frage war an den Reverend gerichtet, aber Dulcy beantwortete sie: »Er meinte, es sollten nur Kirchenmitglieder und Big Joes Logenbrüder hier sein, aber Chink erinnerte ihn daran, daß Big Joe ja auch Spieler war.«

»Ich behaupte nicht, daß Big Joe ohne Sünde war«, sagte Reverend Short mit seiner kräftigen Kanzelstimme und vergaß für einen Augenblick sein Gebrechen. »Aber Big Joe war über zwanzig Jahre Koch bei der Pennsylvania-Bahngesellschaft und außerdem Mitglied der First Holy Roller Church von Harlem, und genau das bleibt er auch in den Augen Gottes.«

»Aber die Leutchen hier, das waren doch alles seine Freunde«, protestierte Mamie bestürzt. »Haben alle mit ihm gearbeitet und sind Jahr und Tag mit ihm zusammengewesen.«

Reverend Short spitzte die Lippen. »Darum geht es nicht. Sie dürfen eben seine arme Seele nicht einfach mit einem Stall voll Sündern und Hurenböcken verabschieden und erwarten, daß Gott ihm dann noch gnädig ist.«

»Wie hab ich das denn wohl zu verstehen?« hakte Dulcy erregt nach.

»Laß ihn in Ruhe«, sagte Mamie. »Ist ja alles schon ohne sein Gezeter schlimm genug.«

»Wenn der nicht bald aufhört, seine schmutzigen Phantasien an mir auszulassen, sag ich Johnny, er soll ihm den Arsch versohlen«, raunte Dulcy mit dumpfer Stimme Mamie zu, doch laut genug, daß alle es hören konnten.

Reverend Short durchbohrte sie mit einem Blick voll triumphierendem Abscheu. »Drohe mir, soviel du willst, Luzifer, aber der Herr weiß, daß es deine Teufelei war, die Joe Pullen in der Blüte seiner Jahre dahinraffte.«

»Da verdrehen Sie was«, widersprach Mamie Pullen. »Er war einfach reif. Seit Jahren hielt er diese Nickerchen und hatte dabei seine Zigarre im Mund, irgendwann mußte es passieren, daß er den Stumpen verschluckt und daran erstickt.«

»Wenn du dir unbedingt das Gefasel von diesem Aushilfsprediger anhören willst, dann bitte«, sagte Dulcy zu Mamie. »Aber ich geh jetzt nach Hause, und du kannst Johnny gern verraten, warum.«

Keiner sagte einen Ton, als sie sich umdrehte und das Apartment verließ. Sie schlug die Tür geräuschvoll hinter sich zu.

Mamie seufzte. »O Herr, ich wünschte, Val wäre hier!«

»Dieses Haus ist voller Mörder!« rief Reverend Short aus.

»Das sollten Sie nicht sagen, nur weil Ihnen Chink Charlie was angetan hat«, meinte Mamie.

»Nun reicht's aber, Mamie!« explodierte Alamena. »Wenn er wirklich aus dem Schlafzimmerfenster gefallen wäre, läge er doch jetzt mausetot auf dem Bürgersteig.«

Reverend Short starrte sie mit glasigen Augen an. In seinen Mundwinkeln hatte sich weißer Schaum gesammelt. »Ich habe eine schreckliche Vision«, murmelte er.

»Da sagen Sie was Wahres«, stellte Alamena angewidert fest. »Ist ja alles Vision, was Sie im Hirn haben.«

»Ich sehe einen toten Mann, dem man ein Messer ins Herz gestoßen hat«, sagte er.

»Ich braue Ihnen 'nen Grog und stecke Sie ins Bett«, versuchte ihn Mamie zu beruhigen. »Und du, Alamena …«

»Der braucht nicht noch mehr zu trinken«, fuhr Alamena dazwischen.

»Herrgott im Himmel, Alamena, hör auf damit. Ruf Doktor Ramsey an und sag ihm, er soll kommen.«

»Der ist doch nicht krank«, sagte Alamena.

»Das habe ich auch nicht behauptet«, ließ Reverend Short vernehmen.

»Der will doch nur aus irgendeinem Grund herumstänkern.«

»Verletzt bin ich«, behauptete Reverend Short. »Wer wäre das nicht, wenn er aus dem Fenster gestoßen wird?«

Mamie ergriff Alamena am Arm und versuchte sie beiseite zu ziehen. »Geh schon und ruf den Arzt.«

Doch Alamena sträubte sich. »Hör mal, Mamie Pullen, in deinem Alter solltest du um Gottes willen vernünftiger sein. Wäre er aus dem Fenster gefallen, hätte er es todsicher nicht wieder bis hierher geschafft. Bestimmt wird er dir als nächstes erzählen, er wäre in Abrahams Schoß gelandet.«

»Nein, aber in einem Korb voller Brote«, erklärte Reverend Short.

Endlich lachten die Gäste wieder erleichtert auf. Der rechtschaffene Geistliche scherzte also doch. Sogar Mamie konnte sich kaum noch zusammenreißen.

»Ist jetzt klar, was ich meine?« fragte Alamena.

»Reverend Short, Sie sollten sich schämen, uns so auf den Arm zu nehmen«, sagte Mamie nachsichtig.

»Wenn ihr mir nicht glaubt, dann seht euch doch das Brot an«, forderte Reverend Short sie auf.

»Welches Brot?«

»Das in dem Korb, in den ich gefallen bin. Er steht auf dem Bürgersteig vor dem A&P-Laden. Gott hat ihn dort hingestellt, um mich sanft zu betten.«

Mamie und Alamena tauschten Blicke aus.

»Ich schau nach, und du rufst den Arzt an«, schlug Mamie vor.

»Ich will's aber auch sehen.«

Jeder wollte das.

Mamie ließ einen lauten Seufzer vernehmen, als würde sie sich wider jede Vernunft auf die Schnapsidee eines Spinners einlassen, und führte die Gruppe an.

Die Schlafzimmertür war geschlossen. Mamie öffnete sie und rief erstaunt: »Nanu, das Licht brennt ja!«

Mit wachsender Bestürzung durchquerte sie das erleuchtete Schlafzimmer und lehnte sich aus dem offenen Fenster. Auch Alamena blickte hinaus. Die anderen quetschten sich ebenfalls in den nicht allzu großen Raum, und jeder versuchte, den beiden Frauen über die Schulter zu spähen.

»Ist es noch da?« fragte jemand aus dem Hintergrund.

»Sieht wer was?«

»Schon richtig, da steht so was wie ein Korb«, sagte Alamena.

»Aber von Brot seh ich gar nichts«, bemerkte der Mann, der über ihre Schulter lugte.

»Sieht noch nicht mal wie ein Brotkorb aus«, sagte Mamie und versuchte, mit ihren kurzsichtigen Augen das Dämmerlicht zu durchdringen. »Mehr wie so ein Weidenkorb, in dem man Leichen abtransportiert.«

Inzwischen hatten sich Alamenas Argusaugen der Dunkelheit angepaßt. »Es ist wirklich ein Brotkorb. Aber es liegt auch jemand drin.«

»Ein Betrunkener«, sagte Mamie erleichtert. »Sicher hat Reverend Short den gesehen und dabei den Einfall gehabt, uns hochzunehmen.«

»Für betrunken halte ich den nicht«, sagte der Mann, der sich über ihre Schulter beugte. »Dafür liegt der zu kerzengerade, und Besoffene schlafen immer irgendwie gekrümmt.«

»Mein Gott!« schrie Alamena in Panik. »In dem steckt ja ein Messer.«

Mamie entfuhr ein langer, heulender Klagelaut. »Herr, beschütze uns. Kannst du sein Gesicht erkennen, Kind? In meinem Alter kann ich kaum die Hand vor den Augen sehen. Ist es Chink?«

Alamena legte ihren Arm um Mamies Taille und zog sie langsam vom Fenster zurück.

»Nein, Chink ist es nicht«, sagte sie. »Sieht so aus, als wär's Val.«

## *4*

Jeder stürzte zur Wohnungstür, um als erster unten zu sein. Doch bevor Mamie und Alamena draußen waren, klingelte das Telefon.

»Wer, zum Teufel, ruft jetzt noch an?« fragte Alamena gereizt.

»Geh schon vor, ich nehme das Gespräch an«, sagte Mamie.

Ohne zu antworten, lief Alamena zur Tür hinaus.

Mamie ging ins Schlafzimmer zurück und nahm den Hörer vom Telefon, das auf dem Nachttisch neben dem Bett stand. »Hallo.«

»Ist da Mrs. Pullen?« fragte eine gedämpfte Stimme. Sie war so verzerrt, daß die Worte kaum zu verstehen waren. »Vor Ihrem Haus liegt ein Toter.«

Sie hätte schwören können, daß die Stimme mühsam ein Lachen unterdrückte. »Und wer sind Sie?« fragte sie mißtrauisch.

»Niemand.«

»Die Angelegenheit ist nicht so verdammt komisch, daß Sie Witze darüber reißen sollten«, sagte sie schroff.

»Ich mach keine Witze. Wenn Sie mir nicht glauben, gehen Sie ans Fenster und schauen Sie nach.«

»Warum, zum Teufel, haben Sie dann nicht die Polizei angerufen?«

»Ich dachte, es wäre Ihnen vielleicht nicht recht, wenn sie es erfährt.«

Plötzlich erschien Mamie Pullen das ganze Gespräch unsinnig. Sie versuchte sich zu konzentrieren, war aber so müde, daß ihr der Kopf brummte. Erst dieses ganze Affentheater von

Reverend Short, und dann wird Val erstochen, während Big Joe hier tot im Sarg liegt. Sie fühlte sich ganz so, als sei sie bereits übergeschnappt. »Mein Gott, warum soll ich was dagegen haben, daß die Polizei es erfährt?« fragte sie zornig.

»Weil er aus Ihrer Wohnung kam.«

»Woher wissen Sie, daß er aus meiner Wohnung kam? Ich hab ihn die ganze Nacht nicht hier gesehen.«

»Ich aber. Ich sah, wie er aus Ihrem Fenster purzelte.«

»Wie? Ach, Sie reden von Reverend Short. Haben Sie ihn tatsächlich fallen sehen?«

»Das sag ich ja. Und jetzt liegt er unten auf dem Gehsteig im Brotkorb von A&P und ist so tot, wie man nur sein kann.«

»Das ist nicht Reverend Short. Der hat sich nicht mal verletzt. Kam einfach wieder die Treppe rauf.« Als die Stimme nicht antwortete, fuhr sie fort: »Das ist Val. Valentine Haines. Und er wurde erstochen.«

Sie wartete auf eine Antwort, aber die Stimme blieb stumm. »Hallo«, rief sie. »Hallo, sind Sie noch dran? Wenn Sie so oberschlau sind, warum wissen Sie das denn nicht?«

Sie hörte nur ein ganz leises Knacken. »Der Lump hat aufgelegt«, murmelte sie vor sich hin und fügte hinzu: »Also, wenn das nicht ziemlich merkwürdig ist ...«

Sie blieb einen Augenblick stehen und versuchte nachzudenken, aber ihr Verstand funktionierte nicht. Dann ging sie hinüber zum Frisiertisch und griff nach der Schnupftabakdose. Mit einem Wattestäbchen nahm sie eine ordentliche Prise und klemmte den Wattebausch unter die Lippe, so daß nur noch das Stäbchen aus dem Mund ragte. Der Tabak dämpfte ein wenig die aufsteigende Panik. Aus Rücksicht auf ihre Gäste hatte sie sich die ganze Nacht über nicht eine Prise gegönnt, obwohl man sie im allgemeinen nicht ohne den Wattebausch sah.

»Mein Gott, wenn doch Big Joe noch leben würde! Er wüßte, was zu tun ist«, sagte sie vor sich hin, während sie mit langsamen, schweren Schritten ins Wohnzimmer zurückging.

Der Raum war übersät mit schmutzigen Gläsern, Tellern mit Speiseresten und Aschenbechern, die überquollen vor glimmenden Zigaretten- und Zigarrenstummeln. Der von einem rotbraunen Teppich bedeckte Fußboden starrte vor Schmutz. Zigarettenglut hatte Löcher in den Polstermöbeln hinterlassen und Narben in die Tischplatte gebrannt. Das Ascheskelett einer ganzen Zigarette lag unversehrt auf dem Flügel. Das alles erinnerte an ein Gelände, auf dem gerade ein Zirkus seine Zelte abgebrochen hatte, und darüber schwebte in dem heißen, engen Raum der überwältigende Geruch von Tod, Maiglöckchen und menschlichen Ausdünstungen.

Mamie schleppte sich durch das Zimmer und blickte ihren verstorbenen Mann in seinem bronzierten Sarg an.

Big Joe war in einen cremefarbenen Sommeranzug und ein blaßgrünes Crêpe-de-Chine-Hemd gekleidet, dazu ein brauner, mit handgemalten Engeln gemusterter Seidenschlips, der mit einer brillantenbesetzten, hufeisenförmigen Krawattennadel festgesteckt war. Das große, kantige, dunkelbraune Gesicht war glattrasiert, den breiten Mund umgaben tiefe Falten. Er sah aus, als sei er soeben massiert worden. Seine Augen waren geschlossen. Sein störrisches, graues Kraushaar war nach dem Tod frisch geschnitten und in mühseliger Arbeit gekämmt und gebürstet worden. Mamie selbst hatte das getan und ihn auch selbst angekleidet. Seine Hände waren so über der Brust gefaltet, daß man an der Linken einen Brillantring, an der Rechten den Siegelring seiner Loge sah.

Sie nahm ihm alle Schmuckstücke ab und schob sie in die tiefe Vordertasche ihres langen, wie ein Sack über den Boden schleifenden schwarzen Satinkleids. Dann schloß sie den Sarg.

»Welch eine mißratene Totenwache«, klagte sie vor sich hin.

»Er ist tot«, sagte Reverend Short plötzlich mit seiner neuen, krächzenden Stimme.

Mamie fuhr zusammen. Sie hatte Reverend Short nicht bemerkt. Er saß saft- und kraftlos in einem Polstersessel und starrte mit glasigen Augen auf die gegenüberliegende Wand.

»Was denken Sie denn wohl?« antwortete sie grob. Nach der Entdeckung von Vals Leiche war jede Etikette von ihr gewichen. »Daß ich ihn lebendig begrabe?«

»Ich sah, wie es passierte«, fuhr Reverend Short unbeirrt fort, als hätte sie gar nichts gesagt.

Sie starrte ihn verblüfft an. »Ach, Sie meinen Val.«

»Ein Weib, erfüllt mit der Sünde der Lüsternheit und des Ehebruchs, tauchte auf aus dem Schlund der Hölle und stach ihn ins Herz.«

Seine Worte drangen nur langsam zu Mamies vernebeltem Verstand vor. »Eine Frau?«

*»Und ich gab ihr Gelegenheit, ihre Hurerei zu bereuen, doch sie bereute nicht.«*

»Haben Sie sie dabei beobachtet?«

*»Denn ihre Sünden schreien gen Himmel, und Gott wird ihrer Verderbtheit gedenken.«*

Mamie sah das Zimmer vor sich schwanken. »Der Herr erbarme sich unser«, sagte sie.

Sie sah Big Joe in seinem Sarg, sah den Flügel und die TV-Radio-Truhe allmählich zum Himmel aufsteigen. Dann erhob sich der dunkelbraunrote Teppich langsam, bis er sich vor ihren Augen wie ein See von geronnenem Blut ausbreitete, in den sie ihr Gesicht tauchte.

»Sünde, Wollust und Missetaten vor dem Antlitz des Herrn«, krächzte Reverend Short und fügte dann mit lei sem, trockenem Wispern hinzu: »Sie ist nichts als eine Hure, o Herr.«

## *5*

Die Aufzugkabine befand sich im Erdgeschoß, und die meisten der neugierigen Trauergäste rannten lieber die Treppe hinunter, als auf den Lift zu warten. Dennoch waren sie nicht die ersten.

Dulcy und Chink standen einander gegenüber und schauten

sich über den Brotkorb mit der Leiche hinweg an. Chink war ein großer, gelbhäutiger Bursche, noch jung, aber schon ziemlich feist, und trug einen beigefarbenen Sommeranzug. Er hatte sich steif vorgebeugt.

Der erste, der dazukam, hörte noch Dulcys Ausruf: »Verdammt und zugenäht, du mußtest ihn nicht gleich umbringen!«, und Chink antwortete mit vor plötzlichem Eifer bebender Stimme: »Nicht mal für dich ...« Dann hielt er inne und warnte in scharfem Flüsterton, ohne die Lippen zu bewegen: »Halt 's Maul und schalte auf Durchzug.«

Sie gab keinen Laut mehr von sich, bis sich alle Trauergäste versammelt, sich alles genau angesehen und gesagt hatten, was es zu sagen gab. »Es ist Val, er ist wahrhaftig tot.«

»Wenn der nicht kalt ist, wäre Petrus ziemlich überrascht.«

Alamena hatte sich weit genug herangedrängt, um die Leiche genau betrachten zu können. Sie hörte einen Schlafwagenkellner sagen: »Ob er da erstochen wurde, wo er jetzt liegt?«

Eine Stimme hinter ihr antwortete: »Muß ja wohl. Sonst ist nirgendwo Blut.«

Die Leiche lag in voller Länge auf der Unterlage aus weichen, eingepackten Brotlaiben, als ob der Korb nach Maß angefertigt worden wäre. Die linke Hand, an der ein Goldring steckte, ruhte mit der Handfläche nach oben über einem breiten schwarzen Seidenschlips, der über dem Kragen eines weichen sandfarbenen Leinenhemds geknotet war; die Rechte lag mit der Handfläche nach unten über dem mittleren Jackenknopf eines olivfarbenen, graubraun glänzenden Gabardineanzugs. Die Füße zeigten steil nach oben, und man sah die etwas abgenutzten Kreppsohlen leichter englischer Sportschuhe.

Das Messer stak in der Jacke, knapp unterhalb der Brusttasche, aus der ein viertel Zoll breit die Zipfel eines Ziertaschentuchs hervorschauten. Es war ein Jagdmesser mit Hirschhorngriff, Schnappklinge und Handschutz, wie es Jäger zum Ausweiden von Wild verwenden.

Blut hatte unregelmäßige Muster auf Jacke, Hemd und Krawatte gezeichnet. Auch auf den Wachspapierhüllen der Brotlaibe und an einer Seite des Weidenkorbs waren Spritzer zu sehen, nicht jedoch auf dem Gehsteig.

Das Gesicht war im Ausdruck ungläubigen Entsetzens erstarrt. Die weitaufgerissenen, vorquellenden Augen ließen das Weiße erkennen und stierten auf einen Punkt oberhalb und jenseits der Füße.

Es war ein hübsches Gesicht mit glatter brauner Haut und Zügen, die große Ähnlichkeit mit denen von Dulcy aufwiesen. Der Tote trug keine Kopfbedeckung, hatte krauses schwarzes Haar, das mit Pomade fest an den Schädel geklebt war.

Ein Augenblick beklommenen Schweigens folgte den Worten des letzten Sprechers, mit denen klar wurde, daß der Mord genau hier stattgefunden hatte.

Dulcy unterbrach das Schweigen: »Er sieht so überrascht aus.«

»Was meinst du, wie überrascht du aus der Wäsche gucken würdest, wenn dir jemand ein Messer ins Herz bohrt«, sagte Alamena barsch.

Unvermittelt wurde Dulcy von einem hysterischen Anfall gepackt. »Val!« schrie sie. »Den werd ich erwischen, Val, mein Süßer, o Gott …«

Fast hätte sie sich über die Leiche gestürzt, doch Alamena riß sie sofort zurück, und ein paar andere Trauergäste packten ebenfalls zu und hielten sie fest.

Wie wild versuchte sie, sich loszureißen, und schrie: »Laßt mich los, ihr Hurenböcke! Er ist mein Bruder, und irgendein Hurenbock muß dafür bezahlen …«

»Um Himmels willen, halt 's Maul!« fuhr Alamena sie an.

Chink fixierte sie mit einem Blick aus seinem großen, gelben, vor Wut verzerrten Gesicht. Das brachte Dulcy sofort zum Schweigen, und sie gewann ihre Fassung zurück.

Da kam vom Eingang des Nachbarhauses ein farbiger Polizist herüber. Angesichts der Menschenansammlung straffte er die Schultern und begann seine Uniform glattzuziehen. »Was ist denn hier los?« fragte er laut und selbstsicher. »Jemand verletzt?«

»Könnte man so sagen«, antwortete eine Stimme.

Der Polizist zwängte sich zum Korb vor und sah auf die Leiche hinunter. Der Kragen seiner blauen Uniform stand offen, der Mann roch nach Schweiß.

»Wer hat ihn erstochen?« fragte er.

Pigmeat antwortete mit hoher Falsettstimme: »Sollten Sie lieber nicht fragen.«

Der Polizist kniff die Augen zusammen und begann plötzlich zu grinsen, wobei er zwei Reihen großer gelber Zähne zeigte. »Welchem Chor bist du denn entsprungen, Sohnemann?«

Alle starrten ihn an und warteten, was er nun tun würde. Ihre Gesichter schienen im Licht der grauenden Morgendämmerung dunkler zu werden.

Doch der Polizist stand nur grinsend da und tat nichts. Er wußte einfach nicht, was er tun sollte, aber das schien ihn nicht weiter zu beunruhigen.

Von fern drang das Gellen einer Sirene durch die feuchte Morgenluft. Die Menge begann sich zu zerstreuen.

»Hat einer was von Weglaufen gesagt?« bellte der Polizist.

Das rote Auge eines Streifenwagens kam von Süden die Seventh Avenue herauf. Der Wagen schrieb mit quietschenden Reifen eine Kehre um den Grünstreifen zwischen den beiden Fahrbahnen und bremste abrupt neben den am Straßenrand parkenden Autos. Ein weiteres rotes Auge sauste mit wütendem Jaulen von Norden die dunkle Straße hinunter. Ein drittes bog aus der 132nd Street um die Ecke und hätte beinahe das zweite gerammt. Ein viertes schoß aus der 129th Street heraus und heulte auf der Gegenfahrbahn nach Norden.

Im fünften Streifenwagen kam schließlich der weiße Sergeant vom Revier. »Haltet die Leute beisammen«, befahl er mit lauter Stimme.

Inzwischen hingen aus jedem Fenster des Blocks halbangezogene Gestalten, andere hatten sich auch schon auf der Straße versammelt.

Der Sergeant bemerkte einen weißen Mann in einem kurzärmeligen, weißen Sporthemd und Khakihosen, der ein wenig abseits stand, und fragte ihn: »Arbeiten Sie hier in der A & P-Filiale?«

»Ich bin der Manager.«

»Schließen Sie auf. Wir werden die Verdächtigen da reinbringen.«

»Ich protestiere«, entgegnete der Weiße. »Mich hat heute nacht schon so ein Halunke bestohlen, direkt vor meinen Augen, und der Polizist da hat den Dieb nicht mal gefaßt.«

Der Sergeant sah den farbigen Polizisten an.

»War bestimmt sein Kumpel«, beschuldigte ihn der A & P-Manager.

»Wo ist er denn jetzt?« fragte der Sergeant.

»Woher, zum Teufel, soll ich das wissen?« gab der Manager zur Antwort. »Ich mußte ihn laufen lassen und hierher zurück, um den Laden aufzuschließen.«

»Na, dann mal los, schließen Sie auf«, befahl der farbige Polizist.

»Ich übernehme die Verantwortung, wenn was gestohlen wird«, erklärte der Sergeant.

Wortlos machte sich der Manager daran, die Ladentür aufzuschließen.

Eine unauffällige schwarze Limousine steuerte an den Straßenrand und parkte unbemerkt unten am Ende des Blocks. Aus dem Wagen stiegen zwei große, hagere Farbige in schwarzen Mohairanzügen, die aussahen, als hätten sie darin geschlafen, und kamen dann zum Tatort zurück. Ihre zerknitterten Jacken waren unter der linken Schulter ausgebeult. Über der Brust ihrer blauen Baumwollhemden sah man die glänzenden Riemen ihrer Schulterhalfter.

Der eine mit dem verätzten Gesicht ging um die Menschenansammlung herum und stellte sich am Ende der Gruppe auf, der andere blieb vorn stehen.

Plötzlich rief eine laute Stimme: »Ausrichten!«

Eine ebenso laute Stimme antwortete: »Abzählen!«

»Die Detectives Grave Digger Jones und Coffin Ed Johnson melden sich zum Dienst, General«, murmelte Pigmeat.

»Du lieber Himmel!« wütete Chink. »Jetzt schwirren hier diese verdammten Wildwestschützen herum und stellen alles auf den Kopf.«

Der Sergeant winkte einem weißen Polizisten zu und sagte: »Sperrt sie in das Geschäft, Sie, Jones und Johnson. Ihr habt ja den Bogen raus mit solchen Leuten.«

Grave Digger blickte ihn scharf an. »Für uns sehen die alle gleich aus, Commissioner – weiß, blau, schwarz und merino.« Dann wandte er sich an die Menge und kommandierte: »Dann mal rein, Vettern.«

»Die halten bestimmt noch eine Gebetsstunde ab«, sagte Coffin Ed.

Als die Polizisten die Tür hinter den eingepferchten Verdächtigen schlossen, näherte sich ein großer Cadillac, ein cremefarbenes Luxus-Cabrio mit heruntergeschlagenem Verdeck, und hielt neben den geparkten Wagen hinter der Reihe Polizeifahrzeuge an. Auf jeder Tür befand sich die Prägung einer kleinen weißen Spielkarte. In den Ecken trug jede Karte ein emailliertes Pik, Herz, Karo und Kreuz. Die Türen hatten die Größe von Scheunentoren.

Eine der Türen schwang auf. Ein Mann stieg aus. Er war groß, aber als er aufrecht stand, verlor seine Größe von einsachtzig durch die Hängeschultern und die langen Arme an Wirkung. Der Mann trug einen lichtblauen Anzug aus Shantungseide, ein blaßgelbes Hemd aus Seidencrêpe, eine handbemalte Krawatte, auf der eine orangefarbene Sonne in einem dunkelblauen Morgen aufstieg, auf Hochglanz polierte leichte, helle Schuhe mit Gummisohlen, als Krawattennadel die Miniaturausgabe einer Herz zehn, deren Herzen aus Opalen bestanden, und drei Ringe – den schweren, goldenen Siegelring seiner Loge, einen gelben Diamanten, der auch in einen schweren Goldreifen gefaßt war, und einen großen, undefinierbaren bunten Klunker, ebenfalls in einem schweren Goldreifen. Seine Manschettenknöpfe waren schwere, goldene, mit Brillanten besetzte Quadrate. Er trug nicht aus Eitelkeit so viel Gold mit sich herum. Er war ein Spieler, und das Gold stellte seine Reserve für den Notfall dar.

Er war barhäuptig. Sein graugesprenkeltes Kraushaar war auf die Länge eines Dreitagebarts geschoren, auf einer Seite war ein Scheitel hineinrasiert. Im trüben Morgenlicht zeigte sein grobes, wulstiges Gesicht, daß es seinen Anteil abbekommen hatte. Mitten auf der Stirn befand sich eine aufgeworfene bläuliche Narbe mit Nebenkämmen, die sich wie die erstarrten Fangarme eines Polypen ausbreiteten. Sie verlieh ihm den Ausdruck permanenter Wut, was noch durch das glimmende Feuer verstärkt wurde, das dicht unter der Oberfläche seiner schlammbraunen Augen schwelte und jederzeit zum Ausbruch kommen konnte.

Er wirkte hart, stark, gefährlich und unerschrocken.

»Johnny Perry!«

Der Name kam jedem unwillkürlich auf die Lippen, der in Harlem lebte. »Er ist der Größte«, sagten sie.

Dulcy winkte ihm aus dem Geschäft zu.

Er ging auf die Polizisten zu, die sich vor der Tür versammelt hatten. Er ging elastisch, trat mit den Fußballen auf wie ein Berufsboxer. Eine Welle der Nervosität lief durch die Reihen der Polizisten.

»Was soll das Theater?« fragte er den Sergeanten.

Einen Augenblick schwiegen alle.

Dann nickte der Sergeant zu dem Brotkorb auf dem Gehsteig und sagte: »Da hat's wen erwischt«, ganz so, als hätte die hektische, heiße Flamme, die in Johnnys Augen aufflackerte, ihm die Worte abgerungen.

Johnny drehte den Kopf, um nachzusehen, ging dann hinüber und starrte auf Vals Leiche herunter. Er stand fast eine Minute wie angewurzelt da. Als er sich wieder umwandte, hatte sein dunkles Gesicht einen tiefen Purpurschimmer angenommen, und die Fangarme der Narbe auf seiner Stirn schienen zum Leben erwacht zu sein. In seinen Augen funkelte das heiße, schwelende Glühen von feuchtem Holz, das jeden Moment auflodern konnte. Doch seine Stimme behielt den unverrückbar gedehnten, tiefen Klang des Spielers. »Wissen Sie, wer ihn erstochen hat?«

Der Sergeant hielt seinem Blick ungerührt stand. »Noch nicht. Wissen Sie's?«

Johnny streckte die linke Hand aus, die Finger steif und gespreizt, dann zog er sie zurück und steckte sie in die Jakkentasche, genau wie seine andere Hand. Er antwortete nicht.

Dulcy hatte sich zwischen den im Schaufenster ausgestellten Waren hindurchgeschlängelt und war nahe genug an die Scheibe gekommen, um dagegenzuklopfen.

Johnny warf ihr einen Blick zu und sagte dann zu dem Sergeanten: »Ihr habt meine Frau da mit drin. Laßt sie raus.«

»Sie gehört zu den Verdächtigen«, antwortete der Sergeant tonlos.

»Es ist ihr Bruder«, sagte Johnny.

»Sie können sie auf dem Revier sehen. Die Wagen werden bald hier sein«, entgegnete der Sergeant gleichgültig.

Flammen flackerten in Johnnys trüben Augen auf.

»Lassen Sie sie raus«, sagte Grave Digger. »Er wird sie hinbringen.«

»Und wer, verdammt noch mal, bringt ihn hin?« fuhr der Sergeant wütend auf.

»Das tun wir«, antwortete Grave Digger. »Ich und Ed.«

Der erste Transportwagen bog um die Ecke in die Seventh Avenue. Der Sergeant öffnete die Tür und sagte: »Na los, fangen wir damit an, sie da rauszuholen.«

Dulcy kam als dritte an die Reihe. Sie mußte warten, bis die Polizisten die beiden Männer vor ihr gefilzt hatten. Einer der Cops bat um ihre Handtasche, aber sie lief an ihm vorbei und warf sich Johnny in die Arme.

»Oh, Johnny«, schluchzte sie und beschmierte seinen lichtblauen Seidenanzug mit Lippenstift, Wimperntusche und Tränen, als sie ihr Gesicht an seine Brust drückte.

Er umarmte sie mit einer Zärtlichkeit, die bei einem Mann seines Aussehens überraschte. »Weine nicht, Baby«, sagte er mit seiner monotonen Stimme, »ich werd den Schweinehund schon kriegen.«

»Steigen Sie lieber in den Wagen«, riet ihm ein weißer Polizist und ging auf Dulcy zu. Grave Digger winkte ihn zurück.

Johnny geleitete Dulcy zu seinem Cadillac, als litte sie an einem Gebrechen.

Als Alamena aus dem Laden kam, trat sie sogleich aus der Reihe, lief zu dem Cadillac und setzte sich neben Dulcy.

Niemand sprach sie an.

Johnny ließ den Motor an, wurde aber durch einen Wagen der Gerichtsmedizin aufgehalten, der direkt vor ihm anhielt. Der Polizeiarzt stieg aus, seinen schwarzen Koffer in der Hand, und ging zu der Leiche. Vom Eingang des Wohnhauses kamen zwei Polizisten in Begleitung von Mamie Pullen und Reverend Short.

»Kommt hierher«, rief Alamena.

»Gott sei Dank«, seufzte Mamie. Sie wand sich langsam zwischen den geparkten Wagen hindurch und kletterte dann auf den Rücksitz.

»Hier ist auch noch Platz für Sie, Reverend Short«, rief Alamena.

»Ich fahre nicht mit einem Mörder«, antwortete er mit seiner krächzenden Stimme und ging mit torkelnden Schritten auf den zweiten Polizeiwagen zu, der inzwischen vorgefahren war.

Die Augen aller Polizisten wanderten schnell von seinem Gesicht hinüber zu den Insassen des cremefarbenen Cadillacs.

»Nehmen Sie den Fluch von mir!« schrie Dulcy und wurde wieder hysterisch.

»Halt die Klappe!« befahl Alamena schroff.

Johnny legte den Gang ein, ohne sich umzusehen, und der große, glänzende Wagen rollte langsam an. Coffin Ed und Grave Digger folgten dicht hinter ihm in ihrer klapprigen, kleinen schwarzen Limousine.

## 6

Die Voruntersuchungen wurden von einem anderen Kriminalbeamten, Detective Sergeant Brody von der Zentralen Mordkommission, geleitet, wobei ihm die beiden Detectives vom zuständigen Revier, Grave Digger Jones und Coffin Ed Johnson, assistierten.

Das Verhör fand in einem schalldichten, fensterlosen Raum im ersten Stock statt. Dieser Raum war in Harlems Unterwelt als »Singvogelkäfig« bekannt. Es hieß, egal wie hart das Ei war, es mußte nur lange genug hier weichgeklopft werden, dann würde ihm schon ein Singvogel entschlüpfen.

Der Raum wurde durch den heißen, grellen Strahl eines 300-Watt-Scheinwerfers erleuchtet, der auf einen niedrigen Schemel gerichtet war, der wiederum in der Mitte des Raums auf die Dielen des nackten Fußbodens geschraubt war. Der Sitz des Schemels war vom Hin- und Herrutschen der zahllosen Verdächtigen, die darauf gesessen hatten, blank poliert.

Sergeant Brody saß an einem großen, reichlich lädierten Schreibtisch, der vor der Wand neben der Tür stand, und stützte die Ellbogen auf die Platte. Der Tisch befand sich jenseits der Schattenlinie, die den Ermittlungsbeamten von den Verdächtigen trennte, die im gleißenden Licht schmorten.

An der einen Schmalseite des Schreibtischs saß ein Polizeistenograph auf einem Stuhl mit seinem Block auf der Tischplatte vor sich. Coffin Ed bildete in der Ecke hinter ihm einen großen, konturlosen Schatten. Grave Digger stand auf der anderen Seite des Schreibtischs und hatte den Fuß auf den einzigen freien Stuhl im Zimmer gestellt. Beide hatten ihren Hut aufbehalten.

Die Hauptfiguren – Vals Freunde und Vertraute, Johnny und Dulcy Perry, Mamie Pullen, Reverend Short und Chink Charly – wurden oben im Büro der Detectives bis zuletzt zurückgehalten.

Die anderen waren unten im Arrestraum zusammengetrieben worden und wurden nun, jeweils zu viert, heraufgebracht und nebeneinander in dem Lichtkegel aufgereiht.

Der Anblick der Leiche und die anschließende Fahrt im Polizeiwagen hatte sie alle zu plötzlich ernüchtert. Sie waren verschwitzt und verärgert, Männer und Frauen gleichermaßen. Ihre hageren, hell- bis dunkelhäutigen Gesichter nahmen sich in dem kalkweißen Licht wie afrikanische Kriegsmasken aus.

Nachdem ihre Namen, Anschriften und Berufe notiert waren, stellte ihnen Sergeant Brody mit leidenschaftsloser Polizistenstimme die üblichen Fragen: »Gab es Streit bei der Trauerfeier? Handgreiflichkeiten? Hat einer von Ihnen gehört, daß der Name von Valentine Haines fiel? Hat einer von Ihnen gesehen, daß Chink Charly Dawson das Zimmer verließ? Um welche Zeit? War er allein? Ging Doll Baby mit ihm fort? Vor ihm? Nach ihm?

Hat einer von Ihnen gesehen, daß Reverend Short das Haus verließ? Daß er aus dem Wohnzimmer ging? Ging er ins Schlafzimmer? Haben Sie darauf geachtet, ob die Schlafzimmertür den größten Teil des Abends über offen oder geschlossen war? Wieviel Zeit verstrich zwischen seinem Verschwinden und seiner Rückkehr?

Hat einer von Ihnen bemerkt, daß Dulcy Perry das Haus verließ? Bevor Reverend Short zurückkam oder nachher?

Wieviel Zeit verstrich zwischen Reverend Shorts Rückkehr und dem Zeitpunkt, als Sie alle zum Fenster im Schlafzimmer gingen, um nach dem Brotkorb zu sehen? Fünf Minuten? Mehr? Weniger? Ist während dieser Zeit jemand anders fortgegangen? Weiß einer, ob Val Feinde hatte? Irgend jemand, der sich an ihm rächen wollte? Steckte er in irgendwelchen Schwierigkeiten?«

Unter den Aufgegriffenen befanden sich sieben Männer, die nicht bei der Totenfeier gewesen waren. Brody fragte sie, ob sie jemanden aus dem Fenster in der zweiten Etage fallen gesehen hätten. Oder ob jemand die Straße entlangkam, zu Fuß oder in einem Wagen. Keiner von ihnen wollte etwas gesehen haben. Alle schworen, sie seien in ihrer Wohnung gewesen, im Bett, und erst auf die Straße hinausgegangen, nachdem die Streifenwagen eintrafen.

»Hat einer von Ihnen einen Schrei gehört?« fragte Brody. »Das Geräusch eines vorbeifahrenden Wagens? Oder sonst irgendeinen ungewöhnlichen Laut?«

Alle seine Fragen wurden verneint.

»Also gut, also gut«, grollte er. »Ihr wart alle im Bett, habt den Schlaf des Gerechten genossen und von den Engeln im Himmel geträumt. Ihr habt nichts gesehen, ihr habt nichts gehört, und ihr wißt nichts. Schon gut ...«

Alle wurden gefragt, ob sie die Mordwaffe, die Brody jeder der Gruppen vorlegte, identifizieren könnten. Niemand konnte es.

Zwischen den Fragen und Antworten hörte man, wie der Federhalter des Stenographen kratzend Blatt um Blatt des Schreibpapiers füllte.

Der Tascheninhalt jeder Person wurde auf die Schreibtischplatte gehäuft, sobald eine Gruppe hereingeführt worden war. Der Sergeant untersuchte nur die Messer. Wenn die Klingen die gesetzlich erlaubte Länge von zwei Zoll überschritten, schob er sie in den Spalt zwischen der Mittelschublade und der Schreibtischplatte und knackte sie mit einem leichten Druck nach unten ab. Mit der Zeit häuften sich die abgebrochenen Klingen in der Schublade an.

Als Brody mit der letzten Gruppe fertig war, blickte er auf seine Uhr. »Zwei Stunden und siebzehn Minuten«, sagte er. »Und alles, was ich bisher erfahren habe, ist, daß die Leute hier in Harlem so ehrenwert sind, daß nicht einmal ihre Finger stinken.«

»Was haben Sie denn erwartet?« fragte Grave Digger. »Daß einer sagt, sie hätten es getan?«

»Wollen Sie, daß ich das Protokoll vorlese?« fragte der Polizeistenograph.

»Um Gottes willen, nein! Laut Bericht des Polizeiarztes wurde das Opfer an der Stelle getötet, wo die Leiche lag.

Aber niemand hat den Ermordeten kommen sehen. Keiner erinnert sich genau, wann Chink Charly die Wohnung verlassen hat. Niemand weiß, wann Dulcy Perry weggegangen ist. Keiner ist sich sicher, ob Reverend Short überhaupt aus dem verdammten Fenster gefallen war. Glauben Sie das, Digger?«

»Warum nicht? Wir sind in Harlem. Hier kann alles passieren.«

»Ja, wir hier in Harlem glauben alles«, bestätigte Coffin Ed.

»Ihr wollt mich doch wohl nicht auf den Arm nehmen, Kollegen?« fragte Brody trocken.

»Ich versuche nur, Ihnen klarzumachen, daß die Leute hier nicht so einfältig sind, wie Sie meinen«, antwortete Grave Digger. »Sie versuchen, den Mörder ausfindig zu machen. Also gut. Ich bin bereit zu glauben, daß jeder einzelne von ihnen es gewesen sein kann, wenn wir genug Beweise dafür finden.«

»Mir soll's recht sein«, antwortete Brody. »Bringt Mamie Pullen herein.«

Als Grave Digger Mamie in den Raum geleitete, schob er ihr den Stuhl, den er als Fußstütze benutzt hatte, bequem zurecht, so daß sie sich mit dem Arm an den Schreibtisch lehnen konnte, wenn sie wollte. Dann trat er zum Scheinwerfer und stellte ihn so ein, daß sein Licht sie nicht belästigte.

Sergeant Brodys erster Blick galt dem schwarzen Satinkleid, dessen Saum auf dem Boden schleifte und das an die strenge Uniform der Bordellmütter in den zwanziger Jahren erinnerte. Er nahm die Kappen der robusten Herrenschuhe wahr, die unter dem Rock hervorschauten. Sein Blick ruhte länger auf dem Zwei-Karat-Diamanten in einem Platinreif, der einen knotigen braunen Ringfinger umschloß, und verweilte reichlich lange auf der Halskette aus weißer Jade mit einem schwarzen Onyxkreuz als Anhänger, die wie ein sorgsam gehüteter Rosenkranz bis zu Mamies Taille hinabhing. Dann blickte er in das alte, braune Gesicht, das von Kummer und

Sorgen zerfurcht war und dessen schlaffe Falten unter dem festen Knoten kurzer, gestraffter, graumelierter Haare herabhingen.

»Das ist Sergeant Brody, Tante Mamie«, sagte Grave Digger Jones. »Er muß Ihnen ein paar Fragen stellen.«

»Guten Tag, Mr. Brody«, sagte sie und streckte ihre geschundene, ungeschmückte rechte Hand über den Schreibtisch.

»Das ist eine böse Geschichte, Mrs. Pullen«, sagte der Sergeant und schüttelte ihr die Hand.

»Sieht so aus, als ob ein Tod immer einen anderen nach sich zieht«, sagte sie. »War immer schon so, seit ich denken kann. Ein Mensch stirbt, und dann nimmt es kein Ende. Ich glaube, Gott hat das so geplant.«

Dann hob sie den Kopf, um das Gesicht des Polizisten zu sehen, der so freundlich zu ihr gewesen war, und rief aus: »Gott im Himmel, du bist doch der kleine Digger Jones! Dich kenne ich, seit du ein Lausbub mit kahlgeschorenem Kopf in der 116th Street warst. Wußte gar nicht, daß du derjenige bist, den sie Grave Digger nennen.«

Grave Digger Jones grinste verlegen wie ein kleiner Junge, den man beim Äpfelstehlen erwischt hat. »Ich bin jetzt erwachsen, Tante Mamie.«

»Wie die Zeit vergeht. Big Joe hat immer gesagt: *Tempers fugits*. Du mußt doch jetzt mindestens fünfunddreißig Jahre alt sein.«

»Sechsunddreißig. Das hier ist Eddy Johnson, mein Partner.«

Coffin Ed trat einen Schritt vor ins Licht. Beim Anblick seines Gesichts war Mamie entsetzt. »Gott im Himmel!« rief sie unwillkürlich. »Was ist denn mit ...« Dann riß sie sich zusammen.

»Ein Lump hat mir eine Flasche Säure ins Gesicht geschüttet.« Er zuckte die Achseln. »Berufsrisiko, Tante Mamie. Ich bin Polizist. Da muß man es drauf ankommen lassen.«

Sie entschuldigte sich. »Jetzt fällt mir ein, daß ich was

darüber gelesen habe, aber ich wußte nicht, daß du das warst. Ich geh fast nie aus, nur manchmal mit Big Joe, als er noch lebte.« Dann fügte sie aufrichtig hinzu: »Ich hoffe, man hat den Kerl, wer immer es war, ins Gefängnis gesperrt und den Schlüssel weggeworfen.«

»Er liegt schon unter der Erde, Tante Mamie«, sagte Coffin Ed.

Grave Digger erklärte: »Ed bekommt von seinem Oberschenkel Haut ins Gesicht verpflanzt, aber das dauert seine Zeit. Bestimmt noch ein Jahr, ehe es ganz fertig ist.«

»Und nun, Mrs. Pullen«, mischte sich der Sergeant entschlossen ein, »schlag ich vor, daß Sie mir in Ihren eigenen Worten schildern, was gestern nacht oder richtiger heute morgen in Ihrer Wohnung geschah.«

Sie seufzte. »Ich sag Ihnen, was ich weiß.«

Als sie ihren Bericht beendet hatte, sagte der Sergeant: »Das gibt uns wenigstens ein klares Bild davon, was in Ihrem Haus tatsächlich in der Zeit zwischen der Rückkehr Reverend Shorts in Ihre Wohnung und der Entdeckung des Leichnams geschah. Glauben Sie, daß Reverend Short aus Ihrem Schlafzimmerfenster fiel?«

»O ja, das glaube ich. Er hatte keinen Grund, das zu behaupten, wenn er nicht wirklich gefallen wäre. Außerdem war er draußen, und niemand hat ihn zur Tür rausgehen sehen.«

»Kommt Ihnen das nicht merkwürdig vor, daß er aus einem Fenster im zweiten Stock gefallen sein soll?«

»Na ja, Sir, der Reverend ist ein gebrechlicher Mann, und er gerät manchmal in Trance. Vielleicht war das so eine Trance.«

»Meinen Sie Epilepsie?«

»Nein, Sir, richtig religiöse Trance. Er hat Visionen.«

»Was für Visionen?«

»Oh, alle möglichen Visionen. Er predigt auch darüber. Er ist ein Prophet wie der heilige Johannes, der Offenbarer.«

Sergeant Brody war Katholik, und er machte ein verständnisloses Gesicht.

Grave Digger erklärte: »Der heilige Johannes, der Offenbarer, ist der Prophet, der die sieben Schleier und die vier Apokalyptischen Reiter sah. Die Leute hier in Harlem haben großen Respekt vor dem heiligen Johannes. Er war der einzige Prophet, der in seinen Visionen je Gewinnzahlen sah.«

»Die *Offenbarung* ist die Bibel der Wahrsager«, fügte Coffin Ed hinzu.

»Es ist nicht nur das«, sagte Mamie. »Der heilige Johannes sah, wie wundervoll es im Himmel und wie schrecklich es in der Hölle war.«

»Also gut, um nochmal zu diesem Mord zurückzukommen, kann Chink Charly irgendeinen Grund haben, Reverend Short töten zu wollen?« fragte Brody. »Einen anderen als die Tatsache, daß der Reverend ein Prophet ist?«

»Nein, Sir, auf gar keinen Fall. Es war einfach so, daß Reverend Short durch den Sturz um seinen Verstand gebracht worden war und nicht wußte, was er sagte.«

»Aber er und Chink hatten sich doch vorher gestritten?«

»Nicht richtig gestritten. Reverend Short und er hatten nur Meinungsverschiedenheiten über die Leute, die bei der Trauerfeier waren. Aber das geht keinen von beiden was an.«

»Gibt es zwischen Dulcy und Reverend Short böses Blut?«

»Böses Blut? Nein, Sir. Es ist nur so, daß Reverend Short glaubt, Dulcy müsse gerettet werden, und sie läßt keine Gelegenheit aus, ihn zu reizen. Aber ich vermute, er ist insgeheim scharf auf Dulcy, nur schämt er sich dafür, weil er doch Prediger und sie eine verheiratete Frau ist.«

»Wie steht der Reverend zu Johnny und Val?«

»Jeder der drei respektierte die Angelegenheiten der anderen, und damit hatte es sich.«

»Wieviel Zeit verging von dem Augenblick, als Dulcy die Wohnung verließ, bis zu dem Moment, als Sie ans Schlafzimmerfenster traten und die Leiche entdeckten?«

»Das dauerte gar nicht lange«, erklärte sie nachdrücklich. »Sie hatte noch nicht mal genug Zeit, um die Treppe hinunterzukommen.«

Sergeant Brody stellte noch ein paar Fragen zu den anderen Trauergästen, erfuhr aber nichts, was sich mit Val in Verbindung bringen ließ.

Dann versuchte er es von einer anderen Seite: »Erkannten Sie die Stimme des Mannes, der Sie anrief, nachdem die Leiche entdeckt worden war?«

»Nein, Sir. Sie klang nur weit entfernt und undeutlich.«

»Aber wer immer es auch war, wußte, daß in dem Brotkorb ein Toter lag.«

»Nein, Sir, es war so, wie ich eben schon gesagt hab. Wer immer es war, sprach nicht von Val. Er sprach von Reverend Short. Er hatte den Reverend fallen sehen und dachte, daß er tot da unten liegt, und deshalb rief er an. Davon bin ich überzeugt.«

»Wie sollte er denn wissen, daß der Reverend tot ist, wenn er gar nicht nahe genug an ihn herangekommen war, um ihn zu untersuchen?«

»Weiß ich nicht, Sir. Ich nehm an, er dachte einfach, er wäre tot. Sie würden auch jeden für tot halten, der aus dem Fenster im zweiten Stock fällt und dann daliegt und nicht wieder aufsteht.«

»Aber nach Aussagen der Zeugen ist Reverend Short aufgestanden und aus eigener Kraft den ganzen Weg die Treppen wieder hinaufgekommen.«

»Also, ich hab auch keine Ahnung, wie das war. Ich weiß nur, daß jemand anrief, und als ich sagte, er sei erstochen worden – ich meine Val –, hängte er einfach ein, als ob ihn das überrascht hätte.«

»Kann das Johnny Perry gewesen sein?«

»Nein, Sir. Ich bin hundertprozentig sicher, daß er es nicht war. Und wenn einer seine Stimme kennt, dann müßte ich das sein, so lange wie ich die schon höre.«

»Er ist Ihr Stiefsohn? Oder ist er Ihr Patensohn?«

»Na ja, eigentlich keins von beiden, aber wir haben ihn immer als unseren Sohn angesehen, weil, als er seine Zeit abgesessen hatte …«

»Seine Zeit abgesessen? Wo?«

»In Georgia. Er war da eine Weile zu Zwangsarbeit verurteilt.«

»Weshalb?«

»Er hat einen Mann umgebracht, weil der seine Mutter schlug – seinen Stiefvater. Na, immerhin war sie die Lebensgefährtin von ihm, also seine Ma, aber sie taugte nichts, und Johnny war immer ein guter Junge. Dafür kriegte er ein Jahr beim Straßenbau.«

»Wann war das?«

»Ist schon sechsundzwanzig Jahre her, daß er rauskam. Während er im Bau war, brannte seine Ma mit einem anderen durch, und dann zogen ich und Big Joe nach Norden. Da haben wir ihn einfach mitgenommen. Er war gerade zwanzig Jahre alt.«

»Dann ist er jetzt sechsundvierzig.«

»Ja, Sir. Und Big Joe beschaffte ihm einen Job bei der Bahn.«

»Als Kellner?«

»Nein, Sir, als Küchengehilfe. Wegen seiner Narbe konnte er nicht als Kellner arbeiten.«

»Wo hat er die her?«

»Das war bei der Zwangsarbeit. Er und ein anderer Sträfling bekamen Streit beim Kartenspiel und gingen mit Pickeln aufeinander los. Johnny war immer schon ein Hitzkopf, und dieser andere Sträfling hatte behauptet, Johnny hätte ihn um ein Fünfcentstück betrogen. Dabei war Johnny immer so ehrlich wie der helle Tag.«

»Wann hat er denn seinen Spielclub hier eröffnet?«

»Den Tia Juana Club? Den hat er vor etwa zehn Jahren aufgemacht. Big Joe hat das Geld vorgestreckt. Aber er hatte schon vorher ein kleines Mietshaus, in dem gespielt wurde.«

»Hat er damals Dulcy geheiratet, ich meine Mrs. Perry, also zu der Zeit, als er den Tia Juana Club eröffnete?«

»Aber nein, nicht doch, er hat sie vor gerade mal anderthalb Jahren geheiratet, am 2. Januar im vergangenen Jahr, einen Tag nach Neujahr. Davor war er mit Alamena verheiratet.«

»Ist er mit Dulcy richtig verheiratet, oder lebt er nur mit ihr zusammen?« Der Sergeant sah sie mit vertraulichem Zwinkern an.

Sie richtete sich steif auf. »Ihre Heirat ist so legal wie Whisky. Ich und Big Joe waren die Trauzeugen. Sie haben im Standesamt geheiratet.«

Der Sergeant wurde feuerrot.

Grave Digger sagte gedämpft: »Es gibt Paare in Harlem, die heiraten.«

Sergeant Brody fühlte sich auf unsicherem Gelände und griff schnell nach einer neuen Frage. »Hat Johnny immer viel Bargeld bei sich?«

»Das weiß ich nicht, Sir.«

»Auf der Bank vielleicht, oder hat er sein Geld in Immobilien angelegt? Wissen Sie, was er an Vermögenswerten besitzt?«

»Nein, Sir. Vielleicht wußte es Big Joe, aber er hat es mir nie erzählt.«

Der Sergeant ließ den Punkt fallen. »Würden Sie mir sagen, was Sie und Dulcy – Mrs. Perry – so Wichtiges zu besprechen hatten, daß Sie sich mit ihr im Badezimmer einschließen mußten?«

Sie zögerte und warf Grave Digger einen flehenden Blick zu. Grave Digger sagte: »Wir sind nicht hinter Johnny her, Tante Mamie. Das alles hat nichts mit seinem Spielclub oder der Einkommenssteuer oder irgendwas zu tun, das die Bundesregierung angeht. Wir wollen nur herausfinden, wer Val erstochen hat.«

»Mein Gott, es ist mir schleierhaft, wer Val etwas antun wollte. Er hatte in der ganzen Welt nicht einen einzigen Feind.«

Der Sergeant ging darüber hinweg. »Dann haben Sie und Dulcy also nicht über Val gesprochen?«

»Nein, Sir. Ich wollte mich nur nach einer Auseinandersetzung erkundigen, die Johnny mit Chink am letzten Samstag abend bei Dickie Wells hatte.«

»Worum ging es da? Geld? Spielschulden?«

»Nein, Sir. Johnny ist wegen Dulcy wahnsinnig eifersüchtig. Eines Tages wird er ihretwegen noch mal jemanden umbringen. Und Chink bildet sich ein, er wäre Gottes Geschenk an die Frauen. Ständig ist er hinter Dulcy her. Die Leute sagen, er denkt sich gar nichts dabei, aber ...«

»Welche Leute?«

»Na ja, Val und Alamena und sogar Dulcy selbst. Aber an was soll ein Mann schon denken, wenn er hinter einer Frau her ist, außer daß er sie haben will? Und Johnny ist so eifersüchtig und jähzornig, ich habe eine Todesangst, daß doch noch mal Blut fließt.«

»Welche Rolle spielte Val dabei?«

»Val? Er war immer nur der Schlichter, klar stand er auf Johnnys Seite. Es sah so aus, als ob er die meiste Zeit damit verbrachte, Johnny den Ärger vom Hals zu halten. Aber er hatte auch nichts gegen Chink.«

»Dann waren Johnnys Feinde also auch seine Feinde?«

»Nein, Sir. Das würde ich nicht sagen. Val war nicht der Mensch, der Feinde hatte. Er und Chink haben sich immer gut verstanden.«

»Wer ist denn Vals Freundin?«

»Eine feste Freundin hatte er nie. Nicht daß ich wüßte. Er spielte einfach nur herum. Ich glaube, zuletzt war es Doll Baby. Er hatte aber nicht die Absicht, sich von irgendeinem Mädchen einfangen zu lassen.«

»Sagen Sie mir eines, Mrs. Pullen: Fiel Ihnen nicht irgendwas Ungewöhnliches an der Leiche auf?«

»Nun ...« Sie runzelte die Augenbrauen. »Ich kann mich an nichts erinnern. Natürlich habe ich ihn nicht von nahem gesehen. Ich sah ihn nur von meinem Fenster aus. Aber was Ungewöhnliches ist mir nicht aufgefallen.«

Der Sergeant starrte sie an. »Finden Sie es nicht seltsam, daß ein Messer in seinem Herz steckte?«

»Ach, Sie meinen, weil er erstochen wurde. Ja, Sir. Das kam mir schon seltsam vor. Ich konnte mir nicht vorstellen, warum einer ausgerechnet Val umbringen wollte.«

Der Sergeant starrte sie weiter an, wußte aber nicht so recht, was er von dieser Antwort halten sollte. »Wenn Johnny statt Val da gelegen hätte, wäre Ihnen das nicht so seltsam vorgekommen.«

»Nein, Sir.«

»Aber haben Sie sich nicht auch gewundert, wie es kam, daß er dort in dem Brotkorb lag, ein paar Minuten nachdem Reverend Short aus Ihrem Fenster in genau diesen Brotkorb gefallen war?«

Zum ersten Mal nahm ihr Gesicht einen furchtsamen Ausdruck an. »Ja, Sir«, antwortete sie flüsternd und lehnte sich gegen den Schreibtisch, um sich zu stützen. »Mächtig seltsam. Der Herr allein weiß, wie er dort hinkam.«

»Nein, der Mörder weiß es auch.«

»Ja, Sir. Aber eins will ich Ihnen sagen, Mr. Brody. Johnny ist es nicht gewesen. Vielleicht hat er seinen Schwager nicht gerade innig geliebt, aber Dulcy zuliebe hat er ihn in seiner Nähe geduldet. Und er hätte es auch nicht zugelassen, daß ihm einer ein Haar auf dem Kopf krümmt, geschweige daß er selbst ihm was getan hätte.«

Brody nahm die Mordwaffe aus der Schublade und legte sie auf die Schreibtischplatte. »Haben Sie das schon mal gesehen?«

Sie starrte auf das Messer, eher neugierig als entsetzt. »Nein, Sir.«

Er beließ es dabei. »Wann findet die Beisetzung statt?«

»Heute nachmittag um zwei.«

»Also gut, Sie können jetzt nach Hause gehen. Sie haben uns sehr geholfen.«

Sie erhob sich langsam, stützte sich dabei auf die Schreibtischplatte und streckte mit der Höflichkeit einer Südstaatlerin Sergeant Brody ihre Hand entgegen.

Sergeant Brody war an dergleichen nicht gewöhnt. Er war

der Hüter des Gesetzes. Die Leute auf der anderen Seite seines Schreibtisches standen im allgemeinen auch auf der anderen Seite des Gesetzes. Er war so verwirrt, daß er ungeschickt aufstand, dabei seinen Stuhl umwarf und Mamies Hand wie einen Pumpenschwengel schüttelte, wobei sein Gesicht wie ein frisch gekochter Hummer glühte.

»Ich hoffe, daß bei Ihrem Begräbnis alles gutgeht, Mrs. Pullen – ich meine natürlich das Begräbnis Ihres Gatten.«

»Danke, Sir. Wir können nichts anderes tun, als ihn in die Erde zu legen und zu hoffen.«

Grave Digger und Coffin Ed traten vor, geleiteten sie respektvoll zum Ausgang und hielten ihr die Tür weit auf, um sie hinausgehen zu lassen. Ihr schwarzes Satinkleid schleifte über den Boden und fegte Staub auf ihre kräftigen, strapazierfähigen Schuhe. Sergeant Brody seufzte nicht. Er war stolz auf die Tatsache, daß er nie seufzte. Aber als er wieder auf die Uhr blickte, sah er aus, als ob er es doch gern getan hätte.

»Es ist zwanzig nach zehn. Glaubt ihr, wir werden vor der Mittagspause fertig?«

»Wir sollten es hinter uns bringen«, sagte Coffin Ed schroff. »Ich habe überhaupt nicht geschlafen und bin so hungrig, daß ich sogar einen Hund verspeisen könnte.«

»Dann wollen wir uns jetzt mal den Prediger vornehmen.«

Als Reverend Short den blankgewetzten, hölzernen Hocker erblickte, der mitten im Lichtschein des grellen Scheinwerfers stand, blieb er direkt im Türrahmen stehen und zitterte wie ein Schaf, das abgestochen werden soll.

»Nein!« krächzte er und wollte in den Korridor zurückweichen. »Da gehe ich nicht rein.«

Die beiden uniformierten Polizisten, die ihn aus den Hafträumen heraufgebracht hatten, packten ihn bei den Armen und drängten ihn in den Raum.

Er wehrte sich gegen ihren Griff und vollzog dabei Bewegungen wie ein Tempeltänzer. Die Adern auf seinen knochigen Schläfen traten hervor. Hinter seinen goldgefaßten Brillengläsern quollen seine Augen vor wie die einer Wanze unter einem Mikroskop, und sein Adamsapfel tanzte auf und ab wie der Schwimmer an einer Angelrute.

»Nein, nein! Hier spuken die Seelen gefolterter Christen«, kreischte er.

»Komm schon, Alterchen, laß die Spielchen«, sagte einer der Polizisten und stieß ihn grob vor. »Hier sind noch nie Christen reingekommen.«

»Doch, doch!« kreischte er mit seiner krächzenden Stimme. »Ich höre ihre Schreie. Das ist die Folterkammer der Inquisition. Ich rieche das Blut der Märtyrer.«

»Dann müssen Sie Nasenbluten haben«, sagte der andere Polizist, um es mit einem Witz zu versuchen.

Sie hoben ihn an den Armen empor, so daß seine Beine und Füße grotesk wie die einer Marionette an ihren Schnüren baumelten, trugen ihn über den Fußboden und setzten ihn auf dem Hocker ab.

Die drei Inquisitoren starrten ihn an, ohne sich zu regen. Der Stuhl, auf dem Mamie Pullen gesessen hatte, diente Grave Digger wieder als Fußstütze. Coffin Ed hatte sich in den Schatten seiner dunklen Ecke zurückgezogen.

»Cäsaren!« krächzte der Reverend.

Die Polizisten standen neben ihm, jeder eine Hand auf seiner Schulter.

»Kardinäle!« schrie er. »Der Herr ist mein Hirte, ich werde mich nicht fürchten.« Seine Augen funkelten, als sei er von Sinnen.

Sergeant Brodys Gesicht blieb ungerührt, aber er sagte: »Außer uns armen Hühnchen ist niemand hier, Reverend.«

Reverend Short beugte sich vor und spähte in den Schatten, als ob er versuchte, eine undeutliche Gestalt im dichten Nebel zu erkennen.

»Wenn Sie Polizeibeamter sind, dann will ich Ihnen melden, daß Chink Charly mich aus dem Fenster stieß, um mich zu Tode zu bringen, aber der Herr breitete den Leib Christi auf dem Boden aus, um meinen Fall aufzufangen.«

»Es war ein Brotkorb«, berichtigte der Sergeant.

»Der Leib Christi.« Reverend Short blieb stur.

»In Ordnung, Reverend, lassen wir die Komödie«, sagte Brody. »Wenn Sie versuchen, auf Unzurechnungsfähigkeit zu plädieren, sind Sie auf dem Holzweg. Niemand erhebt irgendeine Beschuldigung gegen Sie.«

»Es war dieser Luzifer Dulcy Perry, sie hat ihn mit dem Messer erstochen, das Chink Charly ihr gab, um den Mord auszuführen.«

Brody beugte sich leicht vor. »Haben Sie gesehen, wie er ihr das Messer gab?«

»Ja.«

»Wann?«

»Am Tag nach Weihnachten. Sie saß in ihrem Wagen vor meiner Kirche und nahm an, daß niemand sie beobachtete. Er kam zu ihr, setzte sich auf den Sitz neben sie, gab ihr das Messer und zeigte ihr, wie sie es benutzen sollte.«

»Und wo waren Sie?«

»Ich beobachtete sie durch einen Spalt im Fenster. Mir kam es gleich verdächtig vor, daß sie in meine Kirche kam, um mir für wohltätige Zwecke alte Kleider zu bringen.«

»Sind sie und Johnny Mitglieder Ihrer Kirche?«

»Sie nannten sich Gemeindemitglieder, nur weil Big Joe Pullen ein Mitglied war, aber sie kommen nie in die Kirche, weil sie nicht gern rollen.«

Grave Digger bemerkte, daß Brody damit nichts anfangen konnte, darum erklärte er: »Es ist eine Kirche der Heiligen Roller, Sergeant. Wenn ihre Mitglieder in Ekstase sind, rollen sie auf dem Boden herum.«

»Mit der Frau eines anderen«, fügte Coffin Ed hinzu.

Brodys Gesicht verlor jeden Ausdruck; der Polizeistenograph hörte auf zu schreiben und sah mit offenem Mund auf.

»Sie behalten ihre Kleidung an«, ergänzte Grave Digger. »Sie rollen nur auf dem Boden herum und zucken dabei, einzeln und in Paaren.«

Der Stenograph schien enttäuscht.

»Aha«, sagte Brody und räusperte sich. »Also, als Sie zuerst aus dem Fenster blickten, sahen Sie Val unten in dem Brotkorb liegen. Ein Messer steckte in seiner Brust, und Sie erkannten das Messer als dasjenige, das Chink Charly Dulcy Perry gegeben hatte?«

»Da war dort noch gar kein Brot«, stellte Reverend Short fest.

Sergeant Brody grinste. »Was war denn da, wenn es kein Brot war?«

»Da waren ein farbiger Polizist und ein weißer Mann, die einen Dieb jagten.«

»Ach, das haben Sie also gesehen«, sagte Brody, der endlich etwas hatte, an dem er sich festbeißen konnte. »Dann müssen Sie auch gesehen haben, wie der Mord begangen wurde.«

»Ich sah, wie sie ihn erstach«, erklärte Reverend Short.

»Sie können sie gar nicht gesehen haben, weil sie zu dem Zeitpunkt noch gar nicht die Wohnung verlassen hatte«, bemerkte Brody.

»Da sah ich es auch nicht. Da wurde ich aus dem Fenster gestoßen. Ich sah es erst später, nachdem ich in das Zimmer zurückgekommen war.«

»In welches Zimmer zurückgekommen?«

»Das Zimmer, in dem der Sarg stand.«

Brody fixierte ihn und begann langsam rot anzulaufen. »Hören Sie zu, Reverend«, warnte er. »Das hier ist ernst. Wir untersuchen einen Mordfall. Hier werden keine Witze gemacht.«

»Ich mache keine Witze«, sagte Reverend Short.

»Na schön, Sie wollen also sagen, daß Sie sich das alles einbilden?«

Reverend Short richtete sich auf und starrte Brody empört an. »Ich sah es in einer Vision.«

»Und in dieser Vision sahen Sie, wie Sie aus dem Fenster gestoßen wurden?«

»Erst nachdem ich aus dem Fenster gestoßen wurde, hatte ich die Vision.«

»Haben Sie solche Visionen oft?«

»Regelmäßig, und sie bewahrheiten sich immer.«

»Also gut, wie hat sie ihn denn getötet, ich meine, in Ihrer Vision?«

»Sie fuhr mit dem Fahrstuhl runter, und als sie auf die Straße trat, lag Valentine Haines in dem Korb, in den ich gefallen war …«

»Ich dachte, Sie hätten gesagt, da war gar kein Korb?«

»Als ich fiel, noch nicht, aber der Leib Christi hatte sich in einen Brotkorb verwandelt, und in diesem Brot lag er, als sie das Messer aus ihrer Handtasche nahm, an ihn herantrat und ihn erstach.«

»Was hatte Val denn da verloren?«

»Er lag da und wartete, daß sie herauskam.«

»Um sich erstechen zu lassen, nehme ich an?«

»Er erwartete nicht, daß sie ihn erstechen würde. Er wußte nicht einmal, daß sie ein Messer hatte.«

»Na schön. Davon kaufe ich Ihnen kein Wort ab. Haben Sie nun tatsächlich jemanden aus dem Haus gehen sehen – ich meine, wirklich gesehen –, während Sie unten waren?«

»Meine Augen waren verschleiert. Ich wußte, daß mich eine Vision überkommen würde.«

»Also gut, Reverend. Ich werde Sie jetzt laufenlassen«, sagte Brody und betrachtete den Inhalt von Reverend Shorts Taschen, der vor ihm auf dem Schreibtisch lag. »Aber für einen Mann, der sich selbst als Diener des Evangeliums bezeichnet, waren Sie nicht gerade eine Stütze.«

Reverend Short regte sich nicht.

Brody schob Taschenbibel, Taschentuch, Schlüsselbund und Brieftasche über die Schreibtischplatte, zögerte bei der Medizinflasche, zog spontan den Korken heraus und roch daran. Er blickte überrascht auf. Dann führte er die Flasche an die Lippen, kostete und spuckte auf den Boden. »Du lieber Himmel!« rief er aus. »Pfirsichschnaps mit Laudanum. Trinken Sie etwa so ein Zeug?«

»Das ist für meine Nerven«, erklärte Reverend Short.

»Sie meinen für Ihre Visionen. Wenn ich so etwas trinken

würde, hätte ich auch Visionen.« Angewidert sagte Brody zu den beiden Polizisten: »Bringt ihn raus!«

Plötzlich begann Reverend Short zu schreien: »Laßt sie nicht entkommen! Verhaftet sie! Verbrennt sie! Sie ist eine Hexe! Sie steht mit dem Teufel im Bunde! Und Chink ist ihr Komplize!«

»Wir werden uns schon um sie kümmern«, versprach der eine Polizist spottend, als sie ihn von dem Hocker hoben. »Für Hexen ist hier der richtige Platz – und auch für Hexenmeister. Seien Sie also vorsichtig.«

Reverend Short riß sich von ihnen los und fiel zu Boden. Er rollte sich umher und schlug krampfhaft um sich. Schaum stand ihm vor dem Mund, als ob er einen epileptischen Anfall hätte.

»Jetzt begreife ich, was ihr unter Heiligen Rollern versteht«, sagte Brody.

Der Polizeistenograph kicherte.

»Nein, da ist wohl eher eine Vision im Anmarsch«, sagte Grave Digger mit ernstem Gesicht. Brody sah ihn scharf an.

Die Polizisten faßten Reverend Short bei den Schultern und Füßen und trugen ihn hinaus. Einen Augenblick später kam einer der beiden zurück, um die Sachen des Reverend zu holen.

»Ist der verrückt, oder spielt er nur Theater?« fragte Brody.

»Vielleicht beides«, antwortete Grave Digger.

»Schließlich kann an dem, was er sagt, was dran sein«, gab Coffin Ed zu bedenken. »Wenn ich mich richtig an die Bibel erinnere, waren alle Propheten entweder Verrückte oder Epileptiker.«

»Mir gefällt manches von dem, was er sagte, das schon«, gab Brody zu. »Aber die Art, wie er es sagte, gefällt mir nicht.«

»Wer kommt jetzt dran?« fragte Grave Digger.

»Nehmen wir uns Johnnys Ex-Frau vor«, meinte Brody.

Alamena kam brav herein und fingerte an ihrem hochgeschlossenen Kragen herum, ganz so wie eines der Mädchen, die schon mal in dem Raum gewesen waren und genau wußten, was ihnen bevorstand.

Sie setzte sich in den Lichtkreis und faltete ihre Hände auf dem Schoß. Sie trug keinerlei Schmuck.

»Wie soll ich Sie anreden?« fragte Brody.

»Einfach Alamena«, antwortete sie.

»Schön. Und jetzt klären Sie mich mal kurz über Val und Dulcy auf.«

»Da gibt's nicht viel. Dulcy kam vor ein paar Jahren her, um in Small's Cabaret zu singen. Nach sechs Monaten hatte sie sich Johnny geangelt, und damit hatte sie ausgesorgt. Val kam zur Hochzeit und blieb dann hier.«

»Wer waren Dulcys Liebhaber, bevor sie heiratete?«

»Sie sah sich nur so um, erkundete das Gelände.«

»Und wie war das mit Val? Erkundete er auch das Gelände?«

»Warum sollte er? Als er herkam, wartete doch schon die Goldgrube auf ihn.«

»Er hat doch nur im Club ausgeholfen?« vermutete Brody.

»Davon war nicht viel zu merken«, antwortete sie. »Jedenfalls hätte Johnny Val nie sein Geld anvertraut, um damit zu spielen.«

»Was ging denn nun zwischen Dulcy und Chink und Val und Johnny vor sich?«

»Nichts, soweit ich weiß.«

»Soso. Na schön. Wer waren Vals Feinde?«

»Er hatte keine Feinde. Dazu war er nicht der Typ.«

Brodys Gesicht lief dunkel an. »Verdammt, er hat sich doch nicht selbst ins Herz gestochen.«

»Soll auch schon mal vorgekommen sein«, erwiderte sie.

»Aber nicht bei ihm. Das wissen wir. Andererseits gibt es keinerlei äußere Anzeichen dafür, daß er voll mit Drogen oder Alkohol war. Natürlich kann der Polizeiarzt das erst bei der Autopsie eindeutig feststellen. Aber nehmen wir mal an, Val hätte da gelegen, so früh am Morgen, und dann in diesem Brotkorb. Warum nur?«

»Vielleicht stand er daneben und fiel hinein, als er erstochen wurde.«

»Nein, er wurde erstochen, als er da drin lag. Und vom Zustand der Brote konnte er mit Sicherheit ablesen, daß vorher schon jemand oder etwas in dem Korb gelegen hatte. Vielleicht hat er sogar Reverend Short aus dem Fenster fallen sehen. Und jetzt will ich Ihnen nur eine simple Frage stellen. Warum sollte er sich freiwillig dort hingelegt und zugelassen haben, daß sich jemand mit einem Messer über ihn beugt und ihn ersticht, ohne auch nur den geringsten Widerstand zu leisten?«

»Keiner rechnet damit, von einem Freund erstochen zu werden, wenn er glaubt, daß der nur einen Scherz macht«, sagte sie.

Alle drei Detectives horchten unmerklich auf.

»Sie glauben, es war ein Freund?«

Sie zuckte mit den Schultern und machte eine leichte Bewegung mit ihren Händen. »Glauben Sie das nicht?«

Brody nahm das Messer aus der Schublade. Sie betrachtete es gleichgültig, als ob sie schon sehr viele Messer gesehen hätte.

»Ist es das?«

»Es sieht so aus.«

»Haben Sie es schon einmal gesehen?«

»Nicht daß ich wüßte.«

»Würden Sie sich daran erinnern, wenn Sie es schon einmal gesehen hätten?«

»Jeder in Harlem hat ein Messer bei sich. Denken Sie vielleicht, ich weiß, wie jedes Messer aussieht?«

»Nicht jeder in Harlem hat ein Messer wie das hier«, erklärte Brody. »Das ist ein handgeschmiedetes, importiertes englisches Messer mit einer Klinge aus Sheffieldstahl. Das einzige Geschäft, wo man es unseres Wissens in New York kaufen kann, ist Abercrombie and Fitch in der City, Madison Avenue. Es kostet zwanzig Dollar. Können Sie sich vorstellen, daß ein kleiner Halunke aus Harlem in die City geht und zwanzig Dollar für ein importiertes Jagdmesser ausgibt, um es dann in seinem Opfer steckenzulassen?«

Ihr Gesicht nahm eine merkwürdig schmutziggelbe Färbung an, und ihre dunklen braunen Augen sahen gehetzt aus.

»Warum nicht? Das ist ein freies Land«, flüsterte sie. »Wird doch immer behauptet.«

»Sie können jetzt gehen«, sagte Brody.

Keiner rührte sich, als sie aufstand und mit dem ungelenken, blinden Schritt eines Schlafwandlers zur Tür ging und den Raum verließ.

Brody wühlte in seiner Jackentasche nach seiner Pfeife und seinem Tabakbeutel aus Kunststoff. Er ließ sich Zeit, die abgegriffene Bruyèrepfeife zu stopfen, riß dann ein Streichholz an der Kante des Schreibtisches an und entzündete den Tabak.

»Wer hat ihr die Kehle aufgeschlitzt?« fragte er durch eine Rauchwolke, die Pfeife zwischen den Zähnen.

Grave Digger und Coffin Ed vermieden es, einander anzusehen. Beide schienen in seltsamer Weise verlegen.

»Johnny«, antwortete Grave Digger schließlich.

Brody erstarrte, faßte sich aber so schnell wieder, daß es kaum zu bemerken war. »Hat sie ihn angezeigt?«

»Nein. Es wurde als Unfall ausgegeben.«

Der Polizeistenograph hörte auf, in seinen Aufzeichnungen zu blättern, und blickte hinüber.

»Wie, zum Teufel, kann man sich durch einen Unfall den Hals durchschneiden?« fragte Brody.

»Sie sagte, daß er es nicht mit Absicht getan hat, es sei nur ein Scherz gewesen.«

»Ein ziemlich derber Scherz«, bemerkte der Stenograph.

»Warum?« fragte Brody. »Warum hat er es getan?«

»Sie blieb zu lange kleben«, erklärte Grave Digger. »Er wollte Dulcy, und sie mochte ihn nicht freigeben.«

»Und sie klebt immer noch an ihm?«

»Warum nicht? Er hat ihr den Hals durchgeschnitten, und jetzt hat sie ihn ein Leben lang.«

»Merkwürdige Methode, einen Mann zu binden, kann ich da nur sagen.«

»Möglich. Aber vergessen Sie nicht, dies ist Harlem. Die Leute hier sind schon glücklich, wenn sie nur leben.«

## 7

Sie riefen Chink als nächsten herein.

Er sagte aus, er habe den Abend mit einer kleinen freundschaftlichen Pokerpartie in seinem Zimmer begonnen. Um halb zwei hätten sie aufgehört, und er sei um zwei Uhr eingetroffen. Um fünf vor vier habe er die Trauergemeinde wieder verlassen, um eine Verabredung mit Doll Baby in ihrem Ein-Zimmer-Apartment im Nachbarhaus einzuhalten.

»Sahen Sie auf Ihre Uhr, als Sie fortgingen?« fragte Brody.

»Nein, erst als ich im Fahrstuhl hinunterfuhr.«

»Wo genau befand sich Reverend Short, als Sie gingen?«

»Reverend Short? Zum Teufel, auf den hab ich überhaupt nicht geachtet.« Er hielt kurz inne, als ob er sich zu erinnern versuchte, und sagte: »Ich glaube, er stand neben dem Sarg, aber genau weiß ich es nicht.«

»Was passierte, als Sie auf die Straße kamen?«

»Nichts. Ein farbiger Polizist stand da und bewachte die Lieferung für das A & P-Geschäft auf dem Gehsteig. Vielleicht erinnert er sich daran, daß er mich gesehen hat.«

»War jemand bei ihm?«

»Nein, es sei denn ein Gespenst.«

»In Ordnung, Sohnemann, gib uns die Fakten, und verschone uns mit deinen Späßen«, meinte Brody gereizt.

Chink sagte, er habe im Hauseingang auf Doll Baby gewartet, und sie seien dann in ihr Apartment hinaufgegangen, das sich an der Rückseite im zweiten Stock befindet. Aber sie sei nicht in Stimmung gewesen, darum sei er noch einmal fortgegangen, um von einem Freund, der weiter unten in der Straße wohnte, ein paar Marihuana-Stäbchen zu holen.

»Wo?« fragte Brody.

»Raten Sie mal«, antwortete Chink herausfordernd.

Brody ging darüber hinweg. »Waren zu der Zeit Leute auf der Straße?« fragte er.

»Gerade als ich auf die Straße hinaustrat, kam Dulcy Perry aus dem Nachbarhaus, und wir sahen beide zugleich Vals Leiche in dem Brotkorb.«

»Hatten Sie den Brotkorb schon vorher bemerkt?«

»Klar. Er war voll von normalem Brot.«

»War sonst noch jemand zu sehen, als Sie und Dulcy sich begegneten?«

»Kein Mensch.«

»Wie verhielt Dulcy sich, als sie die Leiche ihres Bruders sah?«

»Sie schnappte einfach über.«

»Was sagte sie?«

»Daran erinnere ich mich nicht mehr.«

Brody zeigte ihm das Messer.

Chink bestätigte, daß es wie das Messer aussah, das in Vals Körper gesteckt hatte, bestritt aber, es jemals vorher gesehen zu haben.

»Reverend Short hat ausgesagt, er hätte gesehen, wie Sie Dulcy Perry dieses Messer am Tag nach Weihnachten vor seiner Kirche gaben, und daß Sie ihr zeigten, wie man es benutzt«, sagte Brody.

Chinks verschwitztes gelbes Gesicht nahm die blasse Farbe eines schmutzigen Bettuchs an. »Dieser Hurensohn von einem Prediger bringt sich noch ganz um den Verstand mit seiner Opiumtinktur und dem Kirschschnaps«, wütete er. »Ich habe Dulcy kein verdammtes Messer gegeben, und ich hab's vorher noch nie gesehen.«

»Aber Sie waren hinter ihr her wie ein Köter hinter einer läufigen Hündin«, entgegnete Brody vorwurfsvoll. »Das sagt jeder.«

»Man kann niemanden aufhängen, nur weil er das versucht«, verteidigte sich Chink.

»Nein, aber man kann den Bruder eines Mädchens umbringen, wenn er sich einmischt«, sagte Brody.

»Val hat keine Schwierigkeiten gemacht«, murmelte Chink. »Er hätte mir geholfen, wenn er nicht solche Angst vor Johnny gehabt hätte.«

Brody rief die Polizisten herein. »Sperrt ihn ein«, befahl er.

»Ich will meinen Anwalt sprechen«, forderte Chink.

»Laßt ihn seinen Rechtsanwalt anrufen«, sagte Brody. Dann fragte er, ob Doll Baby Grieves inzwischen festgenommen worden sei.

»Schon lange«, antwortete der eine Polizist.

»Schickt sie rein.«

Doll Baby hatte sich umgezogen und trug jetzt ein Tageskleid, das aber immer noch wie ein getarntes Nachthemd aussah. Sie setzte sich auf den Hocker in dem Lichtkreis und schlug die Beine übereinander, als ob es ihr gefiele, mit drei Männern in einem Raum zu sein und angestrahlt zu werden, selbst wenn die Männer nur Polizisten waren. Sie bestätigte Chinks Aussage, nur sagte sie, er sei fortgegangen, um Sandwiches zu holen, keine Marihuana-Zigaretten.

»Haben Sie bei der Trauerfeier nicht genug zu essen bekommen?« fragte Brody.

»Na ja, wir hatten uns unterhalten, und davon kriege ich immer Hunger«, sagte sie.

Brody fragte sie nach ihrer Beziehung zu Val, und sie behauptete, sie seien verlobt gewesen.

»Und dann hatten Sie mitten in der Nacht Besuch von einem anderen Mann in Ihrem Zimmer?«

»Tja, schließlich hatte ich bis vier Uhr auf Val gewartet, und ich dachte, er wäre hinter irgendeinem Mädchen her.« Sie kicherte. »Und was gut ist für den Gänserich, kann der Gans auch nicht schaden.«

»Er ist tot, oder haben Sie das schon vergessen«, erinnerte Brody sie.

Sie war plötzlich wieder ganz sachlich und legte die gebührende Trauermiene auf.

Brody fragte sie, ob ihr jemand begegnet sei, als sie die Trauerfeier verließ. Sie sagte, sie habe einen farbigen Polizisten und den Manager der A & P-Filiale gesehen, der gerade vorgefahren sei. Sie kannte den Manager vom Sehen, weil sie in dem Geschäft einkaufte, und der Polizist war ihr sogar persönlich bekannt. Beide hätten sie gegrüßt. »Wann haben Sie Val zum letztenmal gesehen?« fragte Brody.

»Er kam gegen halb elf zu mir.«

»War er auch bei der Trauerfeier?«

»Nein. Er sagte, er käme direkt von zu Hause. Ich rief Mr. Small an und bekam die Nacht frei, um an der Trauerfeier für Big Joe teilzunehmen – im allgemeinen arbeite ich von elf Uhr abends bis vier Uhr morgens –, und dann haben ich und Val zusammen bei mir gesessen und uns bis halb zwei unterhalten.«

»Sind Sie sich über die Zeit ganz sicher?«

»Ja. Val sah auf seine Uhr und sagte, es wäre halb zwei, er müsse in einer Stunde fort, weil er noch zu Johnnys Club wollte, ehe er zur Trauerfeier ging, und ich sagte, ich wollte Grillhähnchen essen.«

»Mamie Pullens Küche ist wohl nicht Ihr Fall«, vermutete Brody.

»O doch. Ich esse gern, was sie kocht, aber ich war hungrig.«

»Sie sind ein hungriges Mädchen.«

Sie kicherte. »Reden macht mich immer hungrig.«

»Wo gingen Sie denn hin wegen der Grillhähnchen?«

»Wir nahmen ein Taxi und fuhren hinüber zur College Inn, Ecke 151st Street und Broadway. Da blieben wir eine Stunde lang, und dann sah Val auf seine Uhr und sagte, es wäre halb drei, und er würde jetzt zu Johnnys Club gehen und mich in etwa einer Stunde auf der Trauerfeier treffen. Wir nahmen ein Taxi, und er setzte mich vor Mamies Haus ab und fuhr weiter in die Stadt zu Johnny.«

»Welches krumme Ding hat er denn gedreht?« schoß Brody heraus.

»Krummes Ding? Val doch nicht. Er war ein Gentleman.«

»Wer waren seine Feinde?«

»Er hatte keine, es sei denn Johnny.«

»Wieso Johnny?«

»Vielleicht hatte Johnny es satt, Val ständig um sich zu haben. Johnny ist komisch und manchmal furchtbar jähzornig.«

»Wie war das mit Chink? Hatte Val nichts gegen Chinks Vertraulichkeiten mit seiner Braut einzuwenden?«

»Davon wußte er nichts.«

Brody zeigte ihr das Messer. Sie bestritt, es jemals gesehen zu haben.

Er ließ sie gehen.

Dulcy wurde als nächste hereingebracht. Sie kam in Begleitung von Johnnys Rechtsanwalt Ben Williams.

Ben Williams war ein braunhäutiger Mann um die Vierzig, schon etwas korpulent, hatte makellos geschnittenes Haar und einen dichten Schnurrbart. Er trug den zweireihigen grauen Flanellanzug, die Hornbrille und die zeitlosen schwarzen Schuhe, an denen man in Harlem den echten Profi erkennt.

Brody verzichtete auf die Routineermittlungen und fragte Dulcy: »Waren Sie die erste, die die Leiche entdeckte?«

»Sie müssen das nicht beantworten«, sagte der Rechtsanwalt schnell.

»Verdammt noch mal, warum nicht?« fuhr Brody auf.

»Fünfte Ergänzung zur Verfassung«, erklärte der Rechtsanwalt.

»Wir machen keine Jagd auf Kommunisten«, sagte Brody angewidert. »Ich kann Sie als unentbehrliche Zeugin festsetzen und vor ein Geschworenengericht bringen, wenn Sie das lieber wollen.«

Der Rechtsanwalt schien nachzudenken. »Gut, Sie können antworten«, sagte er zu Dulcy. Danach schwieg er. Er hatte sein Geld verdient.

Sie sagte, Chink habe neben dem Brotkorb gestanden, als sie aus der Tür herauskam.

»Sind Sie sich dessen ganz sicher?« fragte Brody.

»Ich bin doch nicht blind«, antwortete sie schroff. »Das hat mich doch erst darauf gebracht, nachzuschauen, was er sich ansah, und dann erkannte ich Val.«

Brody beließ es vorerst dabei und begann nach den Anfängen ihrer Karriere in Harlem zu fragen. Das Wesentliche, was dabei herauskam, hätte er bereits gehört.

»Hat Ihr Mann ihm ein Gehalt gezahlt?« fragte Brody.

»Nein, er hat ihm nur Geld zugesteckt, wenn Val ihn anpumpte, und manchmal ließ er ihn beim Spiel gewinnen. Außerdem gab ich ihm was, soweit es mir möglich war.«

»Wie lange war er mit Doll Baby verlobt?«

Sie lachte sarkastisch. »Verlobt? Er ist doch nur aus reiner Gewohnheit mit der Schlampe herumgezogen.«

Brody ließ den Punkt fallen, wiederholte die Fragen nach Vals Geschäften, seinen Feinden, ob er viel Geld bei sich gehabt habe, als er getötet wurde, und dann bat er sie, den Schmuck zu beschreiben, den er trug. Ihre Schilderung der Armbanduhr, des goldenen Rings und der Manschettenknöpfe entsprach den Gegenständen, die man bei dem Toten gefunden hatte. Sie sagte, die siebenunddreißig Dollar, die er in seiner Brieftasche gehabt hätte, seien in etwa seine Barschaft.

Dann erkundigte Brody sich nach dem zeitlichen Ablauf.

Sie sagte, Val habe ihre Wohnung gegen zehn verlassen. Er habe gesagt, er würde sich gern im Apollo-Theater eine Show ansehen – Billy Ecksteins Band trat dort gemeinsam mit den Nicholas Brothers auf –, und habe sie gefragt, ob sie mit ihm kommen wollte, aber sie sei bei ihrem Friseur angemeldet gewesen. Darum habe er beschlossen, zum Club zu gehen und dann mit Johnny zur Trauerfeier zu kommen, und er habe noch gesagt, die beiden würden sie dort abholen.

Um Mitternacht hatte sie ihre Wohnung zusammen mit Alamena verlassen, die eine Etage tiefer im selben Haus in einem Zimmer zur Untermiete wohnte.

»Wie lange waren Sie und Mamie im Badezimmer eingeschlossen?« fragte Brody.

»Oh, ungefähr eine halbe Stunde. Genau weiß ich es nicht. Als ich auf meine Uhr sah, war es 4 Uhr 25, und genau in dem Augenblick fing Reverend Short an, gegen die Tür zu klopfen.«

Brody zeigte ihr das Messer und wiederholte, was Reverend Short gesagt hatte. »Hat Chink Charlie Ihnen dieses Messer gegeben?« fragte er.

Der Rechtsanwalt mischte sich ein, um ihr zu sagen, daß sie diese Frage nicht zu beantworten brauche.

Sie begann hysterisch zu lachen, und es dauerte fünf Minuten, ehe sie sich so weit beruhigt hatte, um zu antworten: »Er sollte schauen, daß er heiratet, wo er jeden Sonntag den Heiligen Rollern zusieht und selbst so gern rollen möchte.«

Brody wurde rot.

Grave Digger grunzte. »Ich dachte, ein Prediger der Heiligen Roller ist berufen, mit allen Schwestern der Gemeinde zu rollen«, sagte er.

»Die meisten von ihnen schon«, antwortete Dulcy. »Aber Reverend Short hat zu viele Visionen, um sich mit irgendeiner zu rollen, wenn es nicht gerade ein Gespenst ist.«

»Schön, das wär's erst einmal«, sagte Brody. »Ich werde Sie nur gegen eine Kaution von fünftausend Dollar gehen lassen.«

»Machen Sie sich darüber keine Sorgen«, sagte der Rechtsanwalt zu ihr.

»Tue ich auch nicht«, antwortete sie.

Johnny erschien mit fünfzehn Minuten Verspätung. Sein Anwalt mußte mit einem Geldgeber telefonieren, um Dulcys Kaution zu regeln, und Johnny weigerte sich, ohne Ben Williams auszusagen.

Noch bevor Brody ihn mit seiner ersten Frage bombardieren konnte, legte der Anwalt eidesstattliche Erklärungen von Johnnys Gehilfen Kid Nickels und Pony Boy vor, wonach Johnny seinen Tia Juana Club an der Ecke 124th Street und Madison Avenue um 4 Uhr 45 allein verlassen habe und Val die ganze Nacht nicht im Club gewesen sei.

Ohne auf Fragen zu warten, rückte Johnny freiwillig mit

der Information heraus, daß er Val nicht mehr gesehen habe, seit er um neun Uhr am vorherigen Abend seine Wohnung verlassen hatte.

»Was empfanden Sie dabei, einen Schwager zu unterstützen, der keinen Finger rührte, um sich sein eigenes Geld zu verdienen?« fragte Brody.

»Hat mich nicht gestört«, antwortete Johnny. »Wenn ich ihn nicht bei mir aufgenommen hätte, hätte sie ihm Geld zugesteckt, und ich wollte sie nicht in die Verlegenheit bringen.«

»Sie haben es also nicht bereut?« fragte Brody hartnäckig.

»Es war so, wie ich gesagt habe«, erklärte Johnny mit seiner tonlosen Stimme. »Es hat mich nicht gestört. Er war zu nichts nütze, aber auch kein Schnorrer. Er verstand nichts von Geschäften, konnte nicht spielen und taugte nicht mal als Zuhälter. Aber ich hatte ihn gern um mich. Er war witzig, immer zu einem Scherz aufgelegt.«

Brody zeigte ihm das Messer.

Johnny nahm es, öffnete und schloß es wieder, drehte es in seiner Hand und legte es wieder hin.

»Mit dem Dolch könnte man jeden Scheißkerl fertigmachen«, sagte er.

»Sie haben es nie zuvor gesehen?« fragte Brody.

»Wenn, dann hätte ich mir selbst so eins beschafft«, antwortete Johnny.

Brody erzählte ihm, was Reverend Short über Chink Charly, Dulcy und das Messer gesagt hatte.

Als Brody fertig war, zeigte Johnnys Gesicht keinerlei Ausdruck. »Sie wissen, daß dieser Prediger eine Schraube locker hat«, meinte er nur. Seine Stimme klang tonlos und gleichgültig.

Einen Augenblick lang starrten sie einander an, beide mit einer undurchdringlichen, reglosen Miene. Dann sagte Brody: »Also gut, mein Junge, Sie können jetzt gehen.«

»Prächtig«, sagte Johnny und stand auf. »Aber sagen Sie nicht ›mein Junge‹ zu mir.«

Brody wurde rot. »Wie, zum Teufel, soll ich Sie denn nennen – Mr. Perry?«

»Mich nennt jeder Johnny. Reicht Ihnen das nicht?« entgegnete Johnny.

Brody antwortete nicht.

Johnny verließ den Raum, seinen Rechtsanwalt im Kielwasser.

Brody stand auf und sah von Grave Digger zu Coffin Ed. »Haben wir Kandidaten dabei?«

»Sie könnten versuchen herauszubekommen, wer das Messer gekauft hat«, sagte Grave Digger.

»Das war das erste, was wir heute morgen getan haben. Abercrombie and Fitch nahmen vor einem Jahr sechs Stück von der Sorte ins Lager und haben bisher nicht ein einziges verkauft.«

»Aber sie sind nicht das einzige Geschäft in New York, das Jagdausrüstung anbietet«, hielt Grave Digger dem Sergeant entgegen.

»Das bringt uns alles sowieso nicht weiter«, erklärte Coffin Ed. »Man kann nicht sagen, wer es war, solange wir nicht herausfinden, warum es getan wurde.«

»Da liegt der Hase im Pfeffer«, bestätigte Grave Digger. »Die Nuß ist verdammt hart.«

»Finde ich nicht«, erwiderte Brody. »Eines ist sicher. Er wurde nicht wegen Geld erstochen, folglich muß eine Frau hinter der Geschichte stecken. *Schärschee lä damm,* wie die Franzosen sagen. Aber das bedeutet nicht, daß es keine andere Frau gewesen sein kann.«

Grave Digger nahm seinen Hut ab und rieb sein kurzes, krauses Haar. »Wir sind hier in Harlem«, sagte er. »So einen Ort gibt's nicht noch einmal auf der Welt. Hier muß man ganz von vorn anfangen, weil die Leute in Harlem aus Gründen Dinge tun, auf die niemand sonst in der Welt kommt. Sehen Sie, da waren mal zwei schwer schuftende schwarze Jungs, beide hatten Familie. Die fingen in einer Bar in der Fifth Avenue Nähe 118th Street eine Schlägerei an und brachten sich gegenseitig um, weil sie sich nicht einig waren, ob Paris in Frankreich oder Frankreich in Paris liegt.«

»Das ist noch gar nichts«, lachte Brody. »Zwei Iren drüben in Hell's Kitchen bekamen Streit und erschossen sich gegenseitig, weil sie sich nicht einigen konnten, ob die Iren von den Göttern oder die Götter von den Iren abstammen.«

## *8*

Alamena wartete auf dem Rücksitz des Wagens auf sie. Johnny und Dulcy stiegen vorn ein, und der Rechtsanwalt setzte sich hinten neben Alamena.

Ein paar Häuser weiter lenkte Johnny zum Straßenrand und drehte sich so, daß er Dulcy und Alamena im Blickfeld hatte. »Hört mal, ich will, daß ihr beiden Frauen über die Geschichte die Klappe haltet. Wir gehen jetzt zu Fats', und daß mir keine von euch mit Bemerkungen anfängt. Wir wissen nicht, wer es war.«

»Chink war es«, sagte Dulcy voller Überzeugung.

»Das weißt du nicht.«

»Von wegen weiß ich nicht.«

Er sah sie so lange an, bis sie nervös wurde.

»Wenn du das weißt, dann weißt du auch warum.«

Sie biß sich einen manikürten Nagel ab und antwortete mit mürrischem Trotz: »Ich weiß nicht warum.«

»Hast du gesehen, wie er es tat?«

»Nein«, gab sie zu.

»Dann halt deine verdammte Klappe und laß die Polypen herausfinden, wer es war«, sagte er. »Dafür werden sie ja bezahlt.«

Dulcy fing an zu weinen. »Dich kümmert es überhaupt nicht, daß er tot ist«, beschuldigte sie ihn.

»Ich habe meine eigene Art, mich um Dinge zu kümmern, und ich will nicht, daß die Sache jemandem angehängt wird, der unschuldig ist.«

»Du versuchst immer, den lieben Gott zu spielen«, schluchzte Dulcy. »Warum müssen wir uns alle den Quatsch von den Bullen gefallen lassen, wenn ich genau weiß, daß es Chink war?«

»Weil jeder andere es auch gewesen sein kann. Er hat das sein ganzes beschissenes Leben lang nicht anders gewollt. Er nicht, und du auch nicht.«

Keiner sagte einen Ton. Johnny sah Dulcy unentwegt an. Sie biß sich noch einen ihrer manikürten Nägel ab und schaute weg. Der Rechtsanwalt rutschte unbehaglich auf seinem Sitz hin und her, als ob er von Ameisen gebissen würde. Alamena starrte ausdruckslos auf Johnnys Profil.

Johnny drehte sich auf seinem Sitz um, lenkte den Wagen vom Bürgersteig fort und fuhr langsam weiter.

Fats' Down Home Restaurant besaß eine schmale Fensterfront mit Vorhängen. Die Neonreklame darüber zeigte die Umrisse eines Mannes, der wie ein Nilpferdbulle aussah.

Bevor der große Cadillac völlig zum Stillstand gekommen war, hatten ihn bereits magere schwarze Kinder umringt, die in schäbige Baumwollfetzen gekleidet waren und schrien: »Vier Asse Johnny Perry … Heckflossen Johnny Perry …«

Mit ehrfurchtsvollem Blick berührten sie die Seiten und glänzenden Heckflossen des Wagens, als ob es Altäre wären.

Dulcy sprang schnell hinaus, stieß die Kinder beiseite und eilte, mit ihren hohen Absätzen ärgerlich klappernd, über den schmalen Gehsteig auf die mit einer Gardine verhängte Glastür zu.

Alamena und der Rechtsanwalt folgten ihr mit lässigerem Schritt, aber keiner von beiden schenkte den Kindern auch nur ein leises Lächeln.

Johnny ließ sich Zeit. Er schaltete die Zündung ab, schob die Schlüssel in die Tasche und sah zu, wie die Kinder seinen Wagen streichelten. Sein Gesicht blieb todernst, aber seine Augen schauten amüsiert zu. Er trat auf den Gehsteig, ließ das Verdeck seines Wagens offen, so daß die Sonne auf die schwarzen Lederpolster brannte, und war sogleich von den Kindern umringt, die an seinen Kleidern zerrten und ihm auf die Füße traten, während er über den Bürgersteig auf die Tür zuging.

Er tätschelte den mageren schwarzen Mädchen die Köpfe mit den abstehenden Zöpfchen und den mageren schwarzen Knaben die Krausköpfe. Kurz bevor er das Restaurant betrat, griff er in seine Taschen, drehte sich noch einmal um und streute die Münzen, die er bei sich hatte, über die Straße. Dann ließ er die Kinder in ihrer Balgerei zurück.

Im Restaurant war es kühl und so dunkel, daß er seine Sonnenbrille abnehmen mußte, als er eintrat. Der unverwechselbare Geruch nach Whisky, Huren und Parfüm stieg ihm in die Nase und gab ihm sogleich ein Gefühl der Entspannung.

Wandleuchten warfen einen sanften Schimmer über Borde mit Flaschen und eine kleine Mahagonibar, hinter der ein riesiger schwarzer Mann in einem weißen Sporthemd regierte. Beim Anblick Johnnys blieb er stocksteif stehen, in seiner Hand das Glas, das er polieren wollte.

Drei Männer und zwei Frauen wandten sich auf ihren hohen Barhockern um und begrüßten Johnny. Alles an ihnen kennzeichnete die Männer als Spieler und ihre Begleiterinnen als Puffdamen.

»Ein Unglück kommt selten allein«, sagte eine der Damen mitfühlend.

Johnny blieb stehen. Seine große Gestalt mit den hängenden Schultern war völlig gelassen. »Wir alle kippen um, wenn wir an der Reihe sind«, antwortete er.

Ihre Stimmen blieben gedämpft und monoton, ausdruckslos wie die von Johnny. Sie sprachen in der typisch lässigen Art ihres Metiers. »Zu traurig, das mit Big Joe«, sagte einer der Spieler. »Mir wird er fehlen.«

»Big Joe war ein richtiger Kerl«, sagte eine der Damen.

»Das kann man wohl sagen«, bestätigten die anderen.

Johnny schob seine Hand über die Theke und schüttelte

die Rechte des riesigen Barmannes. »Wie sieht's aus, Pee Wee?«

»Steh nur hier rum und stöhn sacht vor mich hin, Pops.« Mit der Hand, die das halbpolierte Glas hielt, machte er eine kurze Bewegung. »Geht auf Rechnung des Hauses.«

»Bring uns einen Krug Limonade.«

Johnny wendete sich zu dem Durchgang, der nach hinten ins Speisezimmer führte.

»Wir sehen uns beim Begräbnis, Pops«, sagte eine Stimme hinter ihm.

Er antwortete nicht, weil ein Mann, der seinem Namen alle Ehre machte, ihn mit seinem Bauch aufhielt. Er glich dem Ballon, mit dem die Stratosphäre erforscht wurde, nur schien er um Hunderte von Graden heißer. Der Mann trug ein altmodisches weißes Seidenhemd ohne Kragen, das am Hals von einem brillantenbesetzten Kragenknopf zugehalten wurde, und eine Hose aus schwarzem Alpaka. Aber seine Beine waren so dick, daß sie aneinandergewachsen schienen, und seine Hose wirkte wie ein trichterförmiger Rock. Sein runder brauner Kopf, der als Notballon hätte dienen können, falls ihm der Bauch geplatzt wäre, war glatt rasiert. Nicht ein einziges Haar war oberhalb seiner Brust zu sehen, weder in seinem Gesicht noch in den Nasenlöchern, den Ohren, an den Augenbrauen oder Wimpern. Es machte den Eindruck, als ob sein ganzer Kopf gebrüht und wie ein geschlachtetes Schwein abgeschabt worden wäre.

»Wie geht das für uns aus, Pops?« fragte er und streckte eine riesige, schwammige Hand aus. Seine Stimme war ein keuchendes Flüstern.

»Weiß keiner, bevor die Karten aufgedeckt sind«, sagte Johnny. »Vorerst sehen sich alle noch ihr eigenes Blatt an.«

»Und dann geht's ans Reizen.« Er sah an sich hinunter, aber seine Füße in Filzpantoffeln, die auf den mit Sägemehl bedeckten Boden gepflanzt waren, wurden ihm durch seinen Bauch verdeckt. »Mir tut's verdammt leid, daß Big Joe gehen mußte.«

»Hast deinen besten Kunden verloren«, sagte Johnny und wies die Tröstung ab.

»Weißt du, Big Joe hat hier nie was gegessen. Kam nur rein, um sich die Flittchen anzusehen und über meine Küche zu maulen.« Fats schwieg, dann fügte er hinzu: »Aber er war ein Mann.«

»Hau rein, Johnny, verdammt«, rief Dulcy von der anderen Seite des Raumes. »Das Begräbnis beginnt um zwei, und es ist schon fast ein Uhr.« Sie hatte ihre Sonnenbrille aufbehalten und sah in ihrem rosa Seidenkleid ganz nach Hollywood aus.

Der Raum war klein. Seine acht quadratischen, mit rotweiß kariertem Wachstuch bedeckten Küchentische standen einen Zoll tief in frischem, leicht feuchtem Sägemehl, das den Boden überzog.

Dulcy saß am Tisch in der hintersten Ecke, flankiert von Alamena und dem Rechtsanwalt.

»Ich will dich jetzt mal essen lassen«, sagte Fats. »Du mußt hungrig sein.«

»Bin ich das nicht immer?«

Das Sägemehl fühlte sich gut an unter Johnnys gummibesohlten Schuhen, und er dachte für einen Augenblick daran, wie schön das Leben als einfacher Bauernjunge in Georgia gewesen war, bevor er einen Mann umgebracht hatte.

Der Koch steckte seinen Kopf durch die Luke zur Küche, an der die Bestellungen angenommen wurden, und rief: »Na du, Pops.«

Johnny winkte mit einer Hand.

Drei weitere Tische waren von Männern und Frauen der Branche besetzt. Der Laden war der Oberklasse von Harlems Geschäftemachern vorbehalten, denjenigen, die vom Glücksspiel und von der Prostitution lebten, niemand anders wurde hier geduldet. Jeder kannte jeden, und alle Gäste grüßten Johnny, als er vorbeiging.

»Traurig, das mit Big Joe, Pops.«

»Man kann das Spiel nicht abbrechen, nur weil der Geber ausfällt.«

Niemand erwähnte Val. Er war ermordet worden, und keiner wußte, wer es getan hatte. Es ging niemand anders etwas an als Johnny, Dulcy und die Bullen, und jeder hielt sich strikt aus der Sache heraus.

Als Johnny sich setzte, kam die Kellnerin mit der Speisekarte, und Pee Wee brachte einen großen Glaskrug mit Limonade, in dem Scheiben von Zitronen und Limonen und dicke Eisbrocken schwammen.

»Ich will einen Singapur Sling«, sagte Dulcy.

Johnny warf ihr einen Blick zu.

»Also schön, dann Brandy mit Soda. Du weißt ganz genau, daß eiskalte Getränke meine Verdauung durcheinanderbringen.«

»Ich möchte Eistee«, sagte der Rechtsanwalt.

»Das bekommen Sie von der Kellnerin«, antwortete Pee Wee.

»Für mich Gin Tonic«, sagte Alamena.

Die Kellnerin kam mit den Bestecken, Gläsern und Servietten, und Alamena reichte dem Rechtsanwalt die Speisekarte.

Er fing an zu lachen, als er die aufgeführten Gerichte las:

Tagesgericht

*Aligatorschwanz mit Reis*
*Gebratener Schinken, Süßkartoffeln und Succotash*
*Kutteln, Krautwickel und Okra*
*Hühnchen und Klöße, mit Reis oder Süßkartoffeln*
*Gegrillte Rippchen*
*Geschmorte Schweinepfötchen à la mode*
*Nackenkoteletts und Maisbrei*

*(Warme Brötchen oder Maisbrot nach Wahl)*

Beilagen

*Krautwickel – Okra – Gefleckte Bohnen und Reis – Maiskolben – Succotash – Tomaten- und Gurkenscheiben*

Nachtisch

*Hausgemachte Eiscreme – Napfpastete aus Süßkartoffeln – Pfirsich-Cocktail – Wassermelone – Brombeertorte*

Getränke

*Eistee – Buttermilch – Sassafraswurzel-Tee – Kaffee*

Aber er schaute auf, sah den ernsten Ausdruck in den Gesichtern der anderen und hielt inne.

»Ich habe noch gar nicht gefrühstückt«, sagte er und wandte sich an die Kellnerin. »Kann ich eine Portion Hirn mit Ei und Brötchen haben?«

»Ja, Sir.«

»Ich möchte gern gebratene Austern«, sagte Dulcy.

»Wir haben keine Austern. Ist nicht die Saison dafür.« Sie warf Dulcy einen verschlagenen Seitenblick zu.

»Dann nehme ich Hühnchen mit Klößchen, aber ich will nur Schenkel haben«, sagte Dulcy hochmütig.

»Ja, Ma'am.«

»Für mich gebratenen Schinken«, sagte Alamena.

»Ja, Ma'am.« Sie sah Johnny mit verliebten Kuhaugen an. »Das gleiche wie immer, Mr. Johnny?«

Er nickte. Johnnys Lunch, der sich nie änderte, bestand aus einem gehäuften Teller Reis, vier dicken Scheiben geröstetem Salzspeck, dessen ausgelassenes Fett über den Reis gegossen war, und einer Kanne mit schwarzem Hirsesirup, den er darüber goß. Dazu bekam er einen Teller mit acht anderthalb Zoll dicken Brötchen nach Südstaatenart.

Er aß geräuschvoll, ohne zu sprechen. Dulcy hatte inzwischen drei Brandys mit Soda getrunken und erklärte, sie sei nicht hungrig.

Johnny unterbrach sein Kauen so lange, um zu sagen: »Iß trotzdem.«

Sie stocherte in ihrem Essen herum, beobachtete die Gesichter der anderen Gäste und versuchte einige Brocken ihrer Unterhaltung aufzuschnappen.

Zwei Personen standen von ihrem Tisch in der anderen Ecke auf. Die Kellnerin ging hinüber, um abzuräumen. Da kamen Chink und Doll Baby herein.

Sie hatte sich umgezogen und trug ein frisches, rückenfreies Kleid aus rosa Leinen, dazu eine riesige, tiefdunkle Sonnenbrille mit einem rosa Gestell.

Dulcy starrte sie mit giftigem Haß an. Johnny trank zwei Gläser der eiskalten Limonade.

Schweigen erfüllte den Raum.

Dulcy stand plötzlich auf.

»Wo willst du hin?« fragte Johnny.

»Ich will eine Platte auflegen«, sagte sie trotzig. »Hast du was dagegen?«

»Setz dich«, sagte er tonlos, »und sei nicht so verdammt oberschlau.«

Sie setzte sich und biß sich einen weiteren Fingernagel ab.

Alamena fingerte an ihrem Hals und starrte auf ihren Teller.

»Sag es der Kellnerin«, meinte sie. »Sie wird sie auflegen.«

»Ich wollte diese Platte von Jelly Roll Morton spielen, *I want a little girl to call my own.*«

Johnny hob sein Gesicht und sah sie an. Wut flackerte in seinen Augen auf.

Sie griff nach ihrem Drink, um ihr Gesicht dahinter zu verstecken, aber ihre Hand zitterte, weshalb sie etwas davon über ihr Kleid schüttete.

Auf der anderen Seite des Raumes sagte Doll Baby mit lauter Stimme: »Schließlich war Val doch mein Verlobter.«

Dulcy richtete sich vor Wut auf. »Du bist eine verlogene Hure!« schrie sie zurück.

Johnny warf ihr einen drohenden Blick zu.

»Und wenn einer die Wahrheit wissen will, man hat ihn nur erstochen, damit ich ihn nicht bekomme«, sagte Doll Baby.

»Der hatte doch schon die Nase voll von dir«, sagte Dulcy.

Johnny gab ihr eine Ohrfeige, daß sie von ihrem Stuhl kippte. Sie taumelte in die Ecke und sank auf dem Boden zusammen. Doll Baby stieß ein hohes, schrilles Lachen aus. Johnny fuhr auf den Hinterbeinen seines Stuhles herum. »Stopf der Hure das Maul«, sagte er.

Fats kam angewatschelt und legte seine schwammige Hand auf Johnnys Schulter.

Pee Wee trat hinter der Bar hervor und stellte sich in den Durchgang.

Schweigend nahm Dulcy wieder auf dem Stuhl Platz.

»Bind deinem eigenen Miststück das Maul zu«, fauchte Chink.

Johnny erhob sich. Stühle scharrten, als sich jeder von Chinks Tisch davonmachte. Doll Baby sprang auf und rannte in die Küche. Pee Wee ging auf Johnny zu.

»Ruhig, Pops«, sagte Pee Wee.

Fats watschelte schnell zu Chinks Tisch hinüber und sagte: »Schaff sie raus. Und laß du dich hier auch nie wieder blikken. Mich so auszunutzen!«

Chink stand auf, sein gelbes Gesicht zornrot und verquollen. Doll Baby kam aus der Küche zu ihm. Als er mit hochgezogenen Schultern und steifen Knien hinausging, sagte er zu Johnny: »Wir sprechen uns noch, Großmaul.«

»Sprechen wir uns doch gleich«, antwortete Johnny tonlos und wollte ihm folgen. Die Narbe auf seiner Stirn war angeschwollen und lebendig geworden.

Pee Wee verstellte ihm den Weg. »Lohnt sich nicht, den Nigger umzubringen, Pops.«

Fats gab Chink einen Stoß in den Rücken. »Lump, du hast Glück, Glück, Glück«, keuchte er. »Zieh Leine, bevor es aus ist mit deinem Glück.«

Johnny sah auf seine Uhr, ohne Chink weiter zu beachten. »Müssen gehen, das Begräbnis hat schon angefangen«, sagte er.

»Wir kommen alle«, sagte Fats. »Aber du geh mal vor, bist ja der Leidtragende Nummer zwei.«

# 9

Hitze stieg von dem großen, schwarzglänzenden Cadillac-Leichenwagen auf, der vor der Ladenfront der Holy Roller Church an der Ecke Eighth Avenue und 143rd Street geparkt war. Ein magerer, kleiner schwarzer Junge mit großen, glänzenden Augen berührte den glühendheißen Kotflügel und riß sogleich die Hand zurück.

Die schwarzgestrichenen Fensterscheiben des Gebäudes, das einmal ein Supermarkt gewesen war, bevor die Holy Rollers es übernahmen, reflektierten Zerrbilder von den drei schwarzen Cadillac-Limousinen und den großen Luxusautomobilen, die wie eine Batterie von Legehennen hinter dem prunkvollen Leichenwagen aufgereiht waren.

Menschen vielerlei Hautfarben, in Gewänder aller erdenklichen Art gekleidet, die Krausköpfe mit Strohhüten jeder Form bedeckt, drängten sich auf der Straße, um die Größen der Harlemer Unterwelt zu sehen, die an Big Joe Pullens Begräbnis teilnahmen. Schwarze Ladies trugen knallbunte Schirme und grünlich funkelnde Sonnenbrillen, um sich gegen das gleißende Licht zu schützen.

Die Leute bissen in Scheiben geeister Wassermelonen, spuckten die schwarzen Kerne aus und schwitzten unter den senkrechten Strahlen der Julisonne. Aus Halbliterflaschen tranken sie Bier und Wein und aus kleineren Flaschen Brause und Cola, die aus dem schmutzstarrenden Lebensmittelladen gleich nebenan stammten. Sie lutschten schokoladeüberzogene Eiscremestangen aus dem gekühlten Handkarren des Eismannes. Sie kauten triefende Sandwiches mit gegrillten Schweinerippen, warfen die abgenagten Knochen zutraulichen Hunden und Katzen und die Brotkrusten den Schwärmen der hitzegemarterten Harlemer Spatzen zu.

Staub wurde von der dreckigen Straße auf ihre verschwitzte Haut und in ihre klebrigen Augen geweht.

Das Durcheinander greller Stimmen, schrillen Lachens und das Klingeln der Schellen von Verkäufern vermischte sich mit den Trauertönen, die aus der offenen Kirchentür drangen, und dem lauten sommerlichen Dröhnen der vorbeifahrenden Autos.

Kein Picknick war je so schön.

Schwitzende Polizisten auf schaumbedeckten Pferden, Kriminalbeamte in Zivil mit aufgeknöpftem Kragen und Streifenwagen mit heruntergedrehten Fenstern patrouillierten auf und ab.

Als Johnny seinen Cadillac in die freigehaltene Lücke manövrierte und nach Dulcy und Alamena ausstieg, ging ein Murmeln durch die Menge, und sein Name lag auf allen Lippen.

In der Kirche war es wie in einem Backofen. Die rohen Holzbänke waren vollbesetzt mit Big Joes Freunden – Spielern, Zuhältern, Huren, Flittchen, Puffmüttern, Speisewagenkellnern und Holy Rollers –, die gekommen waren, um den Toten zu begraben, und statt dessen geschmort wurden.

Mit seinen zwei Frauen drängte sich Johnny zu der Bank für die nächsten Angehörigen vor. Sie fanden Plätze neben Mamie Pullen, Baby Sis und den Sargträgern – unter ihnen ein weißer Speisewagensteward; der Großmeister von Big Joes Loge, gekleidet in die eindrucksvollste rotblaue, mit Goldborte besetzte Uniform, die man je zu Land oder zu Wasser gesehen hatte; ein grauhaariger, plattfüßiger Kellner, den man Onkel Gin nannte, und zwei Diakone der Holy Rollers.

Big Joes Sarg, von Treibhausrosen und Maiglöckchen bedeckt, nahm den Ehrenplatz vor dem Kanzelpodest ein. Grüne Fliegen summten aufgeregt über dem Sarg.

Auf der wackeligen Kanzel dahinter hüpfte Reverend Short auf und ab wie der Leibhaftige mit dem Pferdefuß, der auf rot- und weißglühenden Kohlen tanzt.

Sein knochiges Gesicht zuckte vor religiösem Eifer und war von Schweißbächen überströmt, die über seinen hohen Zelluloidkragen liefen und in der Jacke seines schwarzen Wollanzuges versickerten. Seine goldgeränderte Brille war beschlagen. Über seinem Gürtel hatte sich eine Schweißpfütze gebildet, die bereits seine Jacke durchnäßte.

*»Und der Herr sprach«*, schrie er, wobei er nach den grünen Brummern schlug, die sich auf sein Gesicht zu setzen versuchten, und wie ein Rasensprenger heißen Speichel um sich sprühte, *»so viele wie ich liebe, so viele will ich verwerfen und züchtigen ... Hört ihr mich?«*

»Wir hören dich«, antwortete seine Gemeinde im Chor.

*»Darum seid strebsam und bereuet ...«*

»... bereuet ...«

*»Und so wähle ich meinen Text aus der Schöpfungsgeschichte ...«*

»... Schöpfungsgeschichte ...«

*»Gott der Herr schuf Adam nach seinem Bilde ...«*

»... Herr schuf Adam ...«

*»Darum bin ich euer Prediger, und ich werde euch eine Parabel lehren.«*

»... Prediger lehrt Parabel ...«

*»Dort liegt Big Joe in seinem Sarg, so sehr ein Mann, wie Adam einer war, so tot, wie Adam immer sein wird, geschaffen nach dem Bild des Herrn ...«*

»... Big Joe nach dem Bild des Herrn ...«

*»Adam zeugte zwei Söhne, Kain und Abel ...«*

»... Kain und Abel ...«

*»Und Kain erhob sich gegen seinen Bruder auf dem Felde, und er stieß ein Messer in Abels Herz und ermordete ihn ...«*

»... Jesus schütze uns, ermordete ihn ...«

*»Ich sehe Jesus Christus in all seiner Herrlichkeit den Himmel verlassen, sich kleiden in das Gewand eures Predigers, sein Gesicht schwärzen, den Finger der Anklage erheben und zu euch ruchlosen Sündern sagen: ›Wer durch das Schwert lebt, soll durch das Schwert umkommen ...‹«*

»... durch das Schwert umkommen, Herr, Herr ...«

*»Ich sehe Ihn seinen Finger heben und sagen: Wenn Adam noch lebte, würde er tot in diesem Sarg liegen, und sein Name wäre Big Joe Pullen ...«*

»… hab Erbarmen, Jesus …«

*»Und er hätte einen Sohn namens Abel …«*

»… einen Sohn Abel …«

*»Und sein Sohn hätte eine Frau …«*

»… Sohn hätte eine Frau …«

*»Und seine Frau wäre eine Schwester Kains …«*

»… Schwester Kains …«

*»Ich kann Ihn aus der Rippe des Nichts heraustreten sehen …«*

»… Rippe des Nichts …«

Speichel rann aus den Winkeln seines Fischmundes, als er mit zitternden Fingern geradewegs in Dulcys Richtung deutete. *»Ich höre Ihn sagen: ›O du Schwester des Kain, warum hast du deinen Bruder erschlagen?‹«*

Totenstille senkte sich wie ein Leichentuch über die schmorende Trauergemeinde. Aller Augen waren auf Dulcy gerichtet. Sie sackte auf ihrem Platz zusammen. Johnny starrte den Prediger mit bedrohlicher Wachsamkeit an, und die Narbe auf seiner Stirn wurde plötzlich wieder wach.

Mamie erhob sich halb und schrie: »Das stimmt nicht! Sie wissen, daß es nicht stimmt!«

Dann sprang eine Glaubensschwester in der Armenecke auf, die Arme nach oben gereckt, die Finger gespreizt, und kreischte: »Jesus im Himmel, hab Erbarmen mit der armen Sünderin.«

Ein Höllenlärm brach los, als die Holy Rollers aufsprangen und krampfhaft zu zucken anfingen.

*»Mörderin!«* schrie Reverend Short in Ekstase.

»… Mörderin …«, hallte es von der Kirchengemeinde wider.

»Das ist nicht wahr!« schrie Mamie.

*»Ehebrecherin!«* gellte Reverend Short.

»… Ehebrecherin …«, wiederholte die Gemeinde.

»Du verlogener Mistkerl!« schrie Dulcy, die endlich ihre Stimme wiederfand.

»Laß ihn sich austoben«, sagte Johnny, sein Gesichtsausdruck hölzern und seine Stimme monoton.

*»Unzucht!«* schrie Reverend Short.

Bei dem Wort Unzucht verfiel alles in Raserei.

Holy Rollers warfen sich auf den Boden. Schaum stand ihnen vor dem Mund. Sie rollten, schlugen um sich und schrien: »Unzucht … Unzucht …«

Männer und Frauen rangen und rollten. Bänke wurden zersplittert, die Kirche dröhnte, der Sarg bebte. Ein riesiger Gestank nach schwitzenden Körpern stieg auf. »Unzucht … Unzucht …«, gellte die wahnsinnig gewordene Versammlung.

»Ich verschwinde hier«, sagte Dulcy und stand auf.

»Setz dich«, befahl Johnny. »Solche religiösen Narren sind gefährlich.«

Der Organist begann den Refrain zu *Roberta Lee* auf dem Harmonium zu spielen und versuchte die Ordnung wiederherzustellen, und ein großer, fetter Speisewagenkellner stimmte mit hohem Tenor an:

*»Dis world is high,*
*Dis world is low,*
*Dis world is deep and wide,*
*But the longes' road I ever did see,*
*Was de one I walked and cried …«*

Der Gedanke an den langen Weg brachte die Ekstatiker wieder auf die Beine. Sie klopften ihre Kleidung ab, rückten einfältig die zerbrochenen Bänke zurecht, und der Organist ging zu *Roll, Jordan, Roll* über.

Aber Reverend Short hatte jetzt jegliche Selbstkontrolle verloren. Er hatte die Kanzel verlassen und war vor den Sarg getreten, um seinen Finger vor Dulcys Gesicht zu schütteln. Die beiden Gehilfen des Leichenbestatters warfen ihn zu Boden und knieten auf ihm, bis er sich beruhigt hatte. Dann nahm die Trauerfeier ihren weiteren Verlauf.

Die Gemeinde erhob sich unter den Harmoniumklängen von *Nearer My God To Thee* und zog an dem Sarg vorüber, um einen letzten Blick auf Big Joe Pullens sterbliche Überreste zu werfen. Die engsten Angehörigen kamen als letzte an die Reihe, und als der Sarg endgültig geschlossen wurde, warf sich Mamie darüber und jammerte laut: »Gehe nicht von mir, Joe, laß mich nicht hier so ganz allein.«

Der Leichenbestatter zog sie beiseite, und Johnny legte seinen Arm um ihre Taille, um sie zum Ausgang zu führen. Doch der Bestatter zupfte ihn am Ärmel und hielt ihn zurück. »Sie sind der oberste Sargträger, Mr. Perry. Sie können nicht gehen.«

Johnny übergab Mamie der Obhut von Dulcy und Alamena. »Begleitet sie«, sagte er.

Dann nahm er seinen Platz bei den anderen fünf Sargträgern ein, und sie hoben den Sarg auf, trugen ihn durch den freigeräumten Mittelgang und an den Reihen der Polizisten auf dem Gehsteig vorbei und schoben ihn auf den Leichenwagen.

Mitglieder von Big Joes Loge waren in Paradeformation auf der Straße angetreten, im vollen Schmuck ihrer scharlachroten Jacken mit goldenen Schnüren, hellblauen Hosen mit goldenen Streifen und angeführt von der Kapelle der Loge.

Die Kapelle stimmte *The Coming of John* an, und die Leute auf der Straße fielen in den Gesang des Chores ein.

Die Trauerprozession, angeführt von dem Leichenwagen, schloß sich den marschierenden Logenbrüdern an.

Dulcy und Alamena saßen zu beiden Seiten von Mamie Pullen in der ersten der schwarzen Limousinen.

Johnny fuhr allein in seinem großen, offenen Heckflossen-Cadillac hinter der dritten Limousine her.

Zwei Wagen hinter ihm folgten Chink und Doll Baby in einem blauen Buick-Cabrio.

Die Kapelle spielte den alten Trauergesang im Swing-Rhythmus, und der Trompeter nahm die Melodie auf und schmetterte die Stakkatotöne klar und hoch in den heißen Himmel über Harlem. Die Menge war wie elektrisiert. Unter den Menschen, die im Swing-Rhythmus marschierten, brach eine wahre Massenhysterie aus. Sie marschierten in alle möglichen Richtungen, vorwärts, rückwärts, im Kreis, im Zickzack.

Ihre Körper nahmen den Takt der Synkopen auf. Sie bewegten sich zuckend und in den Hüften wiegend quer über die Straße hin und zurück, zwischen den geparkten Wagen, auf die Gehsteige hinauf und wieder hinunter, manchmal faßte ein Junge ein Mädchen zu einem schnellen Wirbel, ansonsten marschierte jeder allein zu der Musik, aber nicht nach ihrem Tempo. Sie marschierten und tanzten nach dem Rhythmus, gegen den Takt, nicht mit ihm, gaben sich ganz dem Rausch des Swing hin und hielten doch mit der gemächlich voranziehenden Prozession Schritt.

Der Trauerzug bewegte sich die Eighth Avenue hinunter zur 125th Street, dort nach Osten Richtung Seventh Avenue, bog beim Theresa Hotel um die Ecke und wandte sich dann nach Norden zur Brücke an der 155th Street, die in die Bronx führt. Doch vor der Brücke blieb die Kapelle stehen, die Marschierenden hielten an, die Menge begann sich zu zerstreuen, die Prozession löste sich auf. Harlem endet an dieser Brücke, und nur die engsten Angehörigen fuhren hinüber in die Bronx und begaben sich auf die lange Fahrt über die Bronx Park Road, vorbei am Bronx Park Zoo, zum Woodlawn-Friedhof.

Vom Plattenspieler, der in den Leichenwagen eingebaut war, ertönte eine Orgeleinspielung. Die dünnen, sacharinsüßen Töne schwebten von dem Lautsprecher über die nachfolgenden Wagen hinweg.

Sie fuhren durch den Torbogen auf den riesigen Friedhof und hielten in einer langen Reihe hinter dem gelben Lehmmund des offenen Grabes an.

Die Trauergemeinde umringte das Grab, während die Träger den Sarg vom Leichenwagen hoben und ihn auf eine mechanische Vorrichtung setzten, die ihn langsam ins Grab senkte.

Eine Orgelaufnahme von *Swing Low, Sweet Chariot* erklang, und der Chor fiel mit seinem Klagegesang ein.

Reverend Short hatte sich inzwischen wieder gefangen. Er stand am Kopf des Grabes und hob mit seiner krächzenden

Stimme an: »... *im Schweiße deines Angesichts sollst du dein Brot essen, bis du wieder zu Erde wirst; denn daraus wurdest du genommen; aus Staub bist du gemacht, und zu Staub sollst du wieder werden* ...«

Als der Sarg den Boden des Grabes berührte, stieß Mamie Pullen einen Schrei aus und versuchte sich hinunterzustürzen. Während Johnny sie festhielt, sank Dulcy plötzlich zusammen und schwankte auf den Rand der Grube zu. Alamena faßte sie um die Taille, doch Chink Charly drängte sich von hinten vor, legte seinen Arm um Dulcy und bettete sie ins Gras. Johnny nahm das aus den Augenwinkeln wahr. Er schob Mamie einem Diakon in die Arme und stürzte sich auf Chink. Seine Augen waren gelb vor Wut, und die Narbe auf seiner Stirn brannte feurig und zuckte wie ein selbständiges Lebewesen.

Chink sah ihn kommen, wich zurück und versuchte sein Messer zu ziehen. Johnny täuschte mit der Linken und gab Chink einen Tritt gegen das rechte Schienbein. Der scharfe Schmerz am Knochen ließ Chink kopfüber zusammenknikken. Die Reflexbewegung war noch nicht beendet, da traf Johnny Chink mit einer wuchtigen Rechten hinter das Ohr, und als Chink auf Hände und Knie fiel, trat Johnny mit dem linken Fuß nach Chinks Kopf, verfehlte ihn aber und streifte ihn nur an der linken Schulter. Sein funkelnder Blick nahm einen Spaten in der Hand eines Totengräbers wahr; er riß ihn an sich und wollte mit der Kante nach Chinks Nacken stechen. Big Tiny aus Fats' Restaurant war hinzugestürzt, um Johnny zurückzuhalten. Er griff nach Johnnys Arm, der den Spaten erhoben hatte, bekam ihn aber nicht zu fassen. Zumindest gelang es ihm, den Schlag abzudrehen, so daß der Spaten Chink nicht mit der Kante traf, sondern mit der Blattfläche mitten auf den Rücken. Er wurde kopfüber ins Grab geschleudert und landete auf dem Sarg.

Dann konnten Tiny und ein halbes Dutzend anderer Männer Johnny entwaffnen, ihn auf den Kiesweg und von der Grabreihe fortdrängen. Johnny war von seinen Unterweltfreunden eingekreist, und Fats keuchte erregt: »Gott verdammt, Johnny. Wir wollen nicht noch mehr Tote. Das war doch kein Grund, gleich so durchzudrehen.«

Johnny schüttelte ihre Hände ab und zog seine verrutschte Jacke zurecht. »Ich will nicht, daß dieser halbweiße Scheißmischling sie anfaßt«, sagte er mit seiner gelassenen Stimme.

»Aber, lieber Himmel. Sie ist doch ohnmächtig geworden«, keuchte Fats.

»Nicht mal, wenn sie mausetot umfällt«, sagte Johnny.

Seine Freunde schüttelten den Kopf.

»Für heute hast du ihm jedenfalls schon genug verpaßt, Chef«, sagte Kid Nickels.

»Ich werd ihm nichts mehr tun«, versicherte Johnny. »Bringt mir mein Weibervolk zum Wagen. Ich fahre sie nach Hause.«

Er ging zu seinem Cadillac und stieg ein.

Einen Augenblick später war die Musik verklungen. Alle Gerätschaften des Bestatters wurden vom Grab entfernt. Die Totengräber begannen Erde einzuschaufeln. Die bedrückten Trauergäste gingen bedächtig zu ihren Fahrzeugen zurück.

Mamie kam zwischen Dulcy und Alamena zu Johnnys Wagen. Sie setzte sich mit Alamena auf den Rücksitz. Baby Sis folgte ihnen stumm.

»O Gott, mein Gott«, sagte Mamie mit klagender Stimme. »Nichts als Jammer auf dieser Erde. Aber ich weiß, meine Zeit ist auch bald abgelaufen.«

## *10*

Nachdem sie den Friedhof verlassen hatten, löste sich die Kolonne auf, und jeder Wagen fuhr seiner Wege.

Kurz bevor Johnny auf die Brücke zurück nach Harlem einbog, geriet er in einen Verkehrsstau, der durch das Ende eines Baseballspiels im Yankee-Stadion ausgelöst wurde.

Johnny und Dulcy wohnten mit anderen gutverdienenden

Zuhältern, Puffmüttern und Glücksspielern Harlems im sechsten Stock des eleganten Roger-Morris-Apartmenthauses. Es stand an der Ecke 157th Street und Edgecombe Drive, am Coogan's Bluff, und bot Ausblick auf den Poloplatz, den Harlem River und die ansteigenden Straßen der Bronx am anderen Ufer. Es war sieben Uhr, als Johnny mit seinem Heckflossen-Cadillac vor dem Hauseingang vorfuhr.

»Der Weg vom Baumwollpflücker in Alabama bis hierher war zu lang, um jetzt alles zu verlieren«, stellte er fest.

Jeder im Wagen sah ihn an, aber nur Dulcy sagte etwas. »Wovon redest du?« fragte sie vorsichtig.

Er antwortete nicht.

Mamies Gelenke knackten, als sie sich anschickte, auszusteigen. »Komm, Baby Sis, wir nehmen uns ein Taxi«, sagte sie.

»Du kommst mit rauf und ißt mit uns«, sagte Johnny. »Baby Sis und Alamena können Abendessen machen.«

Sie schüttelte den Kopf. »Ich und Baby Sis fahren gleich nach Hause. Ich will gar nicht erst anfangen, jemandem lästig zu werden.«

»Du bist keinem lästig«, widersprach Johnny.

»Ich hab keinen Hunger«, sagte Mamie. »Ich will nur nach Hause und mich hinlegen und schlafen. Ich bin schrecklich müde.«

»Es ist nicht gut für dich, wenn du jetzt allein bist«, redete Johnny auf sie ein. »Gerade jetzt brauchst du Menschen um dich herum.«

»Baby Sis ist doch da, Johnny, und ich möchte einfach nur schlafen.«

»Also gut, dann bringe ich dich nach Hause«, sagte Johnny. »Du weißt genau, daß du nicht mit einem Taxi fährst, solange ich noch einen Wagen habe, der läuft.«

Keiner regte sich.

Johnny wandte sich an Dulcy und sagte: »Du und Alamena steigt jetzt endlich aus. Ich habe kein Wort davon gesagt, daß ich euch mitnehme.«

»Ich hab es bald satt, daß du mich dauernd herumkommandierst«, erwiderte Dulcy aufgebracht und stieg wütend aus. »Ich bin doch kein Hund.«

Johnny sah sie warnend an, antwortete aber nicht.

Alamena stieg aus dem Fond des Wagens, und Mamie setzte sich nach vorn zu Johnny. Sie legte eine Hand über ihre geschlossenen Augen, wie um diesen schrecklichen Tag aus ihren Gedanken zu verdrängen.

Ohne etwas zu sagen, fuhren sie zu Mamies Wohnung.

Nachdem Baby Sis ausgestiegen und ins Haus gegangen war, sagte Mamie: »Johnny, du bist zu grob zu Frauen. Du erwartest von ihnen, daß sie sich wie Männer benehmen.«

»Ich erwarte nur, daß sie tun, was man ihnen sagt und was nun mal ihre Aufgabe ist.«

Sie stieß einen tiefen, traurigen Seufzer aus. »Das tun die meisten Frauen ja auch, Johnny, aber sie haben ihre eigene Art, es zu tun. Und genau das verstehst du nicht.«

Sie schwiegen einen Augenblick und betrachteten die Menschenmenge, die in der Dämmerung auf dem Gehsteig an ihnen vorbeiströmte.

Es war eine Straße der Widersprüche: unverheiratete junge Mütter, die ihre Babys stillten und vom Mitleid anderer lebten; fette schwarze Ganoven, die in großen, grellfarbigen Cabrios auf und ab fuhren, neben sich ihr Püppchen aus solidem Gold und in den Taschen riesige Beträge an Bargeld; hartarbeitende Männer, die alle Last der Stadt auf ihren Schultern trugen und hier in Harlem, wo ihre weißen Vorgesetzten sie nicht hören konnten, mit lauter Stimme ihren Ärger abließen; jugendliche Gangster, die sich zu Bandenschlachten zusammenrotteten und Marihuana rauchten, um sich Mut zu machen; alle auf der Flucht vor den Backöfen, in denen sie lebten, und auf der Suche nach Erholung auf einer Straße, die durch Autoabgase und die von den Betonmauern und dem Asphalt ausströmende Hitze noch stickiger war.

Schließlich sagte Mamie: »Bring ihn nicht um, Johnny. Ich bin eine alte Frau, und ich sage dir, es gibt keinen Grund dafür.«

Johnny sah weiter auf den Strom der Fahrzeuge, die auf der Straße vorbeiglitten. »Entweder bedrängt er sie, oder sie reizt ihn. Was soll ich glauben?«

»So klar sind die Dinge nicht, Johnny. Ich bin eine alte Frau, ich sage dir, so klar ist das alles nicht. Was du betreibst, ist Haarspalterei. Er ist nur ein Großmaul, und ihr gefällt es nun mal, wenn sie beachtet wird. Weiter nichts.«

»In einem Sarg gäbe er ein gutes Bild ab«, antwortete Johnny.

»Hör auf eine alte Frau, Johnny«, sagte sie. »Du kümmerst dich zuwenig um Dulcy. Du beschäftigst dich mit deinen Angelegenheiten, mit deinem Club und allem möglichen. Das kostet all deine Zeit, und für sie bleibt nichts übrig.«

»Tante Mamie, das war der gleiche Ärger mit meiner Ma«, sagte er. »Pete hat schwer für sie gearbeitet, aber sie war nur zufrieden, wenn sie sich mit anderen Männern rumtreiben konnte, und ich mußte ihn umbringen, damit er sie nicht totschlug. Aber der Fehler lag bei meiner Ma, und ich hab das immer gewußt.«

»Ich weiß, Johnny, aber Dulcy ist nicht so«, stritt Mamie ab. »Sie treibt sich mit keinem herum, aber du mußt Geduld mit ihr haben. Sie ist jung. Du weißt, wie jung sie war, als du sie geheiratet hast.«

»So jung ist sie auch wieder nicht«, antwortete er mit seiner ausdruckslosen Stimme, immer noch ohne Mamie anzusehen. »Und wenn sie nicht mit ihm herummacht, dann eben er mit ihr – das bleibt sich letztlich gleich.«

»Gib ihr eine Chance, Johnny«, flehte Mamie. »Vertraue ihr.«

»Du ahnst nicht, wie gern ich dem Mädchen vertrauen würde«, gestand Johnny. »Aber ich lasse mich weder von ihr noch von ihm, noch von sonst wem zum Narren halten. Ich mäste doch keine Frösche für Schlangen. Und damit Schluß.«

»O Johnny«, bat sie und schluchzte in ihr mit schwarzer Spitze gesäumtes Taschentuch. »Es hat schon einen Mord zuviel gegeben. Bring nicht noch jemanden um.«

Zum ersten Mal wandte Johnny sich ihr zu und sah sie an. »Welcher Mord war zuviel?«

»Ich weiß, das mit deiner Ma damals war nicht deine Schuld«, sagte sie. »Aber du mußt nicht noch einmal jemanden umbringen.« Sie versuchte ihre Gedanken zu verbergen, aber sie sprach zu schnell und in erregtem Ton.

»Das ist doch nicht, was du gemeint hast«, antwortete Johnny. »Du denkst an Val.«

»Davon hab ich nichts gesagt«, entgegnete sie.

»Aber gemeint hast du es.«

»Ich hab nicht an ihn gedacht. Nicht so«, leugnete sie noch einmal. »Ich will nur nicht noch mehr Blut fließen sehen, das ist alles.«

»Du brauchst nicht um das herumzureden, was du denkst«, sagte er. »Du kannst seinen Namen nennen. Du kannst sagen, daß er erstochen wurde, genau hier auf dem Gehsteig. Das macht mir nichts aus. Sag ruhig, was du meinst.«

»Du weißt, was ich meine«, antwortete sie verstockt. »Ich meine, du sollst es nicht zulassen, daß sie zum Anlaß für einen weiteren Mord wird, Johnny.«

Er versuchte sie mit seinem Blick zu fixieren, aber sie wich seinen Augen aus. »Du denkst, ich hätte ihn ermordet«, sagte er.

»Davon hab ich kein Wort gesagt«, widersprach sie.

»Aber das denkst du.«

»Das hab ich nicht gesagt, und du weißt es.«

»Es geht nicht darum, was du gesagt hast. Was ich wissen will, ist, warum du glaubst, daß ich ihn ermorden wollte.«

»O Johnny, ich glaube doch gar nicht, daß du ihn ermordet hast«, gab sie mit kläglicher Stimme zurück.

»Davon rede ich gar nicht, Tante Mamie«, sagte er. »Ich will wissen, welchen Grund ich haben sollte, ihn zu ermorden. Ob du denkst, daß ich ihn getötet habe oder nicht, ist mir gleichgültig. Ich will nur wissen, aus welchem Grund du glaubst, daß ich es gewesen sein soll.«

Sie sah ihm gerade in die Augen. »Es gibt keinen Grund

für dich, ihn zu töten, Johnny«, sagte sie, »und das ist so wahr wie das Evangelium.«

»Warum fängst du dann an, so auf mich einzureden, daß ich Dulcy trauen soll, und vermutest als nächstes, sie hätte mir Grund gegeben, Val zu töten? Das ist es, was ich wissen will«, sagte er hartnäckig. »Was geht da in deinem Kopf vor?«

»Johnny, im Leben sind die Spielregeln nun mal so, daß du ihr ebensoviel geben mußt, wie du von ihr verlangst«, antwortete sie. »Du kannst nicht gewinnen, ohne selbst was zu riskieren.«

»Ich weiß«, gab er zu. »Das ist für Spieler ein Gesetz. Aber ich muß jeden Tag acht Stunden in meinem Club sein. Das ist für sie genausoviel wie für mich. Aber das bedeutet auch, sie hat alle Chancen der Welt, mich zum Narren zu halten.«

Mamie streckte ihre knotigen alten Finger aus und versuchte, seine harte langfingrige Hand zu ergreifen, aber er zog sie zurück.

»Ich werde sie nicht um Gnade bitten«, sagte er schroff. »Ich will auch niemanden verletzen. Wenn sie ihn haben will, erwarte ich nur, daß sie mich verläßt und zu ihm geht. Ich werde ihr nichts tun. Doch wenn sie ihn nicht haben will, lasse ich es nicht zu, daß er sie bedrängt. Es macht mir nichts aus, zu verlieren. Jeder Spieler muß manchmal verlieren. Aber ich lasse mich nicht betrügen.«

»Ich weiß, wie du dich fühlst, Johnny«, sagte Mamie. »Aber du mußt lernen, ihr zu vertrauen. Ein eifersüchtiger Mann kann nicht gewinnen.«

»Ein arbeitender Mann kann nicht spielen, und ein eifersüchtiger Mann kann nicht gewinnen«, zitierte Johnny ein altes Spielersprichwort. Nach einer Weile fügte er hinzu: »Wenn es so ist, wie du sagst, wird keinem was passieren.«

»Ich geh jetzt nach oben und leg mich schlafen«, sagte sie und stieg langsam auf den Gehsteig hinaus. Dann blieb sie stehen, die Hand auf der Wagentür, und fügte hinzu: »Jemand muß auf seinem Begräbnis predigen. Kennst du einen Prediger, der es tun würde?«

»Geh doch zu deinem Prediger«, antwortete er. »Das tut er sowieso am liebsten, Grabreden halten.«

»Sprich du mit ihm«, sagte sie.

»Ich will mit dem Mann nicht mehr reden«, lehnte er ab. »Nicht nach dem, was er heute gesagt hat.«

»Du mußt mit ihm reden«, drängte sie ihn. »Dulcy zuliebe.«

Er antwortete nicht, und auch sie sagte nichts mehr. Als sie im Hauseingang verschwand, ließ er den Motor an und fuhr langsam durch den trägen Verkehr zur Kirche der Holy Rollers mit der Ladenfront an der Eighth Avenue.

Reverend Short wohnte in einem Hinterzimmer, das früher ein Lagerraum gewesen war. Der Eingang von der Straße war nicht verschlossen. Johnny trat ein, ohne anzuklopfen, und durchquerte den Gang zwischen den zerbrochenen Bänken. Die Tür zu Reverend Shorts Schlafzimmer stand ein paar Zentimeter weit offen. Die Schaufensterscheiben an der Frontseite waren von innen zwar zu Dreiviertel ihrer Höhe mit schwarzer Farbe gestrichen, aber durch das schmutzige Glas darüber drang genügend schummeriges Licht, um Reverend Shorts Brille blinken zu lassen, als er durch die schmale Öffnung der Tür hinausspähte.

Die Brille verschwand, und die Tür wurde geschlossen, als Johnny um das Kanzelpodest herumging. Er hörte das Schloß knacken, als er sich der Tür näherte.

Er klopfte und wartete. Schweigen antwortete ihm.

»Hier ist Johnny Perry, Reverend. Ich möchte mit Ihnen sprechen«, sagte er.

Von drinnen ertönte ein Rascheln, als ob Ratten in dem Zimmer umherliefen, und Reverend Short antwortete schroff mit seiner krächzenden Stimme: »Glaube bloß nicht, ich hätte dich nicht erwartet.«

»Gut«, sagte Johnny, »dann wissen Sie, daß es um das Begräbnis geht.«

»Ich weiß, warum du kommst, und ich bin darauf vorbereitet«, krächzte Reverend Short.

Johnny hatte einen langen, anstrengenden Tag hinter sich,

und seine Nerven waren überreizt. Er drückte auf die Klinke und fand die Tür verschlossen.

»Machen Sie auf«, sagte er barsch. »Wie, zum Teufel, wollen Sie über Geschäfte sprechen, wenn die Tür verschlossen ist?«

»Aha, du glaubst, du könntest mich täuschen?« krächzte Reverend Short.

Johnny rüttelte an der Klinke. »Hören Sie, Prediger«, sagte er, »Mamie Pullen schickt mich, und ich werde Sie dafür bezahlen, also was ist los mit Ihnen, verdammt noch mal?«

»Ich soll dir allen Ernstes glauben, daß eine gute Christin wie Mamie Pullen dich schickt, um ...«, begann Reverend Short zu krächzen, als Johnny in einem plötzlichen Wutanfall die Klinke packte und die Tür aufbrechen wollte.

Als ob Reverend Short seine Gedanken gelesen hätte, warnte er mit dünner, trockener Stimme, die so gefährlich wie das Rasseln einer Klapperschlange war: »Brich ja die Tür nicht auf, Johnny Perry!«

Johnny riß seine Hand zurück, als ob eine Schlange nach ihm geschlagen hätte. »Was ist los mit Ihnen, Prediger, haben Sie eine Frau da drin?« fragte er argwöhnisch.

»Darauf bist du also aus?« antwortete Reverend Short. »Du glaubst, daß die Mörderin sich hier versteckt?«

»Herr im Himmel, Mann, sind Sie komplett verrückt geworden?« entgegnete Johnny und verlor seine Selbstbeherrschung. »Machen Sie jetzt diese verfluchte Tür auf. Ich will nicht den ganzen Abend hier draußen stehen und mir Ihr dummes Gequatsche anhören.«

»Laß den Revolver fallen!« warnte Reverend Short.

»Ich habe keinen Revolver, Prediger. Sind Sie wahnsinnig?«

Johnny hörte das Knacken einer Waffe, die gespannt wurde.

»Ich warne dich, wirf den Revolver weg!« wiederholte Reverend Short.

»Zur Hölle mit Ihnen«, sagte Johnny angewidert und wollte sich umdrehen. Aber ein sechster Sinn warnte ihn vor einer unmittelbaren Gefahr, und er warf sich flach auf den Boden, kurz bevor der doppelte Knall einer Schrotflinte ein Loch in der Größe eines Eßtellers durch die obere Füllung der Holztür riß. Johnny schnellte vom Boden hoch, als ob er aus Gummi wäre. Er traf die Tür voller Wucht mit seiner Schulter, so daß das Schloß ausbrach und die Tür mit einem lauten Krachen gegen die Wand schlug. Man hätte es fast für das Echo des Gewehrschusses halten können.

Reverend Short ließ das Gewehr fallen und zog aus der Seitentasche seiner Hose so schnell ein Messer, daß die Klinge schon offen in seiner Hand stand, bevor das Gewehr auf den Boden polterte.

Johnny stürzte mit vorgerecktem Kopf so schnell auf ihn zu, daß er nicht mehr anhalten konnte. Darum streckte er seine Linke aus, ergriff Reverend Shorts Handgelenk und rammte ihm seinen Kopf in den Solarplexus. Reverend Shorts Brille flog wie ein aufflatternder Vogel von seinem Gesicht, und er stürzte rückwärts über ein ungemachtes Bett mit weißgestrichenem Eisengestell. Johnny landete auf ihm, die Muskeln entspannt wie eine Katze, die auf ihre vier Pfoten fällt, drehte im gleichen Augenblick mit der einen Hand das Messer aus Reverend Shorts Griff und begann ihn mit der anderen zu würgen.

Seine Knie umklammerten Reverend Shorts Taille, während er ihm die Kehle zudrückte. Reverend Shorts kurzsichtige Augen begannen vorzuquellen wie Bananen, die aus ihrer Schale gequetscht werden, und alles, was er sehen konnte, war die glühende Narbe, die sich auf Johnnys blutroter Stirn wie ein gereizter Polyp blähte und zuckte.

Aber Reverend Short zeigte keine Anzeichen von Furcht.

Kurz bevor er dem Prediger den dürren Hals brach, faßte Johnny sich wieder. Er atmete tief ein, und sein ganzer Körper erzitterte, als ob ein elektrischer Schlag sein Gehirn getroffen hätte. Dann nahm er seine Hände von Reverend Shorts Kehle, richtete sich auf, immer noch auf ihm hockend, und sah nüchtern in das bläuliche Gesicht auf dem Bett unter sich.

»Prediger«, sagte er langsam. »Sie schaffen es noch, daß ich Sie umbringe.«

Reverend Short hielt seinem Blick stand, während er nach Luft japste. Als er schließlich sprechen konnte, sagte er in herausforderndem Ton: »Nur zu, bring mich um. Aber damit kannst du sie nicht retten. Sie werden sie sowieso erwischen.«

Johnny stand von dem Bett auf und trat dabei auf Reverend Shorts Brille. Wütend stieß er die Splitter mit seinem Fuß fort und blickte auf Reverend Short hinunter, der in der gleichen Stellung liegengeblieben war.

»Hören Sie, ich will Ihnen nur eine Frage stellen«, sagte Johnny mit seiner ausdruckslosen Spielerstimme. »Warum sollte sie ihren eigenen Bruder töten wollen?«

Reverend Short erwiderte seinen Blick voller Bosheit. »Du weißt genau, warum«, antwortete er.

Johnny stand totenstill, als ob er lauschte, und sah auf den Prediger hinunter. Schließlich sagte er: »Sie haben versucht, mich zu töten. Ich werde deswegen nichts unternehmen. Sie haben sie eine Mörderin genannt, auch deswegen werde ich nichts tun. Ich glaube nicht, daß Sie verrückt sind. Die Erklärung können wir also ausschließen. Ich will Sie nur eines fragen, nämlich *warum?«*

Reverend Shorts kurzsichtige Augen begannen wieder eine gefährliche Bösartigkeit anzunehmen. »Es gibt bei euch nur zwei, die es getan haben können«, antwortete er mit dünner, trockener Stimme, die kaum lauter als ein Flüstern herauskam. »Du und sie. Und wenn du es nicht warst, dann war sie es. Und wenn du nicht weißt, warum, dann frag sie. Und wenn du glaubst, daß du sie retten kannst, indem du mich umbringst, nur zu, tu es.«

»Ich habe nicht viel in der Hand«, sagte Johnny, »aber ich werde meine Karte aufdecken.«

Er drehte sich um und tastete sich an den Kirchenbänken entlang zur Tür. Licht von den Straßenlaternen drang durch den oberen, nicht gestrichenen Streifen der schmutzigen Schaufenster und wies ihm den Weg.

# 11

Es war acht Uhr, aber noch hell.

»Drehen wir eine Runde«, sagte Grave Digger zu Coffin Ed, »und schauen uns die Gegend an. Mal sehen, wie braune Mädchen in rosafarbenen Kleidern aufblühen, und den Duft von Mohn und Marihuana riechen.«

»Und hören, was die Pfeifer zwitschern«, ergänzte Coffin Ed.

Sie fuhren in der kleinen, zerbeulten schwarzen Limousine über die Seventh Avenue Richtung Süden. Grave Digger lenkte den kleinen Wagen hinter einem langsam fahrenden, großen Laster mit Anhänger her, und Coffin Ed heftete seinen Blick auf den Gehsteig.

Ein illegaler Lottoeinnehmer stand vor Madame Sweetiepies Frisiersalon, wedelte mit einer Handvoll Zettel mit den Gewinnzahlen des Tages drauf, sah auf und bemerkte Coffin Eds unheilverkündenden Blick, der auf ihn gerichtet war. Sofort begann er die Zettel wie zähe Karamelbonbons zu zerkauen.

Durch den großen Anhänger verdeckt, überraschten sie eine Gruppe Junkies, die vor der Bar an der Ecke der 126th Street standen. Acht junge Lausebengel in engen schwarzen Hosen, knalligen Strohhüten mit bunten Bändern, spitzen Schuhen und grellfarbigen Sporthemden. Sie trugen dunkle Brillen und sahen wie eine Versammlung exotischer Grashüpfer aus. Ihre erste Marihuana-Zigarette hatten sie schon aufgeraucht, und sie reichten gerade die zweite herum, als einer von ihnen rief: »Auseinander, da kommen King Kong und Frankenstein.«

Der Jüngling, der gerade an der Zigarette sog, verschlang sie so schnell, daß ihm die Glut den Rachen verbrannte und er sich würgend vornüberbeugte.

Einer, den sie Gigolo nannten, sagte: »Ruhig Blut, ruhig Blut! Einfach nichts zugeben, das ist alles.«

Sie ließen ihre Schnappmesser vor der Bar auf den Gehsteig fallen. Einer der Jünglinge griff sich die beiden übriggebliebenen Marihuana-Zigaretten und schob sie rasch in den Mund, bereit, sie hinunterzuschlingen, falls die Detectives anhielten.

Grave Digger lächelte grimmig. »Ich könnte dem Lump in den Bauch hauen und ihn genug Belastungsmaterial ausspuken lassen, um ihn ein Jahr in den Bau zu bringen«, sagte er.

»Den Trick bringen wir ihm ein anderes Mal bei«, antwortete Coffin Ed.

Zwei der Typen klopften dem würgenden Jüngling auf den Rücken, die anderen fingen an, mit großspurigen Gesten aufeinander einzureden, als diskutierten sie eine wissenschaftliche Abhandlung über die Prostitution. Gigolo starrte die Detectives trotzig an.

Gigolo trug einen schokoladenfarbenen Strohhut, der ein breites gelbes Band mit winzigen blauen Tupfen besaß. Als Coffin Ed mit dem Zeige- und dem Mittelfinger seiner rechten Hand das rechte Revers seiner Jacke betastete, schob Gigolo seinen Strohhut in den Nacken und sagte: »Die Scheißer da haben 'nen Knall. Sie können uns nichts beweisen.«

Grave Digger hielt nicht an, sondern fuhr langsam weiter und beobachtete im Rückspiegel, wie der eine die feuchten Marihuana-Zigaretten vorsichtig aus dem Mund nahm und auf sie blies, um den Speichel zu trocknen. Sie fuhren bis zur 119th Street weiter, bogen in Richtung Eighth Avenue ab und fuhren zum Stadtzentrum zurück. Vor einem heruntergekommenen Mietshaus zwischen der 126th und 127th Street parkten sie. Alte Leute hockten auf dem Gehweg auf Küchenstühlen, die sie gegen die Hauswand gelehnt hatten.

Sie stiegen die dunkle, steile Treppe zur dritten Etage hinauf. Grave Digger klopfte an eine Tür, die weiter hinten lag; drei einzelne Schläge im Abstand von genau zehn Sekunden. Eine Minute lang war kein Laut zu vernehmen. Es war kein Geräusch von einem Schloß zu hören, doch langsam öffnete sich die Tür fünf Zoll nach innen. In dieser Stellung wurde sie oben und unten von zwei Eisenketten angehalten.

»Wir sind's, Ma«, sagte Grave Digger. Die Enden der Ketten wurden aus den Schlitzen gelöst, und die Tür öffnete sich ganz.

Vor ihnen stand eine magere, alte, grauhaarige Frau mit runzeligem schwarzem Gesicht, die etwa neunzig Jahre alt sein mochte und ein bodenlanges altmodisches Kleid aus verblaßter schwarzer Baumwolle trug. Sie trat zur Seite, ließ die beiden Detectives in den pechschwarzen Gang ein und schloß die Tür hinter ihnen. Kommentarlos folgten sie ihr bis zum Ende des Gangs. Sie öffnete eine Tür, und plötzlich fiel Licht auf sie und ließ ein Schnupftabakstäbchen neben dem einen Winkel ihres von Runzeln umgebenen Mundes erkennen.

»Da ist er«, sagte sie. Coffin Ed folgte Grave Digger in das kleine Hinterzimmer und stieß die Tür hinter sich zu.

Gigolo hockte auf der Bettkante, seinen knalligen Strohhut in den Nacken geschoben, und kaute hektisch an seinen schmutzigen Fingernägeln. Die Pupillen seiner Augen standen als große schwarze Scheiben in seinem angespannten, verschwitzten braunen Gesicht.

Coffin Ed setzte sich rittlings vor ihn auf den einzigen Holzstuhl. Grave Digger stand neben ihm, sah auf Gigolo hinunter und sagte: »Du hast dich ja ganz schön mit Heroin zugedröhnt.«

Gigolo zuckte die Achseln. Seine mageren Schultern stachen unter dem kanariengelben Sporthemd hervor.

»Reg ihn nicht auf«, mischte Coffin Ed sich ein und fragte Gigolo dann in vertraulichem Ton: »Wer hat gestern nacht das Ding gedreht, Kleiner?«

Gigolos Körper begann zu zucken, als ob ihm jemand ein glühendes Schüreisen unter den Hosenboden geschoben hätte. »Poor Boy hat wieder Geld«, antwortete er schnell und undeutlich.

»Was für Geld?« fragte Grave Digger.

»Hartes Geld.«

»Keine grünen Scheine?«

»Wenn er welche hat, zeigt er sie nicht.«

»Und wo mag Poor Boy jetzt stecken?«

»Acey-Deuceys Billardsalon. Der steht auf Pool.«

Grave Digger fragte Coffin Ed: »Kennst du ihn?«

»Die Stadt ist voll von Poor Boys«, antwortete Coffin Ed und wandte sich wieder dem Spitzel zu. »Wie sieht er aus?«

»Schlanker schwarzer Junge. Hat gute Nerven. Der riskiert was, rutscht aber nie aus. Sieht ein bißchen so aus wie Country Boy, bevor sie ihn einlochten.«

»Was hat er an?« fragte Grave Digger.

»Wie schon gesagt. Alte Bluejeans, T-Shirt, Turnschuhe, sieht immer so zerlumpt aus wie ein Sack Kartoffeln.«

»Hat er einen Partner?«

»Iron Jaw. Den kennt ihr doch.«

Grave Digger nickte.

»Aber der ist bei dem Ding wohl nicht dabeigewesen. Ist heute nirgendwo aufgekreuzt«, fügte Gigolo hinzu.

»Na schön, Sportsfreund«, sagte Coffin Ed und stand auf. »Und laß die Finger vom Heroin.«

Gigolos Körper begann noch heftiger zu zucken. »Was soll man denn machen? Ihr Jungs macht mir ständig die Hölle heiß. Wenn einer rauskriegt, daß ich euer Spitzel bin, wird man mir den Kopf runterschütteln.« Das bezog sich auf eine Geschichte, die in Harlem über eine Messerstecherei zwischen zwei Ganoven kursierte. Der eine sagte, Mann, du hast mich nicht erwischt, worauf der andere meinte, wenn du nicht glaubst, daß ich dich erwischt habe, dann schüttel doch mal den Kopf, der fällt bestimmt runter.

»Mit dem Heroin sitzt dein Kopf auch nicht fester«, warnte Coffin Ed.

Auf dem Weg nach draußen sagte er zu der alten Dame, die sie eingelassen hatte: »Halte Gigolo kürzer, Ma. Er dröhnt sich so zu, daß er eines Tages überschnappt.«

»Du lieber Gott, bin doch kein Arzt«, klagte sie. »Ich weiß doch nicht, wieviel die vertragen. Ich verkauf es nur, wenn sie bezahlen können. Ihr wißt, daß ich selbst das Zeug nicht anrühr.«

»Schön, halt ihn trotzdem kürzer«, antwortete Grave Digger schroff. »Wir lassen dich nur gewähren, weil du unsere Schnüffler versorgst.«

»Wenn ihr eure Schnüffler nicht hättet, wärt ihr auch raus aus dem Geschäft«, entgegnete sie. »Polypen kriegen nie und nimmer was raus, wenn ihnen keiner was sagt.«

»Misch einfach Backpulver in das Zeug, statt es ihnen pur zu geben«, empfahl Grave Digger. »Wir wollen nicht, daß die Boys blind werden. Und jetzt laß uns aus dem Loch hier raus, wir haben's eilig.«

Tief gekränkt schlurfte sie durch den finsteren Gang und öffnete geräuschlos die drei schweren Schlösser an der Wohnungstür.

»Die alte Hexe geht mir auf die Nerven«, sagte Grave Digger, als sie in ihren Wagen stiegen.

»Was du brauchst, ist Urlaub«, meinte Coffin Ed. »Oder wenigstens ein Abführmittel.«

Grave Digger lachte in sich hinein.

Sie fuhren rüber zur 137th Street und Lennox Avenue, gegenüber vom Savoy-Ballsaal, und stiegen neben der Boll Weevil Bar über eine schmale Treppe zu Acey-Deuceys Billardsalon im zweiten Stock hinauf.

Vorn war ein kleiner Raum durch eine hölzerne Barriere als Büro abgeteilt. Ein fetter, kahlköpfiger, braunhäutiger Mann mit einem grünen Augenschirm, kragenlosem Seidenhemd und schwarzer Weste, die mit einer dicken Goldkette geschmückt war, saß auf einem hohen Hocker hinter der Registrierkasse an der Barriere und überwachte die quer zu dem langen, schmalen Raum aufgestellten sechs Billardtische.

Als Grave Digger und Coffin Ed auf dem Treppenabsatz erschienen, begrüßte er sie mit dem tiefen Baß, der typisch ist für Leichenbestatter. »Wie geht's uns denn, Gentlemen, was machen die Geschäfte der Polizei an so einem prächtigen Sommertag?«

»Glänzend, Acey«, antwortete Coffin Ed, und seine Augen überflogen die beleuchteten Tische. »Bei der Hitze werden mehr Leute beraubt, überfallen und erstochen als gewöhnlich.«

»Ist nun mal die Saison für hitzige Gemüter«, meinte Acey.

»Und da lügst du nicht mal, Sohnemann«, antwortete Grave Digger. »Was macht Deucey?«

»Ruht sich aus wie immer«, antwortete Acey. »Jedenfalls soweit ich weiß.«

Deucey war der Mann, von dem Acey den Billardsalon gekauft hatte. Er war seit einundzwanzig Jahren tot.

Grave Digger hatte inzwischen ihren Mann am vierten Tisch entdeckt und zwängte sich als erster durch den vollgestopften Gang. Er nahm sich einen Stuhl am einen Ende des Tisches, Coffin Ed am anderen.

Poor Boy spielte Pool gegen einen aalglatten, halbweißen Billardhai um fünfzig Cents den Point und befand sich schon vierzig Dollar im Rückstand.

Die Bälle waren für ein neues Spiel aufgesetzt. Poor Boy war an der Reihe, und er kreidete gerade sein Queue. Aus den Augenwinkeln blickte er von einem Detective zum anderen und kreidete sein Queue so lange, daß sein Gegner schließlich gereizt sagte: »Los, fang schon an, Mann. Du hast schon so viel Kreide auf dem verdammten Stock, daß du einen Fünfzehnbandenstoß machen kannst.«

Poor Boy setzte seinen Spielball auf die Markierung, zielte mit dem Queue ein paarmal unter seinem gebogenen linken Zeigefinger, stieß endlich zu und rutschte ab. Er riß zwar nicht das Tuch auf, hinterließ aber eine lange weiße Spur. Sein Ball trudelte langsam über die Platte und berührte die aufgesetzten Kugeln so leicht, daß sie kaum von der Stelle rollten.

»Der Junge sieht nervös aus«, sagte Coffin Ed.

»Hat wohl nicht gut geschlafen«, antwortete Grave Digger.

»Ich bin jedenfalls nicht nervös«, sagte der Hai. Er führte seinen Stoß, und drei Kugeln rollten in die Taschen. Dann fing er erst richtig an und erreichte ohne Unterbrechung mit sieben Stößen hintereinander hundert Punkte. Als er seinen

Billardstock hob und den Hundertermarker gegen die neunundneunzig anderen am Zähler über sich schob, brachen alle anderen Spieler ihre Partien ab, und die Zuschauer drängten sich näher an den Tisch heran, um besser sehen zu können.

»Du bist noch nicht nervös«, korrigierte ihn Coffin Ed.

Der Hai sah Coffin Ed herausfordernd an und krähte: »Ich hab doch gesagt, ich bin nicht nervös.«

Als der Mann, der die Spielaufsicht führte, den Papierbeutel mit dem Einsatz auf den Tisch legte, stand Coffin Ed von seinem Platz auf und nahm ihn an sich.

»Das gehört mir«, sagte der Hai.

Grave Digger trat näher und brachte dadurch den Hai und Poor Boy zwischen sich und Coffin Ed. »Verlier jetzt nicht die Nerven, Kleiner«, sagte er. »Wir wollen uns nur mal dein Geld ansehen.«

»Es ist ganz gewöhnliches amerikanisches Geld«, behauptete der Hai. »Habt ihr Klugscheißer noch nie Geld gesehen?«

Coffin Ed öffnete den Beutel und leerte den Inhalt auf den Tisch. Zehn-Cent-Stücke, viertel und halbe Dollars ergossen sich über das grüne Tuch, dazu ein zusammengerollter Packen grüner Dollarnoten.

»Du bist noch nicht lange in Harlem, Kleiner«, sagte er zu dem Hai.

»Er wird auch nicht lange hier bleiben«, ergänzte Grave Digger, streckte die Hand aus und schnippte die Rolle Geldscheine von dem Silbergeld weg. »Hier ist dein Geld, Kleiner«, sagte er. »Nimm es und suche dir eine andere Stadt. Du bist zu gerissen für uns Dorfbullen hier in Harlem.« Als der Hai den Mund aufmachte, um zu protestieren, fügte er schroff hinzu: »Und sag kein weiteres verdammtes Wort mehr, sonst schlag ich dir die Zähne ein.«

Der Hai schob sein Geld in die Tasche und verdrückte sich in der Menge. Poor Boy hatte noch keinen Ton von sich gegeben.

Coffin Ed schob die Münzen zusammen und steckte sie in den Papierbeutel zurück. Grave Digger faßte den schlanken schwarzen Jungen am Ärmel seines T-Shirts. »Komm mit, Poor Boy. Wir machen eine kleine Fahrt.«

Coffin Ed bahnte sich eine Gasse durch die Menge. Sie ließen Schweigen hinter sich zurück.

Sie setzten Poor Boy zwischen sich in den Wagen, fuhren um die nächste Ecke und parkten.

»Was ist dir lieber«, fragte Grave Digger ihn, »ein Jahr im Staatsgefängnis in Auburn oder dreißig Tage im städtischen Bau?«

Poor Boy sah ihn aus den Winkeln seiner großen, schlammfarbenen Augen an. »Was soll das heißen?« fragte er mit einer heiseren Georgia-Stimme.

»Das heißt, daß du heute morgen den Manager der A & P-Filiale bestohlen hast.«

»Nee, Sir, hab heute morgen nie was von 'nem A & P-Geschäft gesehen. Das Geld ist vom Schuhputzen am U-Bahnhof 125th Street.«

Grave Digger wog den Sack Silber in seiner Hand. »Hier sind über hundert Dollar drin«, sagte er.

»Glück gehabt, beim Münzenwerfen gab's viertel und halbe Dollars«, behauptete Poor Boy. »Können jeden fragen, der heute morgen in der Gegend war.«

»Was ich meine, Söhnchen«, erklärte Grave Digger, »wenn du mehr als fünfunddreißig Dollar stiehlst, ist das schwerer Diebstahl, und das ist ein Verbrechen, für das sie dir ein bis fünf Jahre im Staatsgefängnis geben. Aber wenn du dich ordentlich benimmst, erlaubt der Richter dir, daß du dich eines kleinen Diebstahls für schuldig bekennst, spart dem Staat die Kosten für eine Schwurgerichtsverhandlung und die Bestellung eines Pflichtverteidigers, und du kommst mit dreißig Tagen Zwangsarbeit davon. Hängt nur davon ab, ob du mitarbeitest.«

»Ich hab kein Geld gestohlen«, beteuerte Poor Boy. »Wie gesagt. Das Geld hab ich mit Schuhputzen verdient und dann beim Münzenwerfen gewonnen.«

»Wachmann Harris und der A & P-Manager werden was

anderes sagen, wenn man dich morgen ihnen gegenüberstellt«, sagte Grave Digger.

Poor Boy dachte darüber nach. Schweißtröpfchen bildeten sich auf seiner Stirn und in den Augenhöhlen unter seinen Augen, und auf seiner glatten, flachen Nase formten sich fettige Perlchen. »Wie denn mitarbeiten?« fragte er schließlich.

»Wer saß mit Johnny Perry im Auto, als er heute früh durch die Seventh Avenue fuhr, ein paar Minuten bevor du dein Ding gedreht hast?« fragte Grave Digger.

Poor Boy stieß Luft durch die Nase aus, als ob er den Atem angehalten hätte. »Ich hab Johnny Perrys Wagen nicht gesehen«, sagte er erleichtert.

Grave Digger streckte die Hand aus, drehte den Zündschlüssel um und ließ den Motor an.

Coffin Ed sagte: »Schade, Kleiner, du müßtest bessere Augen haben. Das wird dich elf Monate kosten.«

»Ich schwör bei Gott, ich hab Johnnys Riesen-Cadillac fast zwei Tage nicht gesehen«, versicherte Poor Boy.

Grave Digger lenkte den Wagen auf die Fahrbahn, um in Richtung auf das Revier in der 126th Street zu steuern.

»Ihr müßt mir glauben«, sagte Poor Boy. »Hab auf der ganzen Seventh Avenue kein Aas gesehen.«

Coffin Ed sah zu den Leuten hinaus, die auf dem Gehsteig standen oder gelangweilt auf den Stufen vor ihren Haustüren hockten. Grave Digger konzentrierte sich aufs Fahren.

»Da war nicht ein Wagen auf der Avenue. Ich schwör bei Gott«, winselte Poor Boy. »Außer der Filialleiter, als der kam, und der Polizist, der da immer steht.«

Grave Digger lenkte an den Straßenrand und hielt kurz vor der Ecke zur 126th Street. »Wer war mit dir zusammen?« fragte er.

»Keiner«, sagte Poor Boy. »Ich schwör's bei Gott.«

»Wirklich schade«, sagte Grave Digger und griff wieder nach dem Zündschlüssel.

»Hört mal«, flehte Poor Boy. »Eine Minute. Sie sagen, ich krieg nur dreißig Tage?«

»Das hängt davon ab, wie gut deine Augen heute morgen um halb fünf waren und wie gut dein Gedächtnis jetzt ist.«

»Hab wirklich nichts gesehen«, beteuerte Poor Boy noch einmal, »und das ist bei Gott die Wahrheit. Und nachdem ich mir den Beutel gegriffen hatte, bin ich so schnell gerannt, daß gar keine Zeit blieb, was zu sehen. Aber Iron Jaw hat vielleicht was gesehen. Er hatte sich in einer Haustür in der 132nd Street versteckt.«

»Und wo warst du?«

»Ich war in der 131st Street. Und als der Mann angefahren kam, sollte Iron Jaw laut was von verdammter Mörder schreien und den Bullen ablenken. Aber er gab nicht einen Pieps von sich, und ich stand da, hatte mich schon neben den Wagen geschlichen. Da mußte ich mir einfach den Beutel schnappen und losrennen.«

»Wo ist Iron Jaw jetzt?« fragte Coffin Ed.

»Weiß nicht. Hab ihn den ganzen Tag nicht gesehen.«

»Wo treibt er sich gewöhnlich rum?«

»Meistens bei Acey-Deucey, wie ich, sonst unten im Boll Weevil.«

»Wo wohnt er?«

»Er hat ein Zimmer im Lighthouse Hotel, Ecke 123rd Street und Third Avenue, sonst, wenn er da nicht ist, ist er vielleicht zur Arbeit. Er rupft Hühner in Goldsteins Geflügelladen, 116th Street. Manchmal haben die bis zwölf Uhr auf.«

Grave Digger ließ wieder den Motor an, bog in die 126th Street und fuhr zum Revier.

Als er vor der Tür anhielt, fragte Poor Boy: »Das läuft doch so, wie Sie sagen, oder? Ich bekenn mich schuldig und krieg nur dreißig Tage?«

»Das hängt ganz davon ab, wieviel dein Freund Iron Jaw gesehen hat«, antwortete Grave Digger.

## 12

»Mir gefällt diese verfluchte Geheimniskrämerei nicht«, sagte Johnny. Seine dicken braunen Muskeln ballten sich unter seinem schweißnassen gelben Crêpehemd, als er das Limonadenglas auf die Glasplatte des Cocktailtisches knallte. »Und da ist nichts gegen zu sagen«, fügte er hinzu.

Er saß vorgebeugt mitten auf dem breiten grünen Plüschsofa, seine schweißigen Füße in Seidenstrümpfen auf den leuchtendroten Teppich gepflanzt. Die Venen an seinen Schläfen waren geschwollen wie freigelegte Baumwurzeln, und die Narbe auf seiner Stirn zuckte und wand sich wie ein Knäuel lebender Schlangen. Sein dunkelbraunes, knolliges Gesicht war gespannt und schweißbedeckt. Seine Augen waren heiß, von Äderchen durchzogen und glühten.

»Ich hab dir schon ein dutzendmal und öfter gesagt, ich weiß nicht, warum dieser Niggerprediger all diese Lügen über mich erzählt«, verteidigte Dulcy sich mit winselnder Stimme.

Johnny sah sie drohend an und sagte: »Ja, und ich hab es endlich verflucht satt, mir das anzuhören, was du erzählst.«

Ihr Blick streifte flüchtig sein angespanntes Gesicht und wanderte weiter auf der Suche nach etwas Erfreulicherem. Aber in diesem Raum mit seinen schreienden Farben gab es nichts. Die erbsengrüne Polstergarnitur mit ihren schmalen Streifen aus blondem Holz biß sich mit dem leuchtendroten Teppich, doch die eigentlichen Verlierer waren die Augen, die das alles ansehen mußten.

Es war ein großes Eckzimmer im vorderen Teil des Hauses, mit zwei Fenstern zum Edgecombe Drive und einem zur 159th Street.

»Ich hab's genauso satt, mir all die verdammten Fragen von dir anzuhören, wie du es satt hast, dir anzuhören, daß ich keine Antwort weiß«, murmelte sie.

Das Limonadenglas zersplitterte in seiner Hand. Er schleuderte die Scherben auf den Boden und füllte sich ein neues. Sie saß auf einer gelben Lederottomane auf dem roten Teppich, gleich gegenüber dem gelben TV- und Phono-Schrank, der vor der zugemauerten Feuerstelle unterhalb des Kaminsimses stand.

»Warum, zum Teufel, zitterst du eigentlich?« fragte er.

»Weil's hier drin eiskalt ist«, beklagte sie sich.

Sie hatte sich bis auf den Unterrock ausgezogen, und ihre Beine und Füße waren nackt. Auf ihren Zehennägeln glänzte der gleiche scharlachrote Lack wie auf ihren Fingernägeln. Ihre weiche braune Haut war von einer Gänsehaut überzogen, aber auf ihrer Oberlippe standen Schweißperlen, die die flaumigen Härchen ihres Anflugs von Schnurrbart hervorhoben.

Die große Klimaanlage im Seitenfenster hinter ihr lief auf vollen Touren, und der Zwölf-Zoll-Ventilator daneben blies kalte Luft auf sie.

Johnny trank sein Glas Limonade aus und stellte es behutsam hin, wie jemand, dessen ganzer Stolz es ist, in jeder Situation die Selbstbeherrschung zu bewahren.

»Kein Wunder«, sagte er. »Warum stehst du nicht auf und ziehst dir was an?«

»Um Himmels willen, es ist viel zu heiß, um ein Kleid anzuziehen«, protestierte sie.

Johnny goß sich ein weiteres Glas Limonade ein und stürzte es hinunter, um sein Gehirn vor einer Überhitzung zu bewahren. »Hör zu, Baby. Ich bin ja nicht unvernünftig«, sagte er. »Alles, was ich dich frage, sind drei einfache Dinge …«

»Was für dich einfach ist, ist für keinen sonst einfach«, beklagte sie sich.

Sein heißer Blick traf sie wie eine Ohrfeige.

Schnell sagte sie als Entschuldigung: »Ich weiß nicht, warum dieser Prediger mich aufs Korn genommen hat.«

»Hör zu, Baby«, fuhr Johnny besonnen fort. »Ich will nur wissen, warum Mamie dich plötzlich in Schutz nimmt, wenn ich noch nicht mal den leisesten Verdacht gegen dich habe. Klingt das vernünftig?«

»Woher, zum Teufel, soll ich wissen, was in Mamies Kopf vorgeht?« fuhr sie auf. Und als sie die Wut bemerkte, die wie ein Sommergewitter auf seinem Gesicht aufflackerte, nahm sie einen tiefen Zug von dem Brandy-Soda, den sie trank, und verschluckte sich. Spookie, ihre schwarze Cockerspaniel-Hündin, die zu ihren Füßen gelegen hatte, sprang auf und versuchte auf ihren Schoß zu klettern.

»Und hör auf, so verdammt viel zu trinken«, sagte Johnny. »Du weißt ja nicht, was du redest, wenn du betrunken bist.«

Schuldbewußt sah sie sich nach einem Platz um, wo sie ihr Glas abstellen konnte. Sie wollte es auf den Fernsehschrank setzen, nahm aber seinen warnenden Blick wahr und stellte es dann auf den Boden neben ihre Füße.

»Und laß dich nicht dauernd von dem verdammten Hund ablecken«, sagte er. »Glaubst du, ich will dich ständig voller Hundespucke haben?«

»Runter, Spookie«, sagte sie und stieß den Hund von ihrem Schoß. Der Hund trat in ihr Glas und warf es um.

Johnny sah auf den Flecken, der sich auf dem roten Teppich ausbreitete, und seine Kaumuskeln traten wie Ochsensehnen hervor. »Jeder weiß, daß ich ein vernünftiger Mensch bin«, sagte er. »Was ich von dir wissen will, sind drei einfache Dinge. Erstens: Wie kommt es, daß dieser Prediger der Polizei irgendwas davon erzählt, daß Chink Charly dir das Messer gegeben hat?«

»Um Gottes willen, Johnny«, schrie sie und begrub ihr Gesicht in ihren Händen.

»Versteh mich richtig«, sagte er. »Ich hab nicht gesagt, ich glaube es. Aber selbst wenn diese Drecksau was gegen dich hat …«

In dem Augenblick begann auf dem Fernsehschirm eine Reklamesendung. Vier gutgebaute Blondinen in engen Pullis und Shorts begannen mit lauter, fröhlicher Stimme einen Werbetext zu singen.

»Stell den verfluchten Lärm ab«, sagte Johnny.

Dulcy griff schnell nach oben und schnitt den Ton ab, aber das Quartett dieser Pygmäen mit den hübschen Beinen hüpfte in ausgelassener, lebhafter Pantomime weiter.

Die Adern auf Johnnys Stirn begannen wieder anzuschwellen.

Plötzlich bellte Spookie wie ein Bluthund, der einen Waschbären auf einen Baum jagt.

»Ruhig, Spookie«, sagte Dulcy schnell, aber es war zu spät.

Johnny sprang wie ein Tobsüchtiger von seinem Platz auf, warf den Cocktailtisch mit dem Limonadekrug um, sprang vor und versetzte der Hündin einen Tritt in die Rippen. Die Hündin segelte durch die Luft und warf eine mit künstlichen gelben Rosen gefüllte rote Glasvase um, die auf einem grünlackierten Tischchen gestanden hatte. Die Vase zersplitterte am Heizkörper, gelbe Rosen verteilten sich über den roten Teppich. Die Hündin zog ihren Schwanz ein und rannte jaulend in die Küche.

Die Glasplatte des Cocktailtisches war gegen den umgefallenen Krug geschlagen. Glassplitter, vermischt mit Eisstükken, lagen in dem großen, nassen Fleck der ausgeflossenen Limonade verstreut.

Johnny drehte sich um, stieg über die Trümmer hinweg und setzte sich wieder auf seinen Platz, immer noch wie jemand, der stolz darauf ist, unter keinen Umständen die Fassung zu verlieren.

»Hör zu, Baby«, sagte er. »Ich bin ein geduldiger Mann. Ich bin der vernünftigste Mann in der ganzen Welt. Alles, was ich wissen will, sind …«

»Drei einfache Dinge«, murmelte sie mit unterdrückter Stimme.

Er nahm einen langen, tiefen Atemzug und ignorierte es.

»Hör zu, Baby, alles, was ich wissen will, ist, wie dieser Prediger, zum Teufel noch mal, dazu kommt, sich das auszudenken?«

»Du glaubst immer jedem. Nur mir nicht«, sagte sie.

»Und warum sagt er ständig, daß du es warst?« fuhr er fort, ohne ihre Bemerkung zu beachten.

»Verflucht noch mal, glaubst du denn, daß ich es war?« fuhr sie auf.

»Das bereitet mir gar keine Sorgen«, sagte er und schob ihre Bemerkung beiseite. »Was mich beunruhigt, ist, warum, zum Teufel, *er* glaubt, daß du es warst. Was bringt ihn dazu, anzunehmen, du hättest einen Grund gehabt?«

»Du sprichst dauernd über Rätsel«, sagte sie und zeigte Anzeichen von Hysterie. »Wie kommt es, daß du Val die ganze vergangene Nacht nicht gesehen hast? Mir hat er gesagt, er wollte zum Club gehen und mit dir zur Trauerfeier kommen. Er hatte keinen Grund, mir das zu sagen, wenn er es gar nicht vorhatte. Das ist für mich ein Rätsel.«

Er sah sie lange und nachdenklich an. »Wenn du den Geistesblitz weiter ausposaunst, bringt uns das alle noch in Schwierigkeiten«, sagte er.

»Warum hackst du dann dauernd mit all deinen verrückten Ideen auf mir herum, als ob du glaubst, ich hätte ihn umgebracht?« entgegnete sie herausfordernd.

»Mir ist egal, wer ihn umgebracht hat«, sagte er. »Er ist tot, und damit hat sich's. Was mir Sorgen macht, sind all die verfluchten Ungereimtheiten um dich herum. Du bist am Leben, und du bist meine Frau. Und ich will wissen, warum, verflucht noch mal, alle Leute dauernd Sachen über dich denken, an die ich nicht ein einziges Mal gedacht habe. Und ich bin dein Mann.«

Alamena kam aus der Diele herein und sah gleichgültig auf die im Zimmer verstreuten Trümmer. Sie hatte sich nicht umgezogen, aber eine rote Kunststoffschürze umgebunden. Die Hündin lugte hinter ihren Beinen hervor, um zu prüfen, ob die Luft rein war, kam aber zu dem Schluß, daß dem nicht so war.

»Wollt ihr weiter hier sitzen und die ganze Nacht herumstreiten, oder wollt ihr rauskommen und was essen?« fragte Alamena so gleichgültig, als kümmerte es sie nicht die Spur, ob sie was aßen oder nicht. Einen Augenblick starrten beide sie ausdruckslos an, ohne zu antworten. Dann stand Johnny auf.

Weil sie annahm, daß Johnny es nicht bemerkte, griff Dulcy mit einer schnellen, verstohlenen Bewegung nach dem Glas, in das die Hündin getreten war, und füllte es aus einer Flasche, die sie hinter dem Fernsehschrank versteckt hatte, halb voll mit Brandy.

Johnny war schon auf dem Weg zum Flur, aber er drehte sich plötzlich um und schlug ihr das Glas aus der Hand. Der Brandy spritzte ihr ins Gesicht, das Glas flog durch die Luft und rollte quer über den Fußboden.

Sie schlug ihn mit der geballten rechten Faust ins Gesicht, so schnell wie eine Katze, die einen Fisch fängt. Es war ein wuchtiger Schlag, hinter dem Wut steckte, und er trieb ihm die Tränen in die Augen.

In blindem Zorn fuhr er herum, packte sie und schüttelte sie, bis ihr die Zähne klapperten. »Weib!« sagte er, und zum ersten Mal hörte sie, wie seine Stimme einen anderen Ton annahm. Sie war tief, kehlig und kam aus seinen Eingeweiden. Sie wirkte auf sie wie ein Aphrodisiakum. »Weib!«

Sie schauderte und wurde zuckersüß. Ihre Augen verschleierten sich, ihr Mund wurde plötzlich feucht, und ihr Körper schmiegte sich eng an seinen. Er wurde so weich wie eine Daunendecke und zog sie an seine Brust. Er küßte ihre Augen, ihre Nase und ihren Hals, beugte sich vor und küßte ihren Nacken und die Rundung ihrer Schultern.

Alamena drehte sich schnell um und ging in die Küche zurück.

»Warum glaubst du mir nicht?« flüsterte Dulcy mit den Lippen auf seinem Bizeps.

»Ich versuche es ja, Baby«, sagte er, »aber du mußt zugeben, daß es schwer ist.«

Sie ließ ihre Arme langsam sinken, und er gab sie aus seiner Umarmung frei und schob die Hände in die Hosentaschen. Sie gingen durch den Flur zur Küche.

Die beiden Schlafzimmer lagen, durch das Bad voneinander getrennt, auf der linken Seite des Gangs, der auf den äußeren Korridor führte. Eßzimmer und Küche lagen auf der rechten Seite. Die Küche hatte eine Hintertür zu einer kleinen Kammer am Ende des äußeren Korridors, von der es zur Hintertreppe ging.

Die drei saßen auf kunststoffbezogenen, schaumgummigepolsterten Stühlen um einen Tisch mit einer Kunststoffplatte, der mit einem rotweiß karierten Tuch bedeckt war, und füllten sich die Teller mit einem dampfenden Gericht aus gekochtem Kohl, Okra und Schweinepfötchen, wozu es eine Schüssel mit aufgewärmten gefleckten Bohnen und einen Teller mit Maisbrot gab.

Auf dem Tisch stand eine halbe Flasche Bourbon, aber die Frauen griffen nicht danach, und Johnny fragte: »Ist keine Limonade mehr da?«

Alamena holte einen Fünf-Liter-Kanister aus dem Kühlschrank und füllte kommentarlos einen Glaskrug. Sie aßen, ohne ein Wort zu sagen.

Johnny übergoß sein Essen mit einer feurigen Soße aus einer Flasche, auf deren Schild zwei langhörnige, leuchtendrote Teufel abgebildet waren, die in knietiefen roten Flammen tanzten. Er aß zwei gehäuft volle Teller leer und sechs Scheiben Maisbrot. Dazu trank er einen halben Krug eiskalter Limonade.

»Hier drin ist es so heiß wie in der Hölle«, beschwerte er sich, stand auf und schaltete den großen Ventilator an der Wand ein. Dann setzte er sich wieder und begann mit einem Hölzchen aus dem Glas mit Zahnstochern, das mit Salz, Pfeffer und anderen Gewürzen auf dem Tisch stand, in seinen Zähnen zu stochern.

»Der Ventilator wird dir bei all der scharfen Teufelssoße, die du gegessen hast, auch nichts helfen«, sagte Dulcy. »Eines Tages wird dein Gedärm noch Feuer fangen, und du wirst gar nicht genug Limonade in dich hineinstürzen können, um es zu löschen.«

»Wer wird auf Vals Begräbnis predigen?« fragte Alamena.

Johnny und Dulcy starrten sie an.

Dann legte Johnny los: »Wenn ich nicht buchstäblich gefühlt hätte, wie der Scheißkerl die Knarre auf mich gerichtet hat, läge ich jetzt da und wäre mitten durch in zwei Stücke gerissen worden«, sagte er.

Alamena riß die Augen auf. »Meinst du Reverend Short?« fragte sie. »Er hat auf dich geschossen?«

Johnny ignorierte ihre Frage und hämmerte weiter auf Dulcy ein. »Daß er auf mich geschossen hat, irritiert mich nicht so sehr wie die Frage, warum«, sagte er.

Dulcy aß weiter, ohne zu antworten. Johnnys Stirnadern begannen wieder zu schwellen. »Hör zu, Mädchen«, sagte er. »Ich hab dir gerade gesagt: Ich will nur wissen, warum.«

»Also um Himmels willen«, fuhr Dulcy auf. »Wenn ich daran schuld sein soll, was dieser wahnsinnige Opiumsäufer tut, kann ich mich gleich begraben lassen.«

Die Türklingel läutete. Spookie begann zu bellen.

»Ruhig, Spookie«, sagte Dulcy.

Alamena stand auf und ging zur Tür. Sie kam zurück und setzte sich wieder, ohne etwas zu sagen.

Doll Baby blieb unter der Tür stehen und stützte eine Hand in die Hüfte. »Macht meinetwegen keine Umstände«, sagte sie. »Ich gehöre ja praktisch zur Familie.«

»Du hast Nerven wie ein Affe aus Messing«, schrie Dulcy und sprang auf. »Und ich werd dir jetzt sofort dein Maul stopfen.«

»Wirst du nicht«, sagte Johnny, ohne sich zu bewegen. »Setz dich hin und halt die Klappe.«

Dulcy zögerte einen Moment, als ob sie ihm die Stirn bieten wollte, überlegte es sich aber und setzte sich wieder. Wenn Blicke töten könnten, wäre Doll Baby mausetot umgefallen.

Johnny drehte leicht den Kopf und fragte Doll Baby: »Was willst du denn, Kindchen?«

»Ich will nur, was mir zusteht«, sagte Doll Baby. »Ich und

Val, wir waren verlobt, und ich hab ein Recht auf seine Erbschaft.«

Johnny starrte sie an. Auch Dulcy und Alamena starrten sie an.

»Sag das noch mal«, sagte Johnny. »Ich hab's nicht richtig verstanden.«

Sie wedelte mit ihrer linken Hand und ließ einen Brillanten funkeln, der in einen goldenen Reif gefaßt war. »Er hat mir diesen Brillantring zur Verlobung geschenkt, wenn ihr einen Beweis braucht«, sagte sie.

Dulcy brach in ein schrilles, verächtliches Lachen aus. »Wenn der von Val stammt, muß er aus Glas sein«, sagte sie.

»Halt den Mund!« befahl Johnny ihr noch einmal und sagte dann zu Doll Baby: »Ich brauche keinen Beweis. Ich glaube dir. Und was weiter?«

»Also hab ich als seine Verlobte ein Recht auf alles, was er hinterlassen hat«, behauptete sie.

»Er hat außer der Welt nichts hinter sich gelassen«, antwortete Johnny.

Doll Babys dümmlicher Ausdruck wich einem Stirnrunzeln. »Er muß doch ein paar Kleider hinterlassen haben«, sagte sie.

Dulcy begann wieder zu lachen, aber ein Blick von Johnny brachte sie zum Schweigen. Alamena ließ ihren Kopf sinken, um ein Lächeln zu verbergen.

»Und was ist mit seinem Schmuck? Mit seiner Uhr und den Ringen und so?« fragte Doll Baby hartnäckig.

»Da mußt du dich an die Polizei wenden«, sagte Johnny. »Sie haben all seinen Schmuck. Geh hin und erzähl ihnen deine Geschichte.«

»Ich werd denen schon meine Geschichte erzählen, keine Angst«, antwortete sie.

»Ich hab keine Angst«, sagte Johnny.

»Und was ist mit den zehntausend Dollar, die du ihm geben wolltest, damit er einen Schnapsladen aufmachen kann?« fragte Doll Baby.

Johnny bewegte sich nicht. Sein ganzer Körper erstarrte,

als ob er plötzlich in Bronze verwandelt worden wäre. Er hielt seinen Blick ohne Blinzeln so lange auf Doll Baby gerichtet, bis sie unruhig wurde. Schließlich fragte er: »Was soll damit sein?«

»Na ja, ich war schließlich seine Verlobte. Und er hat gesagt, du wolltest ihm zehn Riesen vorstrecken, damit er dieses Geschäft aufmachen kann, und ich finde, ich hab die gleichen Rechte wie eine Witwe«, antwortete sie.

Dulcy und Alamena starrten sie in neugierigem Schweigen an. Johnnys harter Blick wich nicht von ihrem Gesicht. Unter dieser konzentrierten Beobachtung wurde Doll Baby unsicher.

»Wann hat er dir das gesagt?« fragte Johnny.

»Einen Tag nachdem Big Joe starb – vorgestern war das, glaube ich«, antwortete sie. »Er und ich beabsichtigten, zusammenzuziehen, und er sagte, er würde ganz bestimmt zehn Riesen von dir bekommen.«

»Hör zu, Mädchen. Stimmt das auch wirklich?« fragte Johnny. Seine Stimme hatte sich nicht verändert, aber er wirkte nachdenklich und verwirrt.

»So sicher, wie ich lebe«, bestätigte Doll Baby. »Ich würd's beim Grab meiner Mutter schwören.«

»Und du hast ihm das geglaubt?« hakte Johnny nach.

»Klar, warum nicht?« konterte sie. »Er hatte ja Dulcy, um ihm zu helfen.«

»Du verlogene Hure!« schrie Dulcy. Sie sprang von ihrem Stuhl auf und stürzte sich quer durch den Raum auf Doll Baby zu, ehe Johnny sich rühren konnte.

Er fuhr auf, packte die beiden im Nacken und riß sie auseinander.

»Das sollst du mir noch büßen«, fauchte Doll Baby Dulcy an.

Dulcy spuckte ihr als Antwort ins Gesicht. Darauf schleuderte Johnny sie mit einem Stoß quer durch die Küche. Sie riß ein rasiermesserscharfes Küchenmesser aus der Buffetschublade und stürzte wieder auf Doll Baby los. Johnny ließ Doll Baby los, um Dulcy entgegenzutreten. Er packte mit seiner Linken ihr rechtes Handgelenk und wand ihr das Messer aus der Hand.

»Wenn du sie nicht hier rausschaffst, bring ich sie um«, keuchte sie.

Alamena stand gelassen auf, ging in den Flur hinaus und schloß die Vordertür. Als sie zurückgekehrt war und sich wieder gesetzt hatte, sagte sie gleichgültig: »Sie ist schon weg. Sie muß deine Gedanken gelesen haben.«

Auch Johnny nahm wieder seinen Platz ein. Die Hündin kam unter dem Herd hervorgekrochen und begann Dulcys nackte Füße zu lecken.

»Geh weg, Spookie«, sagte Dulcy und setzte sich wieder auf ihren Stuhl.

Johnny goß sich ein Glas Limonade ein.

Dulcy schenkte ein Wasserglas halbvoll mit Bourbon und trank es in einem Zug leer. Johnny beobachtete sie, ohne etwas zu sagen. Er sah wachsam und doch verwirrt aus. Dulcy würgte, und ihre Augen füllten sich mit Tränen. Alamena starrte auf ihren Teller hinunter.

Johnny hob das Limonadenglas an den Mund, überlegte es sich aber und goß den Inhalt in den Krug zurück. Dann schenkte er das Glas ein Drittel voll mit Whisky. Aber er trank nicht. Er starrte nur lange darauf. Keiner sagte ein Wort.

Ohne den Whisky getrunken zu haben, stand Johnny schließlich auf und sagte: »Jetzt stehe ich vor noch so einem verfluchten Rätsel«, und verließ auf seinen bestrumpften Füßen geräuschlos die Küche.

## *13*

Es war nach sieben, als Grave Digger und Coffin Ed vor Goldsteins Geflügelhandlung in der 116th Street zwischen Lexington und Third Avenue parkten.

Der Name stand in vergilbten Goldbuchstaben über schmutzigen Schaufensterscheiben, und die hölzerne Silhouette von etwas, das gerade so als Huhn durchging und dem das Wort »Geflügel« aufgemalt war, hing an einem eisernen Winkel über dem Eingang.

Hühnerkörbe, die meisten von ihnen leer, waren zu sechst oder siebt auf dem Gehsteig zu beiden Seiten des Eingangs übereinandergestapelt und zusammengekettet. Die Ketten waren mit Vorhängeschlössern an schweren Eisenringen an der Vorderseite des Geschäfts befestigt.

»Goldstein mit seinen Hühnern traut den Leuten hier nicht sonderlich«, bemerkte Coffin Ed, als sie aus dem Wagen stiegen.

»Kannst du ihm das verdenken?« antwortete Grave Digger.

Weitere Körbe mit noch mehr Hühnern waren im Laden aufgestapelt.

Mr. und Mrs. Goldstein und mehrere jüngere Goldsteins waren eifrig dabei, einer Reihe später Kunden, überwiegend Besitzer von Hühnergrills, Clubs und anderen Nachtlokalen, lebende Hühner zu verkaufen.

Mr. Goldstein trat auf sie zu und rieb sich dabei die Hände in der übelriechenden Luft. »Was kann ich für die Herren tun?« fragte er. Mr. Goldstein hatte nie in seinem Leben gegen ein Gesetz verstoßen und kannte keinen einzigen Kriminalbeamten vom Aussehen.

Grave Digger zog seine vergoldete Polizeimarke aus der Tasche und hielt sie ihm in der Handfläche hin. »Kriminalpolizei«, sagte er.

Mr. Goldstein wurde blaß. »Haben wir was angestellt?«

»Nein, nein, Sie machen sich um das Wohl des Volkes verdient«, antwortete Grave Digger. »Wir suchen nur nach einem Jungen namens Iron Jaw, der für Sie arbeitet. Sein richtiger Name ist Ibsen. Fragen Sie mich nicht, woher der stammt.«

»Ach, Ibsen«, sagte Mr. Goldstein erleichtert. »Er ist Rupfer. Arbeitet hinten.« Dann wurde er wieder unruhig. »Sie werden ihn doch jetzt nicht festnehmen, oder? Ich muß heute noch viele Bestellungen ausführen.«

»Wir wollen ihm nur ein paar Fragen stellen«, beruhigte Grave Digger ihn.

Aber Mr. Goldstein war nicht beruhigt. »Bitte, meine Herren, stellen Sie ihm nicht zu viele Fragen«, bat er inständig. »Er kann nicht an zwei Sachen auf einmal denken, und ich glaube, er hat auch ein bißchen was getrunken.«

»Wir werden uns bemühen, ihn nicht zu überfordern«, versprach Coffin Ed.

Sie gingen durch die Tür in den hinteren Raum.

Ein muskulöser, breitschultriger junger Bursche, nackt bis zum Gürtel, dem der Schweiß über die glatte, pechschwarze Haut strömte, stand, den Rücken zur Tür, neben dem Brühkübel über den Rupftisch gebeugt. Seine Arme arbeiteten wie die Kolbenstangen einer rasenden Lokomotive, und nasse Federn regneten in einen großen Korb neben ihm.

Mit whiskytrunkener Stimme lallte er vor sich hin:

*»Cap'n walkin' up an' down*
*Buddy layin' there dead, Lord,*
*On de burnin' ground,*
*If I'da had my weight in line,*
*I'da whup dat Cap'n till he went stone blind.«*

Auf der einen Seite des großen Tisches waren Hühner aufgereiht. Sie lagen still auf dem Rücken, den Kopf unter einen Flügel gesteckt, die Beine in die Luft gereckt. Jedem war ein Schildchen ans Bein gebunden.

Ein junger Mann mit Brille kam hinter dem Packtisch hervor, sah Grave Digger und Coffin Ed ohne Neugierde an und trat hinter den Rupfer. Er deutete auf eins der lebenden Hühner auf der entferntesten Ecke des Tisches, eine Plymouth-Rock-Henne mit kräftigen Schenkeln, aber ohne Schildchen.

»Was macht das Huhn da, Ibsen?« fragte er in argwöhnischem Ton.

Der Rupfer drehte sich um und sah ihn an. Im Profil ragte sein Unterkiefer wie ein Bügeleisen über seinen muskulösen

Hals vor, während das flachnasige Gesicht und die fliehende Stirn im Winkel von dreißig Grad abknickten.

»Ah so, das da, das Huhn«, sagte er. »Ja, Suh, das Huhn da gehört Missus Klein.«

»Und warum ist kein Schild dran?«

»Ja, Suh, sie weiß nicht, ob sie's nehmen will oder nicht. Ist noch nicht wiedergekommen.«

»Na gut«, sagte der junge Mann unzufrieden. »Dann mach weiter. Steh nicht nur hier rum. Wir müssen die ganzen Bestellungen noch abliefern.«

Der Rupfer drehte sich um, und seine Arme begannen erneut wie die Kolbenstangen einer Lokomotive zu arbeiten. Er summte wieder vor sich hin. Die beiden Detectives, die unmittelbar unter der Tür standen, hatte er nicht gesehen.

Grave Digger deutete mit dem Kopf zur Tür. Coffin Ed nickte. Lautlos glitten sie hinaus.

Mr. Goldstein überließ seinen Kunden für einen Augenblick sich selbst, als sie durch den vorderen Raum gingen. »Ich bin froh, daß Sie Ibsen nicht verhaftet haben«, sagte er und rieb seine Hände in der stinkenden Luft. »Er ist ein guter Arbeiter und ein ehrlicher Mann.«

»Ja, wir haben bemerkt, wie sehr Sie ihm vertrauen«, antwortete Coffin Ed.

Sie stiegen in ihren Wagen, fuhren zwei Häuser weiter, parkten wieder und warteten.

»Ich wette eine halbe Flasche Rye-Whisky, daß er sich das Huhn schnappt«, sagte Grave Digger.

»Zum Teufel, was für eine Wette soll das sein?« antwortete Coffin Ed. »Der Bursche hat bei Goldstein schon so viele Hühner gestohlen, daß er selbst schon zu einem Viertel Gokkel ist. Ich wette, der kann ein Huhn aus dem Ei stehlen, ohne die Schale zu zerbrechen.«

»Na, wir werden es bald sehen.«

Fast hätten sie ihn verpaßt. Der Rupfer verließ den Laden durch die Hintertür und kam vor ihnen durch einen schmalen Gang auf die Straße.

Er trug eine große, weitsitzende, olivfarbene Uniformjacke mit ausgefranstem Kragen und einem Gummizug am Saum. Auf seinem verschlafenen Kopf saß eine nach hinten gedrehte alte Militärmütze, den Schirm tief in den Nacken gezogen. In dem Aufzug stach sein Bügeleisenkinn noch mehr hervor. Er sah aus, als hätte er versucht, das Plätteisen runterzuschlucken, und es wäre dabei zwischen Zunge und Unterkiefer steckengeblieben.

Er schlenderte rüber zur Lexington Avenue, bog um die Ecke, leicht taumelnd, aber sorgsam darauf bedacht, mit niemandem zusammenzustoßen, und pfiff in hohen, schrillen Tönen *Rock Around the Clock* vor sich hin.

Die Detectives folgten ihm im Wagen. Als er sich an der 119th Street nach Osten wandte, überholten sie ihn, hielten am Bordstein, stiegen aus und stellten sich ihm in den Weg.

»Was hast du denn da, Iron Jaw?« fragte Grave Digger.

Iron Jaw gab sich Mühe, ihn deutlich zu sehen. Seine großen, feuchten Augen hatte er weit in die äußeren Winkel verdreht, und sie hatten die Neigung, in entgegengesetzter Richtung auswärts zu stieren. Als er sie schließlich auf Grave Diggers Gesicht gerichtet hatte, schielten sie etwas.

»Warum laßt ihr mich nicht in Ruhe?« protestierte er whiskytrunken und leicht schwankend. »Ich hab nichts getan.«

Coffin Ed streckte schnell die Hand aus und zog den Reißverschluß an seiner Jacke fast bis unten zum Saum auf. Glatte, schwarze, glänzende Haut schimmerte auf einer muskulösen, haarlosen Brust. Aber unten in der Magengegend zeigten sich schwarze und weiße Federn.

Das Huhn hockte in dem warmen Nest unten in der Jacke, seine gelben Pfoten friedvoll gekreuzt, wie bei einer Leiche im Sarg, und den Kopf unter den Flügel geschoben, so daß man ihn nicht sehen konnte.

»Und was machst du mit dem Huhn da?« fragte Coffin Ed. »Säugen?«

Iron Jaw sah ihn verständnislos an. »Huhn, Suh? Was für 'n Huhn?«

»Verschone mich mit deinem Niggergequatsche«, warnte Coffin Ed. »Ich heiße nicht Goldstein.«

Grave Digger streckte seinen Zeigefinger aus und hob den Kopf des Huhnes unter dem Flügel hervor. »Dieses Huhn hier, Söhnchen.«

Das Huhn richtete seinen Kopf auf und blickte die beiden Detectives mit überraschtem Blinzeln aus einem seiner runden Augen an, drehte dann den Kopf um hundertachtzig Grad und betrachtete sie aus seinem anderen Auge.

»Sieht wie meine Schwiegermutter aus, wenn ich sie wekken muß«, sagte Grave Digger.

Plötzlich begann das Huhn zu gackern und zu flattern und versuchte aus seinem Nest zu entkommen.

»Hört sich auch genauso an«, fügte Grave Digger hinzu.

Das Huhn stemmte ein Bein auf Iron Jaws Bauch und flatterte auf Grave Digger zu, wobei es aufgebracht mit den Flügeln schlug und gackerte, als ob es Einwände gegen die Bemerkung hätte.

Grave Diggers linke Hand schoß vor und packte einen Flügel. Iron Jaw machte auf dem Fußballen kehrt und raste mitten auf der Straße davon. Er trug schmutzige Leinenschuhe mit Gummisohlen, ähnlich denen von Poor Boy, und er rannte wie ein schwarzer Blitz.

Coffin Ed hatte seinen langläufigen, nickelbeschlagenen Revolver in der Hand, noch ehe Iron Jaw zu rennen begann, aber er mußte so lachen, daß er nicht »Halt« rufen konnte. Als er schließlich wieder Herr über seine Stimme war, schrie er: »Bleib stehen, Jüngchen, sonst blase ich dich um«, und feuerte schnell hintereinander drei Schüsse in die Luft.

Grave Digger wurde durch das Huhn behindert und war mit seiner Waffe, dem gleichen Modell wie das von Coffin Ed, langsamer. Dann mußte er erst dem Huhn eins über den Kopf geben, um es als Beweismittel zu sichern. Als er schließlich aufsah, bemerkte er gerade noch, wie Coffin Ed dem fliehenden Iron Jaw unten in den rechten Fuß schoß.

Das .38er Geschoß traf die Gummisohle von Iron Jaws

Leinenschuh und riß ihn vom Fuß. Iron Jaws Fuß segelte von dem Einschlag unter ihm fort, und er schlug der Länge nach aufs Pflaster. Seine Haut war von der Kugel nicht berührt worden, aber er dachte, er wäre getroffen.

»Sie haben mich umgebracht!« schrie er. »Die Bullen haben mich erschossen.«

Allmählich bildete sich eine Menschenansammlung.

Coffin Ed kam herbei, schwang seinen Revolver an der Seite hin und her und sah sich Iron Jaws Fuß an. »Steh auf«, sagte er und riß den Burschen auf die Beine. »Du hast nicht mal einen Kratzer.«

Iron Jaw erprobte seinen Fuß auf dem Pflaster und stellte fest, daß er nicht weh tat. »Dann muß ich woanders getroffen worden sein«, behauptete er.

»Du bist nirgendwo getroffen«, erwiderte Coffin Ed, faßte ihn am Arm und lotste ihn zu ihrem Wagen zurück. »Laß uns hier verschwinden«, sagte er zu Grave Digger.

Grave Digger betrachtete die neugierige Menschenmenge ringsum und pflichtete ihm bei.

Sie setzten Iron Jaw zwischen sich auf den Vordersitz, warfen das tote Huhn auf den Rücksitz und fuhren durch die 119th Street nach Osten bis zu einem einsamen Kai am East River.

»Wir können dir für den Hühnerdiebstahl dreißig Tage im Bau besorgen. Wir können dir aber auch dein Huhn zurückgeben und dich nach Hause gehen lassen, damit du es dir braten kannst«, begann Grave Digger. »Das hängt ganz von dir ab.«

Iron Jaw sah mit schiefem Blick von einem Detective zum anderen. »Ich weiß nicht, was Sie überhaupt wollen, Boß«, sagte er.

»Hör zu, Söhnchen«, warnte Coffin Ed. »Spar dir das Onkel-Tom-Theater. Heb dir das für die dummen Weißen auf. Bei uns zieht das nicht. Wir wissen, daß du beschränkt bist, aber so dämlich auch wieder nicht. Also bleib beim Thema, kapiert?«

»Jawoll, Boß.«

Coffin Ed fügte hinzu: »Und behaupte nachher nicht, ich hätte dich nicht gewarnt.«

»Wer saß bei Johnny Perry im Auto, als er heute morgen durch die 132nd Street fuhr, kurz bevor Poor Boy den A&P-Manager bestohlen hat?« fragte Grave Digger.

Iron Jaw riß die Augen auf. »Ich weiß überhaupt nicht, wovon Sie da alles reden, Boß. Ich hab den ganzen Morgen wie tot im Bett geschlafen, bis ich zur Arbeit bin.«

»In Ordnung, Sohnemann«, sagte Grave Digger. »Wenn du dabei bleibst, kostet dich das dreißig Tage.«

»Boß, ich schwör bei Gott …«, begann Iron Jaw, aber Coffin Ed schnitt ihm das Wort ab: »Hör zu, du Lump. Wir haben Poor Boy schon wegen des Diebstahls geschnappt und halten ihn fest bis zur Verhandlung morgen früh. Er sagt, du hast in einem Hauseingang in der 132nd Street gestanden, ganz dicht bei der Avenue. Wir wissen also, daß du da warst. Wir wissen, daß Johnny Perry durch die 132nd an dir vorbeifuhr. Wir brauchen dir keine Beteiligung an dem Raub anzuhängen. Wir haben dich schon wegen Hühnerdiebstahls gefaßt. Wir wollen nur wissen, wer mit Johnny Perry in seinem Wagen fuhr.«

Schweiß schimmerte auf Iron Jaws flachem, fliehendem Gesicht. »Mann, Boß, ich will keinen Ärger mit diesem Johnny Perry. Dann sitz ich lieber die dreißig Tage ab.«

»Da wird's keinen Ärger geben«, versicherte Grave Digger. »Wir sind nicht hinter Johnny her, nur hinter dem Mann, der bei ihm war.«

»Er hat Johnny überfallen und ist dann mit zwei Riesen abgehauen«, versuchte Grave Digger einen Schuß ins Blaue.

Iron Jaw pfiff überrascht. »Mir kam's gleich so komisch vor«, gab er zu.

»Ist dir nicht aufgefallen, daß der Mann Johnny einen Revolver gegen die Rippen preßte, als sie vorbeifuhren?« fragte Grave Digger.

»Nee, Suh, den Revolver hab ich nicht gesehen. Sie fuhren

vorbei und hielten genau vor der Ecke, und das Verdeck war zu, da konnte ich nichts von 'nem Revolver sehen. Aber ich dachte, daß da was komisch dran war, wie sie genau da hielten, als ob sie nicht wollten, daß einer sie sieht.«

Grave Digger und Coffin Ed tauschten einen Blick aus, genau an Iron Jaws dümmlichem Gesichtsausdruck vorbei.

»Schön, damit wäre zumindest das klar«, meinte Grave Digger. »Er und Val hielten auf der 132nd Street, bevor Poor Boy den A & P-Manager ausgeraubt hat.« Er richtete seine nächste Frage an Iron Jaw. »Stiegen sie zusammen aus oder nur Val allein?«

»Boß, ich hab nur das gesehen, was ich gerade erzählt hab. Ich schwör's bei Gott«, beteuerte Iron Jaw. »Als Poor Boy mit dem Sack losrannte und der Polizist und der Weiße hinter ihm herjagten, hat da ein Mann aus dem Fenster geguckt, und als sie um die Ecke sind, sah's aus, als wollte er um die Ecke hinter ihnen hergucken, wo sie hinrannten, und dann als nächstes seh ich, daß er durch die Luft segelt. Da bin ich natürlich gleich weg zur Seventh Avenue, weil ich doch nicht da sein wollte, wenn die Bullen kommen und anfangen mit all ihren Fragen.«

»Hast du nicht bemerkt, wie schwer er verletzt war?« bedrängte Grave Digger ihn.

»Nee, Suh. Ich hab nur gedacht, der ist tot und auf zu Jesus«, antwortete Iron Jaw. »Und es ist ja nicht so, daß ich 'ne große Nummer bin wie Johnny Perry. Wenn die Bullen mich da gefunden hätten, wären sie bestimmt noch drauf gekommen, ich hätt ihn aus dem Fenster gestoßen.«

»Du machst mich traurig, Söhnchen«, sagte Grave Digger ernst. »So schlecht sind Polizisten doch auch wieder nicht.«

»Wir würden dir ja gern dein Huhn lassen und dich nach Hause schicken, damit du es dir genehmigen kannst«, meinte Coffin Ed. »Aber Valentine Haines wurde heute morgen erstochen, und wir müssen dich als wichtigen Zeugen festsetzen.«

»Jawoll, Suh«, antwortete Iron Jaw stoisch. »Hab ich mir gleich gedacht.«

## *14*

Es war Viertel nach zehn am Abend, als Grave Digger und Coffin Ed schließlich dazu kamen, Chink Charly aufzusuchen.

Zuerst hatten sie ein Wettrennen mit einem jungen Mann veranstalten müssen, der abgezogene Katzen als Kaninchen verkaufen wollte. Eine alte Dame hatte die Pfoten verlangt, war mißtrauisch geworden und hatte die Polizei gerufen, als er behauptete, es wären Kaninchen mit Klumpfüßen. Dann hatten sie zwei matronenhafte Lehrerinnen aus dem Süden vernehmen müssen, die im Theresa Hotel wohnten und an einem Sommerkurs an der New Yorker Uni teilnahmen. Sie hatten ihr Geld einem Mann anvertraut, der sich als Hoteldetektiv ausgab und es für sie im Hotelsafe deponieren wollte.

Grave Digger und Coffin Ed parkten vor der Bar an der Ecke 146th Street und St. Nicholas Avenue.

Chink hatte ein Zimmer mit einem Fenster in der Wohnung im dritten Stock, die auf die St. Nicholas Avenue hinausging. Die schwarze und gelbe Tapete hatte er sich selbst ausgesucht und das Zimmer im modernen Stil ausgestattet. Der Teppich war schwarz, die Stühle gelb, die Schlafcouch hatte eine gelbe Decke, der Fernseh- und Phonoschrank war schwarz und mit Gelb abgesetzt, der kleine tischhohe Kühlschrank war außen schwarz und innen gelb, die Vorhänge waren schwarz und gelb gestreift, und der Ankleidetisch samt Kommode war schwarz.

Auf dem Plattenspieler waren Swingklassiker aufgelegt, und Cootie Williams blies ein Trompetensolo in Duke Ellingtons *Take the A Train.* Ein großer Ventilator auf dem Fensterbrett des offenen Fensters blies Auspuffgase, Staub, heiße Luft und den Stimmenlärm herein, den die Huren und Betrunkenen unten vor der Bar veranstalteten.

Chink stand im Schein der Tischlampe vor dem Fenster. Sein schweißglänzender, öliger Körper war in blaue Boxershorts aus Nylon gekleidet. Der Rand einer großen purpurroten Narbe, die von einer Säureverätzung zurückgeblieben war, zeigte sich auf seiner linken Hüfte über der blauen Hose.

Nackt bis auf ihren schwarzen Nylonbüstenhalter, einen schwarzen Slip aus Nylon und ihre hochhackigen roten Schuhe übte Doll Baby in der Mitte des Zimmers unermüdlich die Tanzschritte ihrer Nummer. Sie hatte den Rücken dem Fenster zugekehrt und beobachtete ihr Ebenbild im Spiegel des Frisiertischs. Ein Tablett mit schmutzigem Geschirr und den Überresten ihres Abendessens – Chilibohnen und gekochten Innereien, die sie in der Bar bestellt hatten – stand auf der Platte des Frisiertischs und schnitt ihr Spiegelbild gerade unterhalb ihres Höschens ab, so als wäre sie ohne Beine zusammen mit den anderen Delikatessen serviert worden. Die Umrisse von drei stark ausgeprägten Narben, die quer über ihre Pobacken liefen, zeichneten sich unter dem dünnen schwarzen Slip ab.

Chink betrachtete die Narben gedankenverloren, während sie in seinem Blickfeld hin und her zuckten.

»Ich kapier das nicht«, sagte er. »Wenn Val wirklich dachte, er kriegt zehn Riesen von Johnny, und dich nicht nur auf den Arm genommen hat …«

Sie fuhr auf. »Verdammt noch mal, was ist in dich gefahren, Nigger? Glaubst du, ich seh nicht, wann einer die Wahrheit sagt?«

Sie hatte Chink von ihrem Gespräch mit Johnny erzählt, und jetzt dachten sie gemeinsam über einen Dreh nach, um Johnny unter Druck zu setzen.

»Kannst du dich nicht endlich setzen!« schrie Chink. »Wie, zum Teufel, soll ich da nachdenken …«

Er brach ab, um auf die Tür zu starren. Doll Baby hielt mitten in einem Tanzschritt inne.

Die Tür hatte sich leise geöffnet, und Grave Digger war ins Zimmer getreten. Während die beiden ihn anstarrten, ging er schnell zum Fenster hinüber und zog die Jalousien herunter. Coffin Ed folgte ihm in das Zimmer, schloß die Tür hinter sich und lehnte sich mit dem Rücken dagegen. Beide hatten ihren Hut tief in die Stirn gezogen.

Grave Digger drehte sich um und setzte sich auf die Kante der Fensterbank neben die Lampe. »Sprich nur weiter, Söhnchen«, sagte er. »Was ist der einzige Weg, es herauszufinden?«

»Verdammt, was soll das heißen, einfach so in mein Zimmer einzubrechen?« fragte Chink mit erstickter Stimme. Sein gelbes Gesicht lief vor Wut auseinander.

Die Jalousie schlug so laut gegen das Schutzgitter des Ventilators, daß Grave Digger neben sich griff und den Ventilator abstellte. »Wie war das, Söhnchen?« fragte er. »Ich hab dich nicht verstanden.«

»Er ist beleidigt, weil wir nicht angeklopft haben«, erklärte Coffin Ed.

Grave Digger spreizte die Hände. »Deine Vermieterin hat schon gesagt, daß du Besuch hast. Aber wir dachten uns, es ist viel zu heiß, als daß du irgendwas anstellst, was uns in Verlegenheit bringen könnte.«

Chinks Gesicht begann zu schwellen. »Hört mal, ihr Polypen jagt mir keine Angst ein«, tobte er. »Wenn ihr ohne Haftbefehl in mein Zimmer kommt, ist das für mich nichts anderes, als würden zwei Ganoven hier einbrechen, und ich kann meine Pistole nehmen und euch das Gehirn rausblasen.«

»Das ist nicht das richtige Benehmen für einen Mann, der als erster am Tatort eines Mordes war«, sagte Grave Digger und erhob sich.

Coffin Ed ging durch das Zimmer, zog die oberste Schublade der Kommode auf, wühlte unter einem Stoß Taschentücher und zog eine .38er Smith & Wesson hervor.

»Und dafür hab ich einen Waffenschein«, schrie Chink.

»Sicher«, räumte Coffin Ed ein. »Die hast du von deinen weißen Leuten in dem Club, wo du als Whiskyschüttler arbeitest.«

»Ja, und ich werd dafür sorgen, daß sie sich um euch zwei Niggerbullen kümmern«, drohte Chink.

Coffin Ed ließ Chinks Waffe in die Schublade zurückfallen.

»Hör mal zu, du Scheißer …«, begann er, aber Grave Digger schnitt ihm das Wort ab.

»Langsam, Ed, sei nett zu dem Jungen. Du siehst doch, daß die beiden gelben Leutchen hier keine Nigger sind wie du und ich.«

Aber Coffin Ed war zu wütend, um auf den Witz einzugehen. Er redete weiter auf Chink ein: »Du bist als wichtiger Zeuge nur gegen Kaution freigelassen worden. Wir können dich jederzeit festsetzen, wenn wir wollen. Wir versuchen, dir eine Chance zu geben, und alles, was wir von dir hören, ist dämliches Geschrei. Wenn du dich hier nicht mit uns unterhalten willst, nehmen wir dich mit in den Singvogelkäfig und reden dort mit dir.«

»Ihr meint, wenn ich es mir nicht gefallen lasse, daß ich in meiner eigenen Wohnung von euch schikaniert werde, könnt ihr mich ins Revier bringen und da schikanieren«, entgegnete Chink giftig. »Deswegen seht ihr so aus wie Frankensteins Ungeheuer, weil ihr andere Leute …«

Coffin Eds säureverätztes Gesicht verzerrte sich vor Wut. Noch ehe Chink ausgesprochen hatte, trat der Detective zwei Schritte vor und versetzte ihm einen Schlag, daß er über das gelbbedeckte Bett rollte. Coffin Ed hatte seinen langläufigen Revolver in der Hand und war im Begriff, Chink damit ins Gesicht zu schlagen, als Grave Digger ihn von hinten am Arm packte.

»Ich bin's«, sagte Grave Digger in beruhigendem Ton. »Ich bin Grave Digger, Ed. Tu dem Burschen nichts. Hör auf den alten Digger, Ed.«

Langsam entspannten sich Coffin Eds gestraffte Muskeln, als die mörderische Wut in ihm versiegte.

»Der Kerl ist ein großmäuliger Lump«, fuhr Grave Digger fort, »aber es lohnt sich nicht, ihn umzubringen.«

Coffin Ed schob seine Waffe in den Halfter zurück, drehte sich um und verließ wortlos das Zimmer. Er stand einen Augenblick draußen im Gang und weinte.

Als er wieder hereinkam, kauerte Chink mit verbissenem

Ausdruck auf der Bettkante und rauchte eine Zigarette. Grave Digger sagte gerade: »Wenn die Geschichte mit dem Messer erlogen ist, Söhnchen, werden wir dich kreuzigen.«

Chink antwortete nicht.

Coffin Ed forderte heiser: »Antworte!«

Mürrisch erwiderte Chink: »Ich weiß nichts über das Messer.«

Grave Digger sah seinen Partner nicht an. Doll Baby war auf die hinterste Ecke des Bettes zurückgekrochen und hockte dort auf der Kante, als erwarte sie jeden Augenblick, daß der Sitz unter ihr explodierte.

Coffin Ed fragte sie plötzlich: »Was für ein schmutziges Geschäft hast du mit Val ausgeheckt?«

Sie sprang vom Bett auf, als wäre es tatsächlich, wie befürchtet, in die Luft gegangen. »Geschäft?« wiederholte sie stupide.

»Du weißt doch, was ein schmutziges Geschäft ist?« hämmerte Coffin Ed auf sie ein. »Bei den vielen schmutzigen Geschäften, die du in deinem Leben schon gedreht hast.«

»Ach, Sie meinen, er hat sich gespritzt?« Sie schluckte. »So was hat Val nicht getan. Er war ein anständiger – also, was ich sagen will, er war ehrlich.«

»Wovon wolltet ihr zwei Turteltäubchen denn leben? Von deinem Gehalt als Tanzgirl, oder wolltest du nebenbei noch ein bißchen anschaffen gehen?«

Sie war zu verängstigt, um Empörung vorzuspielen, aber sie protestierte kleinlaut. »Val war ein Gentleman. Johnny wollte ihm zehntausend vorschießen, um einen Schnapsladen aufzumachen.«

Chink drehte seinen Kopf zu ihr und warf ihr einen tödlich giftigen Blick zu. Die beiden Detectives starrten sie aber nur an und waren plötzlich ganz still geworden.

»Hab ich was Komisches gesagt?« fragte sie mit einem erschrockenen Blick.

»Nein, durchaus nicht«, log Grave Digger, »das hast du uns ja schon mal erzählt.« Er blinzelte Coffin Ed zu.

Chink warf hastig ein: »Das ist doch nur ein Wunschtraum von ihr.«

Coffin Ed fuhr ihn an: »Halt 's Maul!«

Grave Digger sagte beiläufig: »Was wir herausfinden wollen, ist, warum. Johnny ist ein zu vorsichtiger Spieler, um sich auf so was Riskantes einzulassen.«

»Immerhin war Val Dulcys Bruder«, erklärte Doll Baby dümmlich. »Und was ist Riskantes dabei, einen Schnapsladen aufzumachen?«

»Also, zunächst mal konnte Val keine Lizenz kriegen«, erklärte Grave Digger. »Er hat ein Jahr im Staatsgefängnis von Illinois abgesessen, und der Staat New York gibt einem Ex-Knacki keine Schanklizenz. Johnny ist selbst so ein Ex-Knacki, also konnte er die Lizenz auch nicht auf seinen Namen kriegen. Das bedeutet, sie mußten einen Dritten als Strohmann herbeischaffen, der das Geschäft in ihrem Namen führte. Die Anteile am Gewinn wären dadurch aber zu gering gewesen, und außerdem hätten weder Johnny noch Val eine legale Handhabe gehabt, ihr Geld einzutreiben.«

Doll Babys Augen waren während dieser Erklärung so groß wie Untertassen geworden. »Aber Val hat mir geschworen, daß Dulcy ihm das Geld beschaffen würde, und ich weiß, daß er nicht gelogen hat«, verteidigte sie sich. »Ich hatte ihn fest an der Angel.«

Während der nächsten Viertelstunde fragten die Detectives Chink und Doll Baby nach Vals und Dulcys Vergangenheit aus, erfuhren aber nichts Neues. Als sie schließlich aufstanden, um zu gehen, sagte Grave Digger: »Also, Kindchen, wir wissen nicht, was für ein Spiel du treibst, aber wenn das wahr ist, was du sagst, dann hast du gerade Johnny von jedem Verdacht befreit. Johnny ist jähzornig genug, um jeden umzubringen, wenn er richtig in Wut geraten ist, aber Val wurde kaltblütig und mit Bedacht umgelegt. Und wenn Val wirklich versucht hat, aus Johnny zehntausend herauszuholen, dann hätte Johnny gleich seinen Namen bei dem Toten zurücklassen können. Aber dazu ist Johnny nicht der Typ.«

»Was sagt man dazu!« protestierte Doll Baby. »Ich nenn euch das Motiv, warum Johnny es getan hat, und ihr dreht den Spieß um und sagt, es beweist, daß er es nicht war.«

Grave Digger lachte. »Das zeigt doch, wie dumm Polypen sind.«

Sie traten auf den Gang hinaus und schlossen die Tür hinter sich. Nachdem sie noch kurz mit der Wirtin gesprochen hatten, gingen sie den Flur hinunter, verließen die Wohnung durch die Vordertür und ließen sie ins Schloß fallen.

Weder Chink noch Doll Baby sprachen ein Wort, bevor sie hörten, daß die Vermieterin die Wohnungstür verschlossen und verriegelt hatte. Doch die Detectives waren lediglich vor die Tür getreten, hatten sich dann aber schnell umgedreht und waren erneut hereingekommen.

Als die Wirtin die Eingangstür verriegelte, hatten sie sich vor Chinks Zimmertür geschlichen und lauschten nun an der dünnen Holzfüllung.

Das erste, was Chink sagte, wobei er aufsprang und sich wütend vor Doll Baby aufbaute, war: »Warum, zur gottverdammten Hölle, hast du ihnen das von den zehn Riesen erzählt, du gottverdammte Idiotin?«

»Du lieber Himmel«, protestierte Doll Baby laut, »glaubst du, ich will, daß die denken, ich hätte einen beschissenen Bettler heiraten wollen?«

Chink packte sie bei der Kehle und riß sie vom Bett hoch. Die Detectives sahen einander an, als sie hörten, wie ihr Körper auf den teppichbedeckten Boden schlug. Coffin Ed hob fragend die Augenbrauen, aber Grave Digger schüttelte den Kopf. Einen Augenblick später hörten sie Doll Baby mit würgender Stimme keuchen: »Verflucht, warum willst du mich umbringen, du Scheißkerl?«

Chink hatte sie losgelassen und war zum Kühlschrank gegangen, um sich eine Flasche Bier zu holen. »Du hast den Scheißkerl aus der Falle gelassen«, beschuldigte er sie.

»Na, wenn er Val nicht umgebracht hat, wer dann?« fragte sie.

Dann bemerkte sie Chinks Gesichtsausdruck und sagte: »Oh!«

»Wer auch immer ihn umgebracht hat, spielt jetzt keine Rolle«, erklärte er. »Was ich wissen will, ist, was hatte er gegen Johnny in der Hand?«

»Also, ich habe dir alles gesagt, was ich weiß.«

»Hör zu, du Miststück, wenn du mir was verschweigst …«, begann er, doch sie schnitt ihm das Wort ab. »Du verheimlichst mir viel mehr als ich dir. Ich verschweige gar nichts.«

»Wenn du glaubst, daß ich dir was verschweige, dann ist es besser für dich, du denkst es nur und sprichst es nicht aus«, drohte er.

»Ich werde kein Wort über dich sagen«, versprach sie und beklagte sich dann: »Warum, zum Teufel, müssen wir beide uns eigentlich streiten? Wir wollen doch nicht herauskriegen, wer Val umgebracht hat, oder? Wir versuchen doch nur, aus Johnny das Geld herauszubekommen.« Ihr Ton wurde vertraulich und liebevoll. »Ich sage dir, Schatz, du mußt nichts anderes tun, als ihm weiterhin Druck zu machen. Ich weiß nicht, was Val gegen ihn in der Hand hatte, aber wenn du ihm weiter zusetzt, muß er es rausrücken.«

»Ich werd ihm schon einheizen, keine Bange«, versprach Chink. »Ich werde ihn so lange unter Druck setzen, bis ich den Scheißkerl weichgeklopft habe.«

»Geh nicht zu weit«, warnte sie. »Er ist unberechenbar.«

»Der häßliche Scheißkerl jagt mir keine Angst ein«, antwortete Chink.

»Was, schon so spät!« schrie Doll Baby plötzlich auf. »Ich muß gehen. Ich komme so schon zu spät.«

Grave Digger nickte in Richtung Wohnungstür, und er und Coffin Ed schlichen auf Zehenspitzen durch den Gang. Die Vermieterin ließ sie geräuschlos hinaus.

Als sie die Treppe hinuntergingen, lachte Grave Digger. »Der Topf kocht allmählich«, sagte er.

»Ich hoffe nur, daß uns nichts anbrennt«, antwortete Coffin Ed.

»Morgen oder übermorgen sollten wir Nachricht aus Chicago haben«, bemerkte Grave Digger, »und erfahren, was sie ausgegraben haben.«

»Hoffentlich ist es dann nicht zu spät«, meinte Coffin Ed.

»Was uns fehlt, ist nur noch ein Steinchen«, fuhr Grave Digger fort. »Was hatte Val gegen Johnny in der Hand, das zehn Riesen wert war? Wenn wir das wüßten, hätten wir das ganze Mosaik fertig.«

»Ja, aber bis dahin läuft der Hund frei herum«, antwortete Coffin Ed.

»Was dir fehlt, ist mal ein kräftiger Schluck«, riet Grave Digger seinem Freund.

Coffin Ed strich sich mit der flachen Hand über sein säureverätztes Gesicht. »Ein wahres Wort«, antwortete er mit undeutlicher Stimme.

## *15*

Es war 11 Uhr 32, als Johnny seinen Cadillac mit den Haifischflossen auf der Madison Avenue nahe der Straßenecke parkte und über die 124th Street zu dem Privateingang ging, der zu seinem Spielclub im ersten Stock führte.

Der Name TIA JUANA stand auf dem oberen Feld der schwarzen Stahltür. Er drückte einmal kurz auf den Knopf rechts von der Tür, und sofort erschien ein Auge im Guckloch innerhalb des Buchstabens *u* des Wortes JUANA. Die Tür ging auf. Sie führte zur Küche einer Drei-Zimmer-Wohnung.

Ein sanftmütiger, hagerer, kahlköpfiger Mann mit brauner Haut, der in einer gestärkten Khakihose und einem ausgebleichten purpurnen Polohemd steckte, empfing ihn mit den Worten: »Schlimm, Johnny, zwei Tote hintereinander.«

»Ja«, antwortete Johnny. »Wie läuft das Spiel, Nubby?«

Nubby legte den gerade oberhalb des Handgelenks endenden Stumpf seines linken Armes in seine hohle rechte Hand und sagte: »Ruhig. Kid Nickels leitet es.«

»Wer gewinnt?«

»Hab ich nicht gesehen. Ich hab Wetten für das Galopprennen in Yonkers heute abend angenommen.«

Johnny hatte gebadet, sich rasiert und umgezogen. Er trug einen hellgrünen Seidenanzug zu einem rosafarbenen Crêpehemd.

Das Telefon klingelte, und Nubby griff nach dem Hörer des Münztelefons an der Wand, doch Johnny sagte: »Ich nehme ab.«

Mamie Pullen rief an, um zu fragen, wie es Dulcy ginge.

»Sie hat sich bis zur Besinnungslosigkeit betrunken«, antwortete Johnny. »Ich hab Alamena bei ihr gelassen.«

»Und wie geht's dir, mein Sohn?« fragte Mamie.

»Ich lebe noch«, sagte Johnny. »Leg du dich schlafen, Mamie, und mach dir um uns keine Sorgen.«

Als er einhängte, sagte Nubby: »Sie sehen angekratzt aus, Boß. Warum schauen Sie sich nicht eben kurz um und gehen wieder in die Falle? Wir drei kommen eine Nacht lang allein zurecht.«

Ohne zu antworten, wandte sich Johnny seinem Büro zu. Es befand sich in dem äußeren der beiden Schlafzimmer, links von der Küche. Es enthielt einen altmodischen Schreibtisch mit einer Rolloabdeckung, einen kleinen runden Tisch, sechs Stühle und einen Safe. Der Raum gegenüber war mit einem großen Spieltisch möbliert und diente als Reserve-Spielzimmer.

Johnny hängte seine grüne Jacke ordentlich über einen Kleiderbügel an der Wand neben seinem Schreibtisch, öffnete den Safe und nahm einen Stoß Geldscheine heraus. Er war in braunes Papier gehüllt und trug die Aufschrift: 1000 Dollar.

Hinter der Küche lag ein Badezimmer, und von dort führte der Gang in ein geräumiges Zimmer, das so breit war wie die gesamte Wohnung und ein dreiflügeliges Fenster zur Madison Avenue besaß. Die Fenster waren geschlossen, die Vorhänge heruntergezogen.

Neun Spieler saßen in der Mitte des Zimmers um einen

großen, runden Tisch, dessen Platte mit Filz gepolstert und mit einer festen schmutzigbraunen Leinwand bezogen war. Sie spielten ein Kartenspiel, das Georgia Skin hieß.

Kid Nickels mischte einen nagelneuen Stapel Karten. Er war ein untersetzter, schwarzer, krausköpfiger Mann mit roten Augen und einer rauhen, pockennarbigen Haut. Er trug ein rotes Seidenhemd, das um mehrere Stufen greller war als das von Johnny.

Johnny ging ins Zimmer, legte den Packen Geld auf den Tisch und sagte: »Ich übernehme jetzt, Kid.«

Kid Nickels stand auf und überließ ihm seinen Platz.

Johnny tätschelte den Packen Banknoten. »Hier ist frisches Geld, auf das noch keiner seinen Stempel gesetzt hat.«

»Hoffen wir, daß ein Teil davon bei mir hängenbleibt«, sagte Bad Eye Lewis.

Johnny mischte die Karten. Crying Shine, der erste Spieler rechts von ihm, hob ab.

»Wer will ziehen?« fragte Johnny.

Drei Spieler zogen Karten von dem Packen, zeigten sie sich gegenseitig, um festzustellen, ob sie nicht etwa gleiche Karten gezogen hatten, und legten sie mit dem Bild nach unten auf den Tisch.

Johnny setzte gegen jede gezogene Karte zehn Dollar. Sie mußten mitziehen oder ihre Karte zurückgeben. Sie zogen mit.

Beim Georgia Skin haben die Farben – Pik, Herz, Kreuz und Karo – keinen Rang. Die Karten werden nur nach ihrem Zahlenwert gespielt. Im Spiel gibt es dreizehn verschiedene Werte vom As über die Zwei, Drei und so weiter bis zum König. Es können also dreizehn Karten gespielt werden.

Ein Spieler zieht eine Karte. Wenn die nächste Karte im gleichen Wert vom Packen gezogen wird, verliert die erste Karte. Skin-Spieler sagen dann: Die Karte ist gefallen. Sie ist tot und kann in der Runde nicht mehr gespielt werden.

Deshalb setzt der Spieler darauf, daß seine Karte nicht vor denen seiner Gegner fällt. Wenn ein Spieler eine Sieben zieht und alle anderen in der Partie gespielten Karten zweimal gezogen wurden, ehe die zweite Sieben erscheint, hat dieser Spieler alle von ihm gehaltenen Einsätze gewonnen.

Johnny schlug die oberste Karte auf und ließ sie vor Doc, dem Spieler, der ihm am Tisch gegenübersaß, fallen. Es war eine Acht.

»Die hasse ich«, sagte Bad Eye Lewis.

»Ich hasse nichts als den Tod«, sagte Doc. »Spuckt aus, ihr Hechte.«

Die Spieler schoben ihm ihre Einsätze zu.

Johnny nahm den Kartenpacken auf, klopfte ihn glatt und schob ihn in den Schlitten, der auf einer Seite geöffnet war und einen Daumenschlitz zum Abziehen der Karten hatte. Er zog als seine eigene Karte eine Pik Drei.

Gedämpfte, innige Flüche stiegen in das rauchige Licht auf, als die Karten mit dem Bild nach oben aus dem Schlitten gezogen wurden. Jedesmal, wenn eine Karte fiel, wurden die Einsätze von den Gewinnern kassiert, und der Verlierer deckte die nächste Karte aus dem Stapel auf.

Johnny spielte die Drei die ganze Runde durch, ohne daß sie fiel. Er setzte zwölfmal auf seine Karte und gewann in der Runde hundertdreißig Dollar.

Chink Charly kam in das Zimmer gestolpert und winkte mit einer Handvoll Geld. »Macht Platz für einen Ausnehmer vom Land«, sagte er mit whiskyschwerer Zunge.

Johnny saß mit dem Rücken zur Tür und sah sich nicht um. Er mischte die Karten, klopfte sie glatt und legte sie auf den Tisch.

»Heb ab, K. C.«, sagte er.

Die anderen Spieler hatten Chink einmal angesehen. Nun sahen sie Johnny kurz an. Dann schauten sie nicht mehr auf.

»Ich will doch nicht annehmen, daß ich von dem verdammten Spiel hier ausgeschlossen werde«, sagte Chink.

»Ich hab noch keinen Spieler mit Geld ausgeschlossen«, sagte Johnny mit seiner tonlosen Stimme, ohne aufzusehen. »Pony, steh auf und gib dem Spieler deinen Stuhl.«

Pony Boy stand auf, und Chink ließ sich auf den Stuhl fallen.

»Mein Gefühl sagt mir, ich hab heute abend Glück«, meinte Chink und klatschte das Geld vor sich auf den Tisch. »Ich will nur zehntausend gewinnen. Wie steht's damit, Johnny Boy, hast du zehn Riesen zu verlieren?«

Noch einmal sahen die Spieler Chink an, dann zu Johnny hinüber und starrten schließlich ins Leere.

Johnnys Gesicht verzog sich nicht, sein Ton veränderte sich nicht.

»Ich spiele nicht, um zu verlieren, mein Junge, darüber sei dir klar. Aber solange du Geld hast, kannst du hier in meinem Club spielen, und du kannst fortgehen mit allem, was du gewinnst. Und wer will jetzt ziehen?« fragte er.

Keiner rührte sich, um eine Karte von dem Packen zu ziehen.

»Mir kannst du keine Angst einjagen«, sagte Chink und zog eine Karte unten aus dem Packen.

Johnny setzte hundert Dollar gegen ihn. Als Chink seinen Einsatz gemacht hatte, blieben ihm nur neunzehn Dollar übrig.

Johnny deckte eine Dame auf.

Doc ging mit.

Chink setzte zehn Dollar gegen Johnnys Dame.

Die Herzdame kam.

»Eine schwarze Schlange saugt mich aus«, sagte jemand.

Chink nahm seine zwanzig Dollar an sich.

Johnny schob die Karte in den Schlitten und schlug für sich selbst wieder die Pik Drei auf.

»Der Blitz schlägt nie zweimal in die gleiche Stelle ein«, kommentierte Bad Eye Lewis.

»Mann, fang nicht vom Blitzeinschlagen an«, sagte Crying Shine. »Du sitzt mitten in einem Gewitter.«

Johnny drehte das Kreuz As für Doc um, der die erste Wahl für eine neue Karte hatte.

Doc sah das As voll Abscheu an. »Lieber laß ich mich von

einer Boa constrictor in den Arsch beißen, als ein verfluchtes schwarzes As zu spielen«, sagte er.

»Willst du passen?« fragte Johnny.

»Zum Teufel«, antwortete Doc. »Ich spiele die Karte, die kommt. Mach deinen Einsatz, gelber Jüngling«, sagte er zu Chink.

»Das kostet dich zwanzig Dollar«, entgegnete Chink.

»Das tut dem Geld nicht weh, mein Sohn«, antwortete Doc und setzte.

Johnny setzte fünfzehn Dollar gegen Doc und begann Karten aufzudecken. Die Spieler griffen nach den Karten und machten ihre Einsätze. Keiner sprach. Grabesstille breitete sich aus.

Johnny drehte in dem gespannten, eisigen Schweigen die Karten um.

Eine Karte fiel. Hände griffen nach dem Gewinn.

Doc verlor wieder und sah die gefallenen Karten nach einer noch nicht gespielten durch, aber es war keine freie mehr da.

Johnny schlug die Karten auf, und die Karten fielen. Chinks Karte blieb stehen. Johnny und Chink strichen die Gewinne ein.

»Ich biete dir noch mehr, Spieler«, sagte Johnny zu Chink.

»Her damit«, sagte Chink.

Johnny setzte weitere hundert Dollar gegen ihn. Chink hielt den Einsatz und hatte noch Geld übrig.

Johnny schlug eine neue Karte auf, dann noch eine. Die Adern auf seiner Stirn schwollen, und die Fangarme seiner Narbe begannen sich zu regen. Das Blut wich aus Chinks Gesicht, bis er wie gelbes Wachs aussah.

»Weiter«, sagte Johnny.

»Laß hören«, antwortete Chink. Allmählich verlor er seine Stimme.

Sie steigerten ihre Einsätze um weitere zwanzig Dollar.

Johnny betrachtete das Geld, das Chink übrig hatte. Er zog eine Karte halb aus dem Schlitten, stieß sie dann aber zurück. »Mach weiter, Spieler«, sagte er.

»Gemacht«, flüsterte Chink.

Johnny setzte fünfzig Dollar gegen Chink.

Chink setzte neunundzwanzig dagegen und schob den Rest zurück.

Johnny zog die Karten. Die Karo Sieben blitzte in dem Licht auf und fiel dann mit dem Bild nach unten.

»Tote Männer fallen auf ihr Gesicht«, sagte Bad Eye Lewis.

Blut schoß in Chinks Gesicht, und seine Kaumuskeln schwollen an.

»Das bist du doch, nicht wahr?« sagte Johnny.

»Wie, zum Teufel, weißt du, daß ich das bin, wenn du mir nicht in die Karten siehst?« gab Chink zurück.

»Kann gar nicht anders sein«, sagte Johnny. »Es ist die einzige freie Karte, die übrig ist.«

Das Blut wich wieder aus Chinks Gesicht, und er wurde aschgrau. Johnny langte hinüber und drehte die Karte um, die vor Chink lag. Es war die Pik Sieben.

Johnny strich den Packen Geld ein.

»Du hast mich reingelegt, stimmt's?« beschuldigte Chink ihn. »Du hast mich reingelegt. Du hast die Sieben erkannt, als du die Karte halb aus dem Schlitten gezogen hast.«

»Das darfst du noch einmal sagen, Spieler«, antwortete Johnny, »aber dann mußt du es beweisen.«

Chink schwieg.

»Wer schnell setzt, hält nicht lange durch«, sagte Doc.

Chink stand wortlos auf und verließ den Club.

Johnny begann zu verlieren. Er verlor seinen ganzen Gewinn und siebenhundert Dollar aus der Bank. Schließlich stand er auf und sagte zu Kid Nickels: »Mach du weiter, Kid.«

Er ging in sein Büro zurück, nahm einen .38er Armee-Colt aus dem Panzerschrank, schob ihn links von der Gürtelschnalle in den Hosenbund und zog dann seine grüne Jacke über sein rosafarbenes Crêpehemd. Bevor er den Club verließ, sagte er zu Nubby: »Wenn ich nicht zurückkomme, dann sage Kid, er soll das Geld mit nach Hause nehmen.«

Pony Boy kam nach hinten in die Küche, um nachzusehen,

ob Johnny ihn brauchte. Aber Johnny war schon fort. »Dieser Chink Charly«, sagte er, »steht nur noch zwei Fuß vom Grab entfernt.«

## *16*

Alamena ging zur Tür, als es klingelte.

Chink sagte: »Ich will mit ihr sprechen.«

Sie antwortete: »Du hast völlig den Verstand verloren.«

Die schwarze Cockerspaniel-Hündin stand hinter Alamenas Beinen auf Wache und bellte wie rasend.

»Weshalb bellst du, Spookie?« rief Dulcy mit heiserer Stimme aus der Küche.

Spookie bellte weiter.

»Versuche nicht, mich zu hindern, Alamena. Ich warne dich«, sagte Chink und versuchte sich an ihr vorbeizudrängen. »Ich muß mit ihr sprechen.«

Alamena pflanzte sich entschlossen vor den Eingang und wollte ihn nicht vorbeilassen. »Johnny ist hier, du Dummkopf«, sagte sie.

»Nein, ist er nicht«, antwortete Chink. »Ich hab ihn gerade im Club zurückgelassen.«

Alamenas Augen weiteten sich. »Du warst in Johnnys Club?« fragte sie ungläubig.

»Warum nicht?« antwortete er ungerührt. »Ich hab keine Angst vor Johnny.«

»Mit wem sprichst du da eigentlich, Meeny?« rief Dulcy mit ihrer belegten Stimme.

»Mit niemand«, antwortete Alamena.

»Ich bin's, Chink«, rief er.

»Oh, du bist's«, rief Dulcy. »Dann komm entweder rein, Schatz, oder geh wieder. Du machst Spookie nervös.«

»Zum Teufel mit Spookie«, fluchte Chink, drängte sich an Alamena vorbei und betrat die Küche.

Alamena schloß die Wohnungstür und folgte ihm. »Wenn

Johnny zurückkommt und dich hier findet, bringt er dich todsicher um«, warnte sie.

»Zum Teufel mit Johnny«, fauchte Chink. »Ich habe genug gegen ihn in der Hand, um ihn auf den elektrischen Stuhl zu bringen.«

»Wenn du noch so lange lebst«, sagte Alamena.

Dulcy kicherte. »Meeny hat Angst vor Johnny«, lallte sie mit schwerer Zunge.

Alamena und Chink starrten sie an. Dulcy saß auf einem der schaumgummigepolsterten Küchenstühle und hatte ihre nackten Füße auf die Tischplatte gelegt. Sie trug nur ihren Unterrock und nichts darunter.

»Erwischt«, sagte sie gespielt schüchtern, als sie Chinks Blick bemerkte. »Du bist ein Spanner.«

»Wenn du nicht betrunken wärst, würde ich dir einen Grund zum Kichern geben«, sagte Alamena grimmig.

Dulcy nahm ihre Füße vom Tisch und versuchte manierlich zu sitzen. »Du bist nur wütend, weil ich Johnny bekommen habe«, sagte sie hinterhältig.

Alamenas Gesicht verlor jeden Ausdruck, und sie sah weg.

»Warum gehst du nicht raus und läßt mich mit ihr reden?« fragte Chink. »Es ist wichtig.«

Alamena seufzte. »Ich werde nach vorn gehen und aufpassen, ob Johnnys Wagen kommt.«

Chink zog sich einen Stuhl heran, stellte ihn vor Dulcy und stützte sich mit einem Fuß auf den Sitz. Er wartete, bis er Alamena in das Vorderzimmer eintreten hörte, dann drehte er sich plötzlich um, schloß die Küchentür, kam zurück und nahm wieder seine Positur ein.

»Hör mir zu, Kindchen, und zwar gut«, begann er. Er beugte sich vor und versuchte Dulcys Blick zu fixieren. »Entweder du beschaffst mir diese zehn Riesen, die du Val versprochen hast, oder ich laß dich hochgehen.«

»Bumm!« sagte Dulcy betrunken. Chink zuckte heftig zusammen. Sie kicherte. »Ich denke, du hast keine Angst«, spottete sie.

Chinks Gesicht bekam rote Flecken. »Hör zu, das ist kein Spiel, Mädel«, sagte er drohend.

Sie hob die Hand, als hätte sie seine Anwesenheit vergessen, und begann sich am Kopf zu kratzen. Plötzlich sah sie auf und bemerkte, daß er sie anstarrte. »Ist nur einer von Spookies Flöhen«, sagte sie. Chinks Kaumuskeln begannen zu schwellen, aber sie merkte es nicht. »Spookie«, rief sie, »komm her, mein Liebling, und setz dich auf Mamas Schoß.«

Der Hund kam zu ihr und begann ihre nackten Beine zu lecken, sie hob ihn auf und setzte ihn auf ihren Schoß. »Das ist nur einer deiner schwarzen Flöhchen, nicht wahr, Schätzchen?« sagte sie und beugte sich vor, um sich von dem Hund das Gesicht lecken zu lassen.

Chink schlug die Hündin mit solch unbeherrschter Gewalt von ihrem Schoß herunter, daß sie gegen ein Tischbein flog, jaulend auf dem Boden herumkroch und sich davonmachen wollte.

»Ich will, daß du mir zuhörst«, fauchte Chink vor Wut keuchend.

Dulcys Gesicht verdunkelte sich vor lauter aufwallendem Ärger. Sie versuchte aufzustehen, aber Chink preßte seine Hände auf ihre Schultern und hielt sie auf dem Stuhl fest.

»Schlag du meinen Hund nicht, du Arschloch!« schrie sie ihn an. »Niemand darf meinen Hund schlagen, außer mir. Ich bring dich um, wenn du meinen Hund noch mal schlägst …«

Chink schnitt ihr das Wort ab. »Verdammt noch mal, du sollst mir zuhören.«

Alamena kam hastig in die Küche, und als sie sah, wie Chink Dulcy auf ihrem Stuhl festnagelte, sagte sie: »Laß sie in Ruhe, Nigger. Siehst du denn nicht, daß sie betrunken ist?«

Er ließ sie los, sagte aber wütend: »Ich will, daß sie mir zuhört.«

»Schön, das ist dein Problem«, antwortete Alamena. »Du bist doch Barmixer. Mach sie nüchtern.«

»Willst du, daß man dir noch einmal die Kehle aufschlitzt?« fragte Chink bösartig.

Sie blieb gelassen. »Das wird einem verdammten Nigger wie dir nicht gelingen. Und ich werde hier nicht länger als fünfzehn Minuten aufpassen, also beeil dich mit dem, was du zu sagen hast.«

»Meinetwegen brauchst du überhaupt nicht aufzupassen«, sagte Chink.

»Um dich geht's nicht, Nigger, mach dir da mal keine Sorgen«, antwortete Alamena, als sie die Küche verließ und auf ihren Posten zurückging. »Komm mit, Spookie.« Der Hund folgte ihr.

Chink setzte sich und wischte sich den Schweiß vom Gesicht. »Hör mir zu, Kindchen. So betrunken bist du nicht«, sagte er.

Dulcy kicherte, aber diesmal klang es gezwungen.

»Du bist derjenige, der betrunken ist, wenn du dir einbildest, daß Johnny dir zehn Tausender rausrückt«, erwiderte sie.

»Er ist gar nicht derjenige, der sie mir geben wird«, antwortete Chink. »Du bist es, von der ich sie bekomme. Du beschaffst sie von ihm. Und soll ich dir sagen, warum du das tun wirst, Baby?«

»Nein, du solltest mir aber wenigstens Zeit lassen, ein paar von den Hundert-Dollar-Noten abzupflücken, die du anscheinend an mir wachsen siehst«, antwortete sie und klang zunehmend nüchterner.

»Es gibt zwei Gründe, warum du das tun wirst«, sagte er. »Erstens war es dein Messer, womit er getötet wurde. Genau das Messer, das ich dir zu Weihnachten geschenkt habe. Und erzähl mir ja nicht, daß du es verloren hast, ich weiß es nämlich besser. Du hättest es nicht bei dir gehabt, wenn du nichts damit vorhattest; sonst hättest du nämlich viel zuviel Angst gehabt, daß Johnny es sieht.«

»O nein, mein Süßer, so läuft das nicht«, sagte sie. »Mit dieser Tour kommst du nicht durch. Es war dein Messer. Du vergißt, daß du mir beide gezeigt hast, als du mir erzählt hast, der Mann aus eurem Club, dieser Mr. Burns, hätte sie aus

London mitgebracht und gesagt, eines wäre für dich, das andere für deine Freundin, falls du mit deinem zu leichtsinnig umgehst. Ich habe mein Messer noch, das du mir gegeben hast.«

»Dann zeig's mir.«

»Zeig mir doch deins.«

»Du weißt verdammt gut, daß ich ein so großes Messer nicht mit mir herumschleppe.«

»Seit wann denn nicht?«

»Ich habe es nie bei mir gehabt. Es ist im Club.«

»Na großartig. Meins liegt am Strand.«

»Ich mach keine Witze, Kleines.«

»Wenn du glaubst, daß ich scherze, kannst du es ja mal drauf ankommen lassen. Ich kann mein Messer jederzeit vorzeigen, und wenn du mich weiter deswegen belästigst, kann es passieren, daß ich's hole und dich damit aufschlitze.« In ihrem Ton lag nicht mehr die geringste Spur von Trunkenheit.

Chink sah sie stirnrunzelnd an. »Droh du mir nicht«, sagte er.

»Dann droh du mir auch nicht.«

»Wenn du dein Messer noch hast, warum hast du den Bullen dann nichts von meinem erzählt?« fragte er.

»Damit Johnny es sich greift und dir die Kehle durchschneidet? Und mir vielleicht auch?« entgegnete sie.

»Wenn du so viel Angst hast, warum hast du deines dann nicht weggeschafft?« meinte er. »Falls du wirklich glaubst, daß Johnny es findet und damit auf dich losgeht.«

»Und dir Gelegenheit geben, den Spieß herumzudrehen und zu behaupten, Val wäre mit meinem Messer erstochen worden?« konterte sie. »O nein, mein Schatz. Das laß ich nicht mit mir machen.«

Sein Gesicht begann rot anzulaufen, aber es gelang ihm, sich zusammenzureißen. »Also gut. Nehmen wir mal an, es war nicht dein Messer«, sagte er. »Ich weiß zwar, daß es deins war, aber laß uns einfach sagen, das war es nicht …«

»Unterm Strich«, unterbrach sie ihn, »laß uns sagen: Quatsch.«

»Also gut, nehmen wir an, es war nicht dein Messer«, wiederholte er. »Dann muß Val immer noch was in der Hand gehabt haben, um zehntausend aus Johnny rausquetschen zu können. Das weiß ich ganz bestimmt.«

»Und was ich ganz bestimmt weiß, daß wir beide, du und ich, nicht aus der gleichen Flasche getrunken haben«, antwortete sie. »Wie du dauernd von zehntausend daherredest, mußt du Goldextrakt oder Saft von der US-Münze gesoffen haben.«

»Es ist besser, wenn du auf mich hörst, Baby«, warnte er.

»Glaub ja nicht, daß ich nicht zuhöre«, antwortete sie. »Nur höre ich andauernd Zeug, das keinen Sinn macht.«

»Ich behaupte ja gar nicht, daß es deine Idee war«, sagte er, »aber du wolltest es tun, das steht fest. Und das kann nur eines bedeuten: Du und Val, ihr hattet was gegen Johnny in der Hand, das so viel wert war. Sonst hättet ihr nie den Nerv besessen, es zu versuchen.«

Dulcy lachte verächtlich, aber es klang nicht überzeugend. »Du erinnerst mich an den alten Witz, wo der Mann zu seinem Mädchen sagt: Jetzt wollen wir mal beide oben liegen. Das würde ich auch gern wissen, was ich und Val gegen Johnny in der Hand hatten, das zehn Riesen wert war.«

»Also, Baby, jetzt will ich dir mal was erzählen«, sagte er. »Ich brauche ja gar nicht zu wissen, womit ihr ihn am Haken hattet. Ich weiß, daß es etwas gab, und das reicht. Wenn dann noch die Geschichte mit dem Messer hinzukommt, das du angeblich immer noch hast, aber niemandem zeigst, bedeutet das nur, daß einer von euch wegen Mordes vor Gericht kommt. Ich weiß nicht, wer, und es ist mir auch gleichgültig. Wenn's dir nicht weh tut, brauchst du nicht zu schreien. Ich geb dir eine Chance. Wenn du nicht willst, gehe ich zu Johnny. Und wenn er mir auf die harte Tour kommt, werde ich mich ein bißchen mit diesen beiden Harlemsheriffs unterhalten, Grave Digger und Coffin Ed. Was das heißt, weißt du ja. Johnny ist vielleicht zäh, aber so zäh auch wieder nicht.«

Dulcy stand auf, taumelte zum Küchenschrank hinüber und schüttete zwei Fingerbreit Brandy unverdünnt in sich hinein. Sie versuchte aufrecht zu stehen, merkte aber, wie sie schwankte, und ließ sich auf einen anderen Stuhl sinken.

»Paß gut auf, Chink. Johnny hat so schon genug Ärger am Hals«, sagte sie. »Wenn du ihm jetzt auch nur die leisesten Schwierigkeiten machst, tickt er durch und legt dich um, selbst wenn sie ihn dafür in der Hölle braten.«

Er versuchte eine gelassene Miene aufzusetzen. »Johnny hat Verstand, Baby. Er hat vielleicht eine Silberplatte im Kopf, aber er will auch nicht lieber braten als irgendein anderer.«

»Auf jeden Fall hat Johnny nicht so viel Geld«, sagte sie. »Ihr Nigger in Harlem bildet euch ein, Johnny hat einen ganzen Hinterhof voll mit Geldbäumen. Er ist doch kein Lottomann. Alles, was er hat, ist der kleine Skin-Club.«

»So klein ist der auch wieder nicht«, antwortete Chink. »Und wenn er das Geld nicht hat, soll er sich welches besorgen. So viel Kredit hat er doch noch beim Syndikat. Und wenn ich ihn hochgehen lasse, wird alles, was er hat, weder dir noch ihm was nützen.«

Sie sank in sich zusammen. »In Ordnung. Gib mir zwei Tage Zeit.«

»Wenn du es in zwei Tagen besorgen kannst, kannst du es auch gleich morgen haben«, antwortete er.

»Gut, morgen«, fügte sie sich.

»Gib mir die Hälfte jetzt gleich«, forderte er.

»Du weißt verdammt gut, daß Johnny keine fünftausend hier im Haus hat«, antwortete sie.

Er bedrängte sie. »Was ist denn mit dir? Hast du ihm den Betrag noch nicht geklaut?«

Sie sah ihn mit bedächtiger Verachtung an. »Wenn du nicht ein so gottverdammter Nigger wärest, würd ich dich dafür ins Herz stechen«, sagte sie, »aber das bist du nicht wert.«

»Versuch nicht, mir was vorzumachen«, drängte er weiter.

»Du wirst schon was auf der hohen Kante haben. Du gehörst nicht zu der Sorte, die riskiert, eines Tages mit nacktem Arsch rausgeschmissen zu werden.«

Sie wollte ihm schon widersprechen, überlegte es sich aber. »Ich habe ungefähr siebenhundert Dollar«, gab sie zu.

»Gut, her damit«, sagte er.

Sie stand auf und taumelte auf die Tür zu. Auch er erhob sich, aber sie sagte: »Komm mir ja nicht nach, Nigger.«

Zuerst wollte er ihre Mahnung ignorieren, doch dann änderte er seine Meinung und setzte sich wieder.

Alamena hörte, wie sie die Küche verließ, und kam aus dem Vorderzimmer, aber Dulcy rief ihr zu: »Kümmer dich nicht drum, Meeny.«

Gleich darauf kam sie mit einer Handvoll Banknoten in die Küche zurück. Sie breitete sie auf dem Tisch aus und sagte: »Da, Nigger, das ist alles, was ich habe.«

Chink stand auf, um das Geld einzustecken, aber Dulcy wurde beim Anblick der grünen Flecke auf dem rotweiß karierten Tischtuch plötzlich übel, und ehe er an das Geld herankommen konnte, beugte sie sich vor und kotzte darauf.

Er packte sie bei den Armen, stieß sie auf einen Stuhl zurück und fluchte wie wild vor sich hin. Dann nahm er das beschmutzte Geld zum Ausguß und begann es abzuwaschen.

Plötzlich kam der Hund in die Küche geschossen und begann wie rasend vor der Tür zu bellen, die zum Dienstboteneingang führte. Er hatte gehört, wie ein Schlüssel leise in das Schloß geschoben wurde.

Alamena kam hinter der Hündin in die Küche gerannt. Ihr braunes Gesicht hatte einen teigiggrauen Ton angenommen. »Johnny«, flüsterte sie und preßte einen Finger auf ihre Lippen.

Chinks Gesicht nahm eine seltsame Färbung an, wie das eines Menschen, der lange Zeit an Gelbsucht gelitten hat. Hastig begann er, das halbgesäuberte, triefendnasse Geld in seine Seitentasche zu stecken, doch seine Hände zitterten so heftig, daß er kaum ihre Öffnung fand. Dann sah er sich wild nach allen Seiten um, als ob er aus dem Fenster springen wollte, falls ihn niemand davon abhielt.

Dulcy begann hysterisch zu lachen. »Wer hat keine Angst vor wem?« gurgelte sie.

Alamena warf ihr einen entsetzten, verängstigten Blick zu, packte Chink bei der Hand und zerrte ihn zur Vordertür.

»Sei doch um Gottes willen still«, zischte sie Dulcy zu.

Der Hund bellte wie rasend.

Dann waren plötzlich Stimmen von der Hintertreppe her zu hören.

Grave Digger und Coffin Ed waren in dem Augenblick aus dem Dunkeln aufgetaucht, als Johnny seinen Schlüssel in das Schloß schob und die Tür aufschließen wollte.

Die in der Küche hörten Grave Digger rufen: »Einen Augenblick nur, Johnny. Wir möchten dir und deiner Frau ein paar Fragen stellen.«

»Mit mir braucht ihr nicht so laut zu schreien«, sagte Johnny, »ich bin nicht taub.«

»Hängt mit dem Beruf zusammen«, antwortete Grave Digger. »Polypen sprechen lauter als Spieler.«

»Klar. Und habt ihr einen Haftbefehl?« fragte Johnny.

»Wozu? Wir wollen euch nur ein paar freundschaftliche Fragen stellen«, erwiderte Grave Digger.

»Meine Frau ist betrunken und nicht fähig, auch nur eine Frage zu beantworten, egal ob freundschaftlich oder nicht«, erklärte Johnny. »Und ich hab keine Lust dazu.«

»Wirst du nicht für deine Hose ein bißchen zu dick, Johnny?« fragte Coffin Ed.

»Hört mal«, antwortete Johnny. »Ich will gar nicht die große Nummer spielen oder grob werden, ich bin nur müde. Ein Haufen Leute geht mir auf die Nerven. Ich bezahle meinen Anwalt, damit er für mich vor Gericht spricht. Wenn ihr einen Haftbefehl gegen mich oder Dulcy habt, dann nehmt uns mit. Wenn nicht, laßt uns in Frieden.«

»Schon gut, Johnny«, lenkte Coffin Ed ein, »wir haben alle einen langen Tag hinter uns.«

»Hast du deine Waffe bei dir?« fragte Grave Digger.

»Ja. Wollt ihr meinen Waffenschein sehen?« entgegnete Johnny.

»Nein, wir wissen, daß du einen Waffenschein hast. Ich wollte dir nur raten, einen kühlen Kopf zu bewahren, mein Sohn«, sagte Grave Digger.

»In Ordnung«, sagte Johnny.

Während sie sprachen, hatte Alamena Chink zur Vordertür hinausgedrängt. Chink hatte auf den Fahrstuhlknopf gedrückt und wartete auf die Kabine, als Johnny in die Küche seiner Wohnung trat. Alamena war dabei, das Tischtuch zu waschen. Der Hund bellte, und Dulcy lachte immer noch hysterisch.

»Wer hätte das gedacht, dich hier zu sehen, Daddy«, sagte Dulcy mit undeutlicher, betrunkener Stimme. »Ich hab gemeint, das wäre der Müllmann, der da kommt.«

»Sie ist betrunken«, erklärte Alamena schnell.

»Warum hast du sie nicht ins Bett gebracht?« fragte Johnny.

»Sie wollte nicht ins Bett gehen.«

»Niemand bringt Dulcy ins Bett, wenn sie nicht ins Bett will«, sagte Dulcy trunken.

Der Hund bellte weiter.

»Sie hat auf das Tischtuch gekotzt«, sagte Alamena.

»Geh nach Hause«, sagte Johnny, »und nimm den kläffenden Köter mit.«

»Komm, Spookie«, sagte Alamena.

Johnny hob Dulcy von dem Stuhl auf und trug sie ins Schlafzimmer.

Draußen im Gang trafen Grave Digger und Coffin Ed Chink vor dem Fahrstuhl.

»Du zitterst ja«, bemerkte Grave Digger.

»Schwitzen tut er auch«, fügte Coffin Ed hinzu.

»Mir ist nur kalt, sonst nichts«, sagte Chink.

»Verflucht wahr«, bestätigte Grave Digger. »Auf die Art kann einer für immer kalt werden, wenn er sich mit der Frau eines anderen abgibt, und das noch in dessen eigener Wohnung.«

»Ich habe mich nur um meine eigenen Angelegenheiten gekümmert«, hielt Chink ihm entgegen. »Warum versucht ihr Polypen das nicht auch manchmal?«

»Das ist der Dank dafür, daß wir dir geholfen haben«, meinte Grave Digger. »Wir haben Johnny aufgehalten, damit du dich aus dem Staub machen konntest.«

»Red doch gar nicht mit dem Hurensohn«, sagte Coffin Ed schroff. »Wenn er noch ein Wort sagt, schlag ich ihm die Zähne ein.«

»Nicht bevor er ausgepackt hat«, warnte Grave Digger. »Er wird seine Zähne brauchen, um sich verständlich zu machen.«

Der Fahrstuhl hielt auf der Etage. Die drei stiegen ein.

»Was soll das sein? Eine Verhaftung?« fragte Chink.

Coffin Ed schlug ihn in den Solarplexus. Grave Digger mußte ihn beruhigen. Chink wankte zwischen den beiden Detectives aus dem Haus und hielt sich den Leib, als würde ihm sonst der Magen rausfallen.

## *17*

Chink saß auf dem Hocker in dem grellen Lichtkreis im Singvogelkäfig, wo Detective Sergeant Brody von der Mordkommission ihn an diesem Morgen vernommen hatte. Aber diesmal wurde er von den Harlemer Revierdetectives Grave Digger Jones und Coffin Ed Johnson verhört, und das war nicht das gleiche.

Schweiß strömte über sein wächsernes Gesicht, und sein beigefarbener Sommeranzug war zum Auswringen naß. Er zitterte wieder, und er hatte Angst. Er sah mit kranken, von roten Äderchen durchzogenen Augen auf das nasse Geld, das am einen Ende des Schreibtischs aufgehäuft war.

»Ich habe ein Recht auf meinen Anwalt«, sagte er.

Grave Digger saß vor ihm auf der Schreibtischkante, und Coffin Ed stand im Schatten hinter ihm.

Grave Digger sah auf seine Uhr und sagte: »Es ist fünf

Minuten nach zwei, und wir müssen ein paar Antworten haben.«

»Aber ich habe ein Recht auf meinen Anwalt«, wiederholte Chink in flehendem Ton. »Sergeant Brody hat heute morgen gesagt, ich hätte das Recht darauf, daß mein Anwalt dabei ist, wenn ich verhört werde.«

»Hör zu, mein Junge«, sagte Coffin Ed. »Brody ist von der Mordkommission, und Morde aufklären ist sein Beruf. Er macht das nach der gesetzlich vorgeschriebenen Methode, und wenn noch ein paar Leute umgebracht werden, während er damit beschäftigt ist, dann wäre das verdammt schade für die Opfer. Aber Grave Digger und ich, wir sind nur zwei Provinzbullen aus Harlem, die in dem Dorf hier leben und nicht gern sehen, daß hier einer umgebracht wird. Könnte ja ein Freund von uns sein. Darum wollen wir einem weiteren Mord vorbeugen.«

»Und viel Zeit haben wir nicht«, fügte Grave Digger hinzu.

Chink wischte sich mit einem nassen Taschentuch das Gesicht ab. »Wenn ihr glaubt, daß mich einer ermorden will …«, begann er, aber Coffin Ed schnitt ihm das Wort ab.

»Was mich angeht, ich würde einen Dreck darum geben, ob du umgebracht wirst …«

»Immer mit der Ruhe, Ed«, sagte Grave Digger, und dann zu Chink gewandt: »Wir wollen dir eine Frage stellen, und wir wollen die Wahrheit hören. Hast du Dulcy das Messer gegeben, mit dem Val getötet wurde, wie Reverend Short behauptet?«

Chink quetschte ein Lachen heraus. »Das habe ich euch schon gesagt. Von dem Messer weiß ich nichts.«

»Denn wenn du ihr das Messer gegeben hast«, fuhr Grave Digger ruhig fort, »und Johnny es in die Hand bekommen und Val damit getötet hat, wird er sie auch umbringen, falls wir es nicht verhindern. Das ist sicher. Und wenn wir ihn dann nicht sehr schnell festsetzen, wird er dich vielleicht auch noch umbringen.«

»Ihr Polypen tut so, als ob Johnny ein schwarzer Dillinger

oder Al Capone wäre ...«, sagte Chink, aber seine Zähne klapperten so laut, daß es sich nach einer geheimen Kindersprache anhörte.

Grave Digger fiel ihm ins Wort, immer noch in sanftem, überredendem Tonfall. »Und wir wissen, daß du was gegen Dulcy in der Hand hast. Sonst hätte sie dich nicht in Johnnys Wohnung gelassen und riskiert, geschlagene dreiunddreißig Minuten mit dir zu sprechen. Und wenn es nicht etwas verdammt Ernstes wäre, hätte sie dir nicht siebenhundertdreißig Dollar gegeben, damit du den Mund hältst.« Er schlug mit der fleischigen Kante seiner Faust auf den Stapel durchtränkter Dollarnoten, riß sie zurück und wischte sich die Hand mit seinem Taschentuch ab. »Schmutziges Geld. Wer von euch beiden hat draufgekotzt?«

Chink versuchte seinem Blick trotzig standzuhalten, aber es gelang ihm nicht, und er schlug die Augen nieder, bis sie an Grave Diggers großen Plattfüßen einen Ruhepunkt fanden.

»Es gibt also nur zwei Möglichkeiten«, fuhr Grave Digger fort. »Entweder hast du ihr das Messer gegeben, oder du kamst dahinter, was Val über sie wußte und womit er aus Johnny die zehn Tausender herausquetschen wollte. Und wir glauben nicht, daß du das erst herausgefunden hast, nachdem wir mit dir gesprochen haben, weil wir dich die ganze Zeit beschattet haben, und wir wissen, daß du von deinem Zimmer direkt in Johnnys Club und von dort zu Dulcy gegangen bist. Du mußtest also über das Messer schon vorher Bescheid gewußt haben.« Er schwieg, und die beiden warteten auf Chinks Antwort.

Chink sagte nichts.

Plötzlich trat Coffin Ed ohne Warnung aus dem Dunkeln vor und schlug Chink mit der Handkante in den Nacken. Der Schlag schleuderte Chink vorwärts, betäubte ihn, und Coffin Ed packte ihn unter den Armen, damit er nicht aufs Gesicht fiel.

Grave Digger glitt schnell vom Schreibtisch, legte Handschellen um Chinks Füße und zog die Reifen gerade oberhalb der Knöchel fest an. Dann fesselte Coffin Ed Chinks Hände auf dem Rücken.

Ohne ein weiteres Wort öffneten sie die Tür, hoben Chink vom Hocker und hängten ihn an seinen gefesselten Füßen mit dem Kopf nach unten an die obere Türkante, so daß die Tür seine Beine der Länge nach trennte. Sein Rücken hing flach gegen die Türkante, und der Riegel bohrte sich ihm in den Rücken. Darauf setzte Grave Digger seinen Absatz in Chinks linke Armhöhle, und Coffin Ed tat das gleiche rechts, und langsam drückten sie ihn nach unten.

Chink dachte an die zehntausend Dollar, die Dulcy ihm noch an diesem Tag beschaffen würde, und versuchte durchzuhalten. Er wollte schreien, aber er hatte zu lange gewartet. Alles, was aus seinem Mund kam, war seine Zunge, und die konnte er nicht wieder zurückziehen. Er begann zu würgen, und seine Augen quollen aus den Höhlen.

»Nehmen wir ihn wieder runter«, sagte Grave Digger.

Sie nahmen ihn von der Tür runter und stellten ihn auf die Füße, aber er konnte nicht stehen. Er stürzte vornüber. Grave Digger fing ihn auf, ehe er zu Boden fiel, und setzte ihn wieder auf den Hocker.

»Na dann spuck mal aus«, sagte Coffin Ed. »Und es ist besser für dich, wenn du bei der Wahrheit bleibst.«

Chink schluckte. »Ja, ja«, lallte er mit keuchender Stimme. »Ich hab ihr das Messer gegeben.«

Coffin Eds verätztes Gesicht verzerrte sich vor Wut. Chink duckte sich automatisch, aber Coffin Ed ballte nur seine Fäuste und öffnete sie wieder.

»Wann hast du es ihr gegeben?« fragte Grave Digger.

»Es war genauso, wie der Prediger gesagt hat«, gestand Chink. »Einer der Clubmitglieder, Mr. Burns, brachte es aus London mit und schenkte es mir zu Weihnachten, und ich gab es Dulcy.«

»Wozu?« fragte Coffin Ed.

»Nur so aus Spaß«, antwortete Chink. »Sie hat so viel Angst vor Johnny, daß ich dachte, das sei ein guter Witz.«

»Da hast du verdammt recht«, stimmte Grave Digger säuerlich zu. »Es wäre furchtbar komisch gewesen, wenn du es zwischen deinen eigenen Rippen wiedergefunden hättest.«

»Ich hab nicht damit gerechnet, daß sie Johnny es finden lassen würde«, sagte Chink.

»Woher weißt du, daß er es gefunden hat?« fragte Coffin Ed.

»Wir haben keine Zeit für Rätselraten«, sagte Grave Digger ungeduldig.

Sie nahmen die Handschellen von Chinks Handgelenken und Knöcheln ab und lieferten ihn unter Mordverdacht ein.

Dann versuchten sie, sich mit Mr. Burns in Verbindung zu setzen, von dem er das Messer erhalten haben wollte, um für Chinks Aussage eine Bestätigung zu finden. Aber der Nachtportier im University Club sagte ihnen am Telefon, daß Mr. Burns irgendwo in Europa sei.

Sie gingen zu Johnnys Wohnung zurück, drückten auf die Klingel und hämmerten gegen die Tür. Niemand meldete sich. Sie versuchten es am Dienstboteneingang. Grave Digger lauschte mit dem Ohr an der Füllung.

»Still wie ein Grab«, sagte er.

»Mit dem Hund muß was passiert sein«, meinte Coffin Ed.

Sie sahen sich an.

»Wenn wir ohne Haussuchungsbefehl reingehen, ist das riskant«, sagte Grave Digger. »Wenn Johnny drin ist und sie schon umgebracht hat, müssen wir ihn erschießen. Und wenn er ihr nichts getan hat und die beiden sich drinnen nur still verhalten, dann ist der Teufel los, wenn wir eindringen. Ihm ist zuzutrauen, daß er uns degradieren läßt und wir zum Straßendienst versetzt werden.«

»Mir graut bei dem Gedanken, daß Johnny seine Frau umbringt und wegen einer schmutzigen Ratte wie Chink auf den Stuhl kommt«, sagte Coffin Ed. »Nach allem, was wir wissen, hat Dulcy möglicherweise Val selbst erstochen. Aber wenn Johnny dahinterkommt, daß sie das Messer von Chink hat, ist ihr Leben keinen Pfifferling mehr wert.«

»Chink könnte gelogen haben«, gab Grave Digger zu bedenken.

»Wenn er das getan hat, würde er besser vom Erdboden verschwinden«, sagte Coffin Ed.

»Dann ist es besser, wir gehen vorn rein«, sagte Grave Digger. »Wenn Johnny mit seiner Knarre da drin lauert, haben wir in dem geraden Gang die größere Chance.«

Die Tür war oben und an den Seiten von kräftigen Winkeleisen eingefaßt, die es unmöglich machten, sie aufzubrechen, und zudem durch drei Yale-Schlösser gesichert. Coffin Ed brauchte fünfzehn Minuten und sieben verschiedene Nachschlüssel, ehe er sie aufbekam. Mit gezogenen Pistolen standen sie zu beiden Seiten der Tür, als Grave Digger sie mit dem Fuß aufstieß. Kein Geräusch drang aus der dunklen Höhle des Gangs. Die Tür hatte eine Vorlegekette, die verhinderte, daß sie sich weiter als nur einen Spalt öffnen ließ, aber die Kette war nicht eingehängt.

»Die Kette ist nicht eingehängt«, sagte Grave Digger, »er ist also nicht hier.«

»Sei vorsichtig und riskier nichts«, warnte Coffin Ed.

»Zum Teufel! Johnny ist kein Wahnsinniger«, antwortete Grave Digger und trat in den dunklen Gang. »Wir sind es, Digger und Ed Johnson, falls du hier bist, Johnny«, sagte er ruhig, tastete nach dem Lichtschalter und drehte die Flurbeleuchtung ein.

Ihre Augen fielen sofort auf eine Lasche und Öse, die draußen an die Tür des Schlafzimmers geschraubt waren. Daran hing ein schweres Vorhängeschloß aus Messing. Coffin schloß die Wohnungstür. Sie gingen durch den Flur, preßten die Ohren gegen die Füllung der Schlafzimmertür und lauschten. Der einzige Laut von innen kam von einem Radio, in dem ein Nachtprogramm mit Swingmusik eingestellt war.

»Zumindest ist sie nicht tot«, sagte Grave Digger. »Eine Leiche würde er nicht einschließen.«

»Aber entweder hat er was herausgefunden, oder er ist übergeschnappt«, antwortete Coffin Ed.

»Sehen wir nach, was in der übrigen Wohnung zu finden ist«, schlug Grave Digger vor.

Sie begannen im Wohnzimmer auf der anderen Seite und durchsuchten alle Räume, bis sie wieder zur Küche gelangten. Keiner der Räume war gereinigt oder aufgeräumt worden. Die zersplitterte Glasplatte vom umgestürzten Cocktailtisch lag auf dem Teppich im Wohnzimmer.

»Sieht aus, als ob es hier heiß hergegangen wäre«, bemerkte Coffin Ed.

»Kann sein, daß er sie verprügelt hat«, stimmte Grave Digger zu.

Die beiden Schlafzimmer lagen von der Küche aus auf der anderen Seite des Gangs und waren durch das Badezimmer voneinander getrennt. Von den Schlafzimmern führten Türen in das Bad, die von beiden Seiten verriegelt werden konnten. Die Tür, die in das Zimmer führte, in dem Val gewohnt hatte, war nur angelehnt, aber die Tür zum Schlafzimmer war verriegelt. Grave Digger schob den Riegel zurück, und sie traten ein.

Die Vorhänge waren zugezogen, und abgesehen von dem schwachen Schimmer der Radiolämpchen lag das Zimmer im Dunkeln.

Coffin Ed schaltete das Licht ein.

Dulcy lag auf der Seite, die Knie angezogen, die Hände zwischen ihren Beinen. Sie hatte die Bettdecke von sich gestoßen, ihr nackter, sepiabrauner Körper hatte den stumpfen Schimmer von Metall. Sie atmete ruhig, aber ihr Gesicht glänzte vor Schweiß und Speichel, der aus ihren Mundwinkeln sickerte.

»Schläft wie ein Baby«, bemerkte Grave Digger.

»Ein betrunkenes Baby«, berichtigte Coffin Ed.

»So riecht sie auch«, gab Grave Digger zu.

Auf dem Teppich neben dem Bett stand eine leere Brandyflasche, ein umgeworfenes Glas lag inmitten eines feuchten Flecks.

Coffin Ed ging zu dem Fenster hinüber, das zur Feuertreppe führte, und zog die Vorhänge auseinander. Das schwere Eisengitter vor dem Fenster war mit einem Vorhängeschloß gesichert. Er drehte sich um und kam zum Bett zurück. »Glaubst du, die schlafende Schönheit da weiß, daß sie eingeschlossen wurde?« fragte er.

»Schwer zu sagen«, meinte Grave Digger. »Was hältst du davon?«

»Mir scheint, daß Johnny hinter etwas her ist, nur weiß er nicht, was«, sagte Coffin Ed. »Jetzt ist er unterwegs und versucht, mehr herauszubekommen, und er hat sie hier eingeschlossen, nur für den Fall, daß er das Falsche entdeckt.«

»Glaubst du, daß er über das Messer Bescheid weiß?«

»Wenn, dann ist er hinter Chink her, darauf kannst du dich verlassen«, sagte Coffin Ed.

»Wollen doch mal hören, was sie zu sagen hat«, schlug Grave Digger vor und schüttelte Dulcy an der Schulter.

Sie erwachte und rieb sich benommen das Gesicht.

»Wach auf, Schwesterchen«, sagte Grave Digger.

»Geh weg«, murmelte Dulcy, ohne die Augen zu öffnen. »Ich habe dir alles gegeben, was ich habe.« Plötzlich kicherte sie. »Alles, außer du weißt schon. Das bekommst du nie, Nigger, das ist nur für Johnny da.«

Grave Digger und Coffin Ed sahen einander an.

»Jetzt verstehe ich überhaupt nichts mehr«, gab Grave Digger zu.

»Vielleicht ist es besser, wir nehmen sie mit«, schlug Coffin Ed vor.

»Das könnten wir, aber wenn sich später herausstellt, daß wir uns irren, und Johnny nichts mit ihr vorhat, außer daß er einfach ganz normal eifersüchtig ist …«

»Was nennst du ganz normal eifersüchtig?« unterbrach ihn Coffin Ed. »Soll das normale Eifersucht sein, wenn einer seine Frau einsperrt?«

»Bei Johnny auf jeden Fall«, erwiderte Grave Digger. »Und wenn er zurückkommt und feststellt, daß wir in seine Wohnung eingedrungen sind und seine Frau verhaftet haben …«

»Unter Mordverdacht«, unterbrach Coffin Ed ihn wieder.

»Nicht mal das kann uns vor einer Suspendierung retten. Das ist nicht so, wie wenn wir sie auf der Straße verhaften. Wir sind in ihre Wohnung eingebrochen, und es liegt kein Beweis vor, daß hier ein Verbrechen begangen wurde. Und selbst wenn die Anklage auf Mord lautet, würden wir einen Haftbefehl brauchen.«

»Dann bleibt uns nur übrig, daß wir Johnny aufgreifen, ehe er das findet, wonach er sucht«, folgerte Coffin Ed.

»Ja, und es ist besser, wir beeilen uns, weil die Zeit knapp wird«, sagte Grave Digger.

Sie gingen durch das Badezimmer hinaus, ließen die Tür weit offen und schlossen die Vordertür nur mit dem automatischen Schnappschloß.

Zuerst gingen sie zu der Garage in der 115th Street, wo Johnny seinen Cadillac unterstellte, aber dort hatte er sich nicht blicken lassen. Dann suchten sie seinen Club auf. Er war dunkel und geschlossen.

Als nächstes begannen sie eine Runde durch die Kabaretts, Spielsalons und Nachtlokale. Sie ließen durchblicken, daß sie nach Chink Charly suchten.

Der Barmann in der Small Paradise Inn sagte: »Ich hab Chink den ganzen Abend nicht gesehen. Er muß im Bau sitzen. Habt ihr da schon nach ihm gesucht?«

»Teufel, das ist der letzte Ort, wo Polypen nach jemandem suchen«, sagte Grave Digger.

»Sehen wir nach, ob er schon nach Hause gegangen ist«, schlug Coffin Ed schließlich vor.

Sie gingen zu Johnnys Wohnung zurück und drückten auf die Klingel. Als sie keine Antwort erhielten, drangen sie wieder ein. Es war alles noch so, wie sie es zurückgelassen hatten. Dulcy schlief in der gleichen Stellung. Der Rundfunksender beendete sein Programm.

Coffin Ed sah auf seine Uhr. »Es ist vier«, sagte er. »Bleibt nur noch, sich aufs Ohr zu legen.«

Sie fuhren zu ihrem Revier zurück und setzten ihren Bericht auf. Der Lieutenant vom Nachtdienst schickte nach ihnen und las den Bericht durch, ehe er sie entließ.

»Sollten wir nicht lieber Perrys Frau abholen?« meinte er.

»Nicht ohne Haftbefehl«, antwortete Grave Digger. »Wir konnten keine Bestätigung für Chink Charly Dawsons Aussage über das Messer bekommen. Und wenn er lügt, kann sie uns wegen ungerechtfertigter Festnahme verklagen.«

»Na und, zum Teufel?« fragte der Lieutenant. »Ihr tut so, als sei sie Mrs. Vanderbilt.«

»Mrs. Vanderbilt ist sie vielleicht nicht, aber Johnny Perry hat in diesem Stadtteil was zu sagen«, antwortete Grave Digger. »Und der liegt außerdem nicht im Bereich unseres Reviers.«

»Also gut. Ich veranlasse das Revier in der 152nd Street, ein paar Leute in dem Haus zu postieren, um Johnny zu verhaften, wenn er auftaucht«, sagte der Lieutenant. »Gehen Sie jetzt schlafen. Sie haben es verdient.«

»Schon Nachricht aus Chicago über Valentine Haines?« fragte Grave Digger.

»Nicht die Spur«, sagte der Lieutenant.

Der Himmel war bedeckt, als sie das Revier verließen, und die Luft war heiß und stickig.

»Sieht so aus, als würd's bald wie aus Eimern schütten«, sagte Grave Digger.

»Nur her damit«, antwortete Coffin Ed.

## *18*

Mamie Pullen frühstückte, als das Telefon klingelte. Sie hatte einen gehäuften Teller mit gebratenem Fisch und gekochtem Reis vor sich und stippte warme Brötchen in eine Mixtur aus zerlassener Butter und schwarzem Hirsesirup.

Baby Sis hatte ihr Frühstück schon eine Stunde vorher beendet und füllte Mamies Tasse aus einem Topf mit übriggebliebenem Kaffee, der kochend auf dem Herd gestanden hatte.

»Geh ans Telefon«, befahl Mamie scharf. »Steh nicht nur so rum wie ein Holzklotz.«

»Scheint, ich krieg heut morgen alles nicht richtig zusammen«, sagte Baby Sis, als sie aus der Küche durch das Wohnzimmer und in das Schlafzimmer nach vorn schlurfte.

Als sie zurückkehrte, schlürfte Mamie pechschwarzen Kaffee, der heiß genug war, um Geflügel darin abzubrühen.

»Es ist Johnny«, meldete Baby Sis.

Mamie hielt den Atem an, als sie vom Tisch aufstand. Sie war in einen verblaßten roten Flanellkimono gekleidet und trug ein Paar von Big Joes alten Arbeitsschuhen. Auf dem Kopf hatte sie einen schwarzen Baumwollstrumpf, der in der Mitte geknotet war und ihr über den Rücken hinabhing.

»Was bist du so früh auf?« fragte sie in das Telefon. »Oder bist du noch gar nicht ins Bett gegangen?«

»Ich bin in Chicago«, antwortete Johnny. »Ich bin heute morgen hierhergeflogen.«

Mamies magerer alter Körper begann unter den lockeren Falten des schmutzigroten alten Kimonos heftig zu zittern, und der Telefonhörer schlotterte in ihrer Hand, als ob sie die Schüttellähmung hätte. »Vertrau ihr, mein Sohn«, flehte sie mit wimmernder Stimme. »Vertrau ihr doch. Sie liebt dich.«

»Ich vertraue ihr ja«, sagte Johnny in seiner flachen, tonlosen Stimme. »Aber wieviel Vertrauen erwartest du noch von mir?«

»Dann laß es auf sich beruhen, mein Sohn«, bat sie. »Du hast sie ganz für dich, genügt das nicht?«

»Ich weiß nicht, ob ich sie ganz für mich habe oder nicht«, antwortete er. »Das will ich ja herausbekommen.«

»Kommt nie was Gutes bei raus, immer in der Vergangenheit rumzustochern«, warnte sie.

»Sag du mir, was es ist, dann höre ich auf zu stochern«, sagte er.

»Dir was sagen, mein Sohn?«

»Was immer, zum Teufel, es ist«, sagte er. »Wenn ich es wüßte, wäre ich nicht hier.«

»Was willst du denn wissen?«

»Ich will einfach wissen, was es ist, von dem sie glaubt, daß ich zehntausend bezahle, wenn sie's mir sagt«, antwortete er.

»Du hast alles ganz falsch verstanden, Johnny«, beschwor sie ihn in klagendem Ton. »Das ist nichts als eine Lüge von Doll Baby, mit der sie sich wichtig machen will. Wenn Val noch am Leben wär, würde er dir sagen, daß sie lügt.«

»Ja, aber er lebt nicht mehr«, gab Johnny zurück. »Und ich muß selbst herausfinden, ob sie lügt oder nicht.«

»Aber Val muß dir doch was gesagt haben«, antwortete sie und unterdrückte ein Schluchzen in ihrer mageren alten Brust. »Muß dir was gesagt haben, sonst ...« Sie brach ab und begann zu schlucken, als ob sie die Worte wieder hinunterwürgen wollte, die sie bereits gesagt hatte.

»Sonst was?« fragte er mit seiner tonlosen Stimme.

Sie schluckte weiter, bis sie es schließlich herausbringen konnte: »Na, du mußt doch einen Grund haben, daß du dafür bis nach Chicago fährst, kann doch nicht nur wegen dem sein, was eine verlogene kleine Hure wie Doll Baby sagt.«

»Also gut, was ist mit dir?« entgegnete er. »Du hast nicht gelogen. Aber warum verteidigst du Dulcy dauernd, wenn es nichts zu verteidigen gibt?«

»Ich will einfach nicht noch mehr Unheil sehen, mein Sohn«, klagte sie. »Kein Blutvergießen mehr. Was auch immer gewesen sein soll, jetzt ist es vorbei, und sie lebt nur für dich, das kannst du glauben.«

»Du machst alles nur noch geheimnisvoller«, sagte er.

»Da hat es nie ein Geheimnis gegeben«, beschwor sie ihn. »Jedenfalls nicht bei ihr. Du machst erst eines daraus.«

»In Ordnung, ich mach eines daraus«, sagte er. »Lassen wir das. Warum ich dich anrufe, ich wollte dir sagen, daß ich sie im Schlafzimmer eingeschlossen habe ...«

»Gütiger Gott im Himmel!« rief sie aus. »Und was glaubst du, soll dabei Gutes herauskommen?«

»Hör mir doch zu«, sagte er. »Die Tür ist von außen mit einem Vorhängeschloß verschlossen. Der Schlüssel liegt im

Küchenschrank. Ich möchte, daß du hingehst und sie rausläßt, daß sie Zeit hat, etwas zu essen, und dann wieder einschließt.«

»Barmherziger Gott, Sohn«, sagte sie. »Wie lange, glaubst du, kannst du sie so eingeschlossen halten?«

»Bis ich hinter ein paar dieser Geheimnisse gekommen bin«, antwortete er. »Das müßte ich bis heute abend geschafft haben.«

»Vergiß eins nicht, mein Sohn«, flehte sie. »Sie liebt dich.«

»Ja«, antwortete er und hängte ein.

Mamie zog schnell ihr altmodisches Kleid aus schwarzem Satin und ihre eigenen Männerschuhe an, steckte Schnupftabak hinter ihre Unterlippe und nahm Schnupftabakstäbchen und -dose mit.

Der Himmel war nachtschwarz wie bei einer Sonnenfinsternis, und die Straßenbeleuchtung brannte noch. Nicht ein Staubkorn oder ein Papierfetzen bewegte sich in der stillen, stickigen Luft. Die Menschen gingen schweigend und in Zeitlupe einher wie in einer Stadt voller Geister, und Katzen und Hunde schlichen lautlos von Mülleimer zu Mülleimer, als fürchteten sie, daß ihre Schritte gehört werden könnten. Bevor Mamie ein freies Taxi fand, hatte sie das Gefühl, an den Auspuffgasen ersticken zu müssen, die in drei Metern Höhe über dem Pflaster stillzustehen schienen.

»Es wird Sumpfkröten und Ochsenfrösche regnen«, bemerkte der farbige Chauffeur.

»Selbst das wäre ein Segen«, antwortete sie.

Mamie hatte ihre eigenen Schlüssel zu Johnnys Wohnung, aber sie brauchte einige Zeit, um hereinzukommen, weil Grave Digger und Coffin Ed die Schlösser unverschlossen gelassen hatten, und sie schloß sie zu, in der Annahme, sie zu öffnen.

Als sie endlich in die Wohnung gelangte, mußte sie sich einen Augenblick in der Küche niedersetzen, um ihr Zittern zu überwinden. Dann nahm sie den Schlüssel aus dem Küchenschrank und schloß die Schlafzimmertür zum Gang auf. Sie bemerkte, daß die Tür zum Badezimmer offenstand, aber ihre Gedanken waren so verwirrt, daß sie daraus keine Schlüsse zog.

Dulcy schlief noch.

Mamie bedeckte sie mit einem Leintuch und brachte die leere Brandyflasche und das Glas in die Küche zurück. Sie begann die Wohnung zu putzen, um ihre Gedanken abzulenken.

Es war zehn vor zwölf, und sie schrubbte gerade den Küchenfußboden, als das Unwetter ausbrach. Sie zog die Sonnenblenden herunter, stellte Schrubber und Eimer beiseite, setzte sich mit tiefgebeugtem Kopf an den Tisch und begann zu beten.

»Herr, zeige ihnen den Weg. Zeige ihnen das Licht, laß sie nicht noch einen umbringen.«

Das Donnergrollen hatte Dulcy geweckt, sie kam in die Küche gestolpert und rief mit verängstigter Stimme: »Spookie, komm her, Spookie.«

Mamie sah vom Tisch auf. »Spookie ist nicht hier«, sagte sie.

Dulcy fuhr bei ihrem Anblick erschrocken zusammen. »Oh, du bist's?« rief sie. »Wo ist Johnny?«

»Hat er dir das nicht gesagt?« fragte Mamie.

»Mir was gesagt?«

»Er ist nach Chicago geflogen.«

Dulcys Augen weiteten sich vor Entsetzen, und ihr Gesicht erbleichte zu einem lehmigen Gelb. Sie ließ sich auf einen Stuhl fallen, stand aber im nächsten Augenblick wieder auf, holte eine Flasche Brandy und ein Glas aus dem Schrank und nahm einen kräftigen Schluck, um ihr Zittern abzustellen. Sie zitterte jedoch immer noch. Sie brachte die Flasche und das Glas an den Tisch, setzte sich, goß sich ein halbes Glas voll und begann zu trinken. Dann bemerkte sie Mamies Blick und stellte das Glas auf den Tisch zurück. Ihre Hand bebte dabei so heftig, daß das Glas auf der emaillierten Tischplatte klirrte.

»Zieh dir was an, Kind«, sagte Mamie mitleidig, »du zitterst ja vor Kälte.«

»Mir ist nicht kalt«, beteuerte Dulcy. »Ich fürchte mich nur zu Tode, Tante Mamie.«

»Ich auch, Kind«, sagte Mamie. »Aber zieh dir trotzdem was an. So herumzusitzen ist nicht anständig.«

Ohne zu antworten, stand Dulcy auf, ging ins Schlafzimmer und zog einen Morgenrock aus gelbem Flanell mit dazu passenden Pantoffeln an. Als sie zurückkam, griff sie wieder zu dem Glas und kippte den Brandy hinunter. Sie würgte und setzte sich, schnappte nach Luft.

Mamie nahm eine frische Prise Schnupftabak.

Sie saßen schweigend da, ohne sich anzusehen.

Dann goß sich Dulcy noch einen Drink ein.

»Nicht doch, Kind«, bat Mamie sie. »Trinken hilft keinem.«

»Aber du hast dir eine ganze Ladung Schnupftabak genehmigt«, parierte Dulcy.

»Das ist nicht dasselbe«, antwortete Mamie, »Schnupftabak reinigt das Blut.«

»Alamena muß sie mitgenommen haben«, sagte Dulcy nach langem Schweigen. »Ich meine Spookie.«

»Hat Johnny dir überhaupt nichts gesagt?« fragte Mamie. Ein plötzlicher Donnerschlag ließ sie erschaudern, und sie stöhnte: »Gott im Himmel, die Welt geht unter.«

»Ich weiß nicht, was er gesagt hat«, gestand Dulcy. »Ich weiß nur noch, daß er durch die Hintertür hereingeschlichen kam, und das ist das letzte, woran ich mich erinnern kann.«

»Warst du allein?« fragte Mamie ängstlich.

»Alamena war hier«, antwortete Dulcy. »Sie muß Spookie mit zu sich genommen haben.« Dann verstand sie plötzlich, was Mamie gemeint hatte. »Mein Gott, Tante Mamie, du mußt mich für eine Hure halten!« rief sie.

»Ich versuche nur herauszufinden, warum er so plötzlich nach Chicago geflogen ist«, antwortete Mamie.

»Um mir nachzuspüren«, sagte Dulcy und trank trotzig ihr Glas aus. »Weshalb denn sonst? Immer versucht er, hinter mir her zu schnüffeln. Das ist alles, was er tut, mich kontrollieren.« Ein Donnergrollen ließ die Fensterscheiben erzittern.

»Mein Gott, ich halte dieses Donnern nicht aus!« schrie sie und sprang auf. »Ich muß wieder ins Bett.«

Sie packte die Brandyflasche und das Glas und floh ins Schlafzimmer. Sie hob den Deckel des Radio-Phono-Sets, legte eine Platte auf, warf sich ins Bett und zog sich die Decke bis zu den Augen hoch.

Mamie kam einen Augenblick später nach und setzte sich in den Sessel neben dem Bett.

Die klagende Stimme von Bessie Smith erfüllte das Zimmer und übertönte das Geräusch des Regens, der gegen die Scheiben klatschte:

*When it rain five days an' de skies turned dark as night*
*When it rain five days an' de skies turned dark as night*
*Then trouble taken place in the lowland that night*

»Weißt du denn nicht mal, warum er dich eingeschlossen hat?« fragte Mamie.

Dulcy streckte den Arm aus und drehte den Plattenspieler leiser. »Also, was hast du gesagt?« fragte sie.

»Johnny hat dich in diesem Zimmer eingeschlossen«, sagte Mamie. »Er rief mich aus Chicago an, ich sollte herkommen und dich rauslassen. Daher weiß ich, daß er in Chicago ist.«

»Das ist nichts Besonderes bei ihm«, sagte Dulcy. »Er hat mich schon mal mit einer Kette ans Bett gefesselt.«

Mamie begann still vor sich hin zu schluchzen. »Kind, was ist nur geschehen?« fragte sie. »Was ist gestern nacht hier nur passiert, daß er so davongerast ist?«

»Es ist nicht mehr passiert als sonst auch«, erwiderte Dulcy trotzig. Nach einem Augenblick fügte sie hinzu: »Kennst du das Messer?«

»Messer? Welches Messer?« Mamie sah sie verständnislos an.

»Das Messer, mit dem Val erstochen wurde«, flüsterte Dulcy.

Der Donner rollte, und Mamie zuckte zusammen. Regen prasselte gegen die Fenster.

»Chink Charly gab mir genauso ein Messer«, sagte Dulcy.

Mamie hielt den Atem an, während ihr Dulcy von den zwei Messern erzählte, von denen Chink ihr eins gegeben und das andere für sich selbst behalten hatte. Dann seufzte sie vor Erleichterung so tief auf, daß es klang, als ob sie erneut stöhnte. »Gott sei Dank, dann wissen wir jetzt, daß Chink es war«, sagte sie.

»Das hab ich doch die ganze Zeit gesagt«, erklärte Dulcy, »aber es wollte ja keiner auf mich hören.«

»Aber du kannst es beweisen, Kind«, sagte Mamie. »Du brauchst nur der Polizei dein Messer zu zeigen, dann wissen sie, daß er mit dem von Chink getötet wurde.«

»Aber ich hab meins nicht mehr«, jammerte Dulcy. »Darum habe ich doch solche Angst. Ich hielt es immer in meiner Wäscheschublade versteckt, und dann vor zwei Wochen war es verschwunden. Und ich hatte zuviel Angst, um jemanden danach zu fragen.«

Mamies Haut nahm eine seltsame aschgraue Färbung an, und ihr Gesicht schrumpfte zusammen, bis die Haut straff über ihre Knochen gespannt erschien. Ihre Augen sahen krank und eingefallen aus.

»Es muß doch nicht Johnny gewesen sein, der es genommen hat, oder?« fragte sie mit eindringlich flehender Stimme.

»Nein, er muß es nicht unbedingt gewesen sein«, sagte Dulcy. »Aber es gibt keinen anderen, der es genommen haben könnte, außer Alamena. Ich weiß nicht, warum sie es genommen haben sollte, vielleicht um zu verhindern, daß Johnny es findet. Oder um etwas gegen mich in der Hand zu haben.«

»Du hast 'ne Frau, die zum Saubermachen herkommt«, sagte Mamie.

»Ja, sie könnte es auch genommen haben«, gab Dulcy zu.

»Nach Meeny hört sich das nicht an«, sagte Mamie. »Also muß es die Putzfrau gewesen sein. Sag mir, wie sie heißt, Kind, und wenn sie das Messer genommen hat, nehme ich es ihr wieder ab.«

Sie sahen einander mit furchtsamen, weit aufgerissenen Augen an.

»Wir machen uns nur was vor, Tante Mamie«, sagte Dulcy. »Niemand anders als Johnny hat das Messer genommen.«

Mamie schaute sie an, und Tränen rollten über ihre alten aschgrauen Wangen. »Kind, hatte Johnny denn einen Grund, Val umzubringen?« fragte sie.

»Welchen Grund sollte er denn gehabt haben?« hielt ihr Dulcy entgegen.

»Ich hab nicht nach dem Grund gefragt, warum er es getan haben könnte«, antwortete Mamie, »sondern von welchem Grund er was gewußt haben kann.«

Dulcy rutschte wieder so weit unter ihre Bettdecke, daß nur noch ihre Augen zu sehen waren, aber trotzdem konnte sie Mamie nicht in die Augen schauen. Sie sah zur Seite. »Er wußte keinen einzigen«, sagte sie. »Er hatte Val gern.«

»Sag mir die Wahrheit, Kind«, beharrte Mamie.

»Wenn er das wußte«, flüsterte Dulcy, »hat er's nicht von mir erfahren.«

Die Platte war zu Ende, und Dulcy ließ sie von neuem abspielen.

»Hast du Johnny gebeten, dir zehntausend Dollar zu geben, um Val loszuwerden?« fragte Mamie.

»Lieber Himmel, nein!« fuhr Dulcy auf. »Das lügt sich die Hure doch nur zusammen!«

»Du verbirgst doch nichts vor mir, mein Kind?« fragte Mamie.

»Das könnte ich dich auch fragen«, antwortete Dulcy.

»Wieso das, Kind?«

»Wie kann Johnny was erfahren haben, falls er überhaupt was weiß, wenn du es ihm nicht gesagt hast?«

»Ich hab's ihm nicht gesagt«, erklärte Mamie. »Und ich weiß, daß auch Big Joe es ihm nicht gesagt hat, weil er es gerade erst selbst herausbekommen hatte, und er legte sich hin und starb, ehe er es irgend jemandem erzählen konnte.«

»Einer muß es ihm doch gesagt haben«, sagte Dulcy.

»Dann war es vielleicht Chink«, meinte Mamie.

»Chink war es nicht, weil er es nicht weiß«, sagte Dulcy.

»Chink weiß nur von dem Messer, und er versucht, die zehntausend aus mir herauszupressen. Er droht, wenn ich sie ihm nicht beschaffe, will er Johnny davon erzählen.« Dulcy begann hysterisch zu lachen. »Als ob das noch was ausmachen würde, wenn Johnny das andere schon weiß.«

»Hör auf, so zu lachen!« befahl Mamie scharf, beugte sich vor und ohrfeigte sie. »Johnny wird ihn umbringen«, fügte sie hinzu.

»Ich wünschte, Johnny täte das«, sagte Dulcy bösartig. »Wenn er wirklich nichts von der anderen Geschichte weiß, dann wäre damit alles in Ordnung.«

»Es muß einen anderen Weg geben«, sagte Mamie. »Wenn der Herr uns nur das Licht zeigt. Man kann nicht einfach alles in Ordnung bringen wollen, indem man Menschen umbringt.«

»Wenn er es nur nicht schon weiß«, sagte Dulcy.

Die Platte lief aus, und sie stellte sie von neuem an.

»Um Gottes willen, Kind, kannst du nicht mal was anderes spielen?« flehte Mamie. »Bei dem Lied krieg ich Gänsehaut.«

»Mir gefällt es«, sagte Dulcy. »Es paßt genau zu meiner Stimmung.«

Sie lauschten auf die klagende Stimme und das Donnergrollen, das von draußen dazwischentönte.

Der Nachmittag verging. Dulcy trank weiter, und der Pegel in der Flasche sank tiefer und tiefer. Mamie schnupfte ihre Prisen. Hin und wieder sagte die eine von ihnen etwas, und die andere antwortete lustlos.

Niemand rief an, niemand kam.

Dulcy spielte wieder und wieder und wieder nur die eine Platte, und Bessie Smith sang:

*Backwater blues done cause me to pack mah things an' go*
*Backwater blues done cause me to pack mah things an' go*
*Cause mah house fell down an' I cain' live there no mo'*

»Lieber Himmel, ich wünschte, er käme nach Hause, brächte mich um und fertig, wenn es das ist, was er will!« schluchzte Dulcy auf.

Die Vordertür wurde aufgeschlossen. Johnny kam herein und trat ins Schlafzimmer. Er trug denselben grünen Seidenanzug mit dem rosafarbenen Crêpehemd, den er am Abend vorher im Club angehabt hatte, aber jetzt war er zerknittert und beschmutzt. Seine .38er Automatik beulte seine rechte Jackentasche aus. Seine Hände waren leer. Seine Augen brannten wie glühende Kohlen, aber er sah müde aus, und die Venen hoben sich wie Wurzeln von seinen ergrauten Schläfen ab. Die Narbe auf seiner Stirn war geschwollen, aber ruhig. Er brauchte dringend eine Rasur, die grauen Stoppeln in seinem Bart schimmerten weißlich auf seiner dunklen Haut. Sein Gesicht war ausdruckslos.

Er grunzte, als er die Szene vor sich erblickte, aber er sagte nichts.

Die beiden Frauen beobachteten ihn mit angsterfüllten Augen und bewegten sich nicht, als er das Zimmer durchquerte und den Plattenspieler abstellte, dann die Vorhänge aufzog und das Fenster öffnete. Das Gewitter war vorüber, und die Nachmittagssonne wurde von den Fenstern auf der anderen Seite des Lichtschachts reflektiert.

Schließlich kam er um das Bett herum, küßte Mamie auf die Stirn und sagte: »Danke, Tante Mamie. Du kannst jetzt nach Hause gehen.« Seine Stimme war ausdruckslos.

Mamie regte sich nicht. Ihre alten, bläulich schimmernden Augen blieben von Angst erfüllt, als sie sein Gesicht erforschten, aber es stand nichts darin geschrieben.

»Nein«, sagte sie, »wir wollen jetzt darüber sprechen, solange ich hier bin.«

»Worüber sprechen?« fragte er.

Sie sah ihn nur an.

Dulcy sagte herausfordernd: »Willst du mich nicht küssen?«

Johnny betrachtete sie, als ob er sie unter einem Mikroskop studierte. »Warten wir lieber, bis du nüchtern bist«, sagte er mit seiner tonlosen Stimme.

»Tu ihr nichts, Johnny! Ich flehe dich auf Knien an!« jammerte Mamie.

»Was soll ich ihr tun?« fragte Johnny, ohne seinen Blick von Dulcy abzuwenden.

»Um Gottes willen, sieh mich doch nicht an, als ob ich den Heiland gekreuzigt hätte«, wimmerte Dulcy. »Mach schon, und tu, was du willst, aber hör auf, mich so anzusehen.«

»Ich will nicht, daß du behauptest, ich hätte deine Trunkenheit ausgenutzt«, sagte er. »Warten wir also, bis du wieder nüchtern bist.«

»Sohn, hör mich an …«, begann Mamie, aber Johnny schnitt ihr das Wort ab. »Ich will nur schlafen«, sagte er. »Was meint ihr denn, wie lange ich ohne Schlaf auskommen kann?«

Er nahm die Pistole aus seiner Tasche, legte sie unter sein Kopfkissen und begann sich auszuziehen, bevor Mamie aufgestanden war.

»Stell das in die Küche, wenn du hinausgehst«, sagte er und gab ihr die fast leere Brandyflasche und das Glas.

Kommentarlos brachte Mamie beides hinaus. Er warf seine Kleidung auf den Sessel, den sie freigemacht hatte. Seine schweren braunen Muskeln waren von Narben überzogen. Als er sich ganz ausgezogen hatte, stellte er den Radiowecker auf zehn Uhr, rollte Dulcy auf die Seite und legte sich neben sie ins Bett. Sie versuchte ihn zu streicheln, aber er stieß sie von sich.

»In meiner inneren Jackentasche sind zehntausend Dollar in Hunderter-Noten«, sagte er. »Wenn du die willst, sei einfach nicht mehr hier, wenn ich aufwache.«

Er war eingeschlafen, bevor Mamie das Haus verließ.

## *19*

Als Chink in seine Wohnung zurückkam, klingelte gerade das Telefon. Er war schmutzig, unrasiert, und seinem beigefarbenen Sommeranzug war anzusehen, daß er darin geschlafen hatte. Seine gelbliche Haut sah wie ein fettiger Teig aus, durchzogen von Runzeln, wo Hexen ihn im Schlaf heimgesucht hatten. Unter seinen geschlagenen, stumpfen Augen hingen große, dunkle Halbmonde.

Sein Anwalt hatte ihm das ganze Geld abgenommen, das er von Dulcy erhalten hatte, um ihn gegen Kaution wieder freizubekommen. Er fühlte sich wie ein geprügelter Köter, beschämt, ausgepumpt und erniedrigt. Wieder in Freiheit, war er sich nicht mehr so sicher, ob es für ihn nicht doch besser gewesen wäre, im Gefängnis zu bleiben. Wenn die Bullen Johnny nicht festgenommen hatten, blieb ihm nichts anderes als die Flucht, aber egal, wie schnell er lief, in Harlem gab es keinen Platz, wo er sich verbergen konnte. Jeder würde gegen ihn sein, wenn rauskommen würde, daß er zum Verräter geworden war.

»Ist für dich, Chink«, rief seine Vermieterin ihm zu.

Er ging in das Schlafzimmer, in dem sie das Telefon untergebracht hatte, dessen Wählscheibe mit einem Vorhängeschloß gesichert war.

»Hallo«, sagte er mit böser Stimme und warf seiner Wirtin einen feindseligen Blick zu, weil sie im Zimmer herumlungerte. Sie ging hinaus und schloß die Tür hinter sich.

»Ich bin's, Dulcy«, sagte die Stimme am Telefon.

»Oh!« antwortete er nur, und seine Hände begannen zu zittern.

»Ich hab das Geld«, sagte sie.

»Was?« Er machte ein Gesicht, als ob ihm jemand einen Revolver in den Bauch gerammt und gefragt hätte, ob er wetten wolle, daß die Waffe nicht geladen sei. »Ist Johnny denn nicht verhaftet?« entfuhr es ihm unwillkürlich, bevor er sich zusammenreißen konnte.

»Verhaftet?« Ihre Stimme klang plötzlich argwöhnisch. »Warum sollte er denn verhaftet werden, wenn du nichts von dem Messer gepfiffen hast ...?«

»Du weißt verdammt gut, daß ich nicht gepfiffen habe«, erklärte er hastig. »Glaubst du, ich würde zehn Tausender schießen lassen?« Er überlegte schnell und fügte hinzu: »Ich frage nur, weil ich ihn den ganzen Tag nicht gesehen habe.«

»Er ist nach Chicago, um hinter mir und Val herzuschnüffeln«, antwortete sie.

»Wie hast du denn die zehntausend bekommen?« wollte er wissen.

»Das geht dich nichts an.«

Er vermutete eine Falle, aber bei dem Gedanken an die zehntausend Dollar packte ihn unbeherrschbare Gier. Er mußte sich zusammenreißen. Er hatte das Gefühl, als würde er vor Jubel platzen. Sein ganzes Leben hatte er sich gewünscht, zu den Großen dieser Welt zu gehören, und jetzt hatte er die Chance, wenn er seine Karte richtig ausspielte.

»Na schön«, sagte er, »mir ist egal, wie du sie bekommen hast. Ob du sie gestohlen oder ihm deswegen die Kehle durchgeschnitten hast, Hauptsache, du hast sie.«

»Ich habe sie«, versicherte Dulcy, »aber du mußt mir das Messer bringen, bevor ich sie dir gebe.«

»Wofür hältst du mich?« fragte er. »Bring du mir das Geld her, dann reden wir über das Messer.«

»Nein, du mußt zu mir in die Wohnung kommen und dir das Geld holen. Und das Messer mußt du mitbringen«, entgegnete sie.

»So verrückt bin ich nicht, Süße«, antwortete er. »Nicht daß ich Angst vor Johnny hätte, aber auf ein so verfluchtes Risiko brauche ich mich nicht einzulassen. Du sitzt in der Klemme, nicht ich, und du mußt dafür bezahlen, um da rauszukommen.«

»Hör zu, Schatz, da gibt's gar kein Risiko«, sagte sie. »Er kann vor morgen abend nicht wieder hier sein, weil er morgen den ganzen Tag brauchen wird, um das zu finden, wonach er sucht. Und wenn er zurückkommt, muß ich selbst verschwunden sein.«

»Kapier ich nicht«, antwortete Chink.

»Dann fehlt es dir an Verstand, Schatz«, sagte sie. »Was er herausfinden wird, ist der Grund dafür, warum es Val erwischt hat.«

Plötzlich begann es Chink zu dämmern. »Dann warst du es …«

Sie schnitt ihm das Wort ab. »Was spielt das jetzt schon für eine Rolle? Ich muß hier weg sein, bevor Johnny zurückkommt. Das ist todsicher. Ich will ihm nur ein Souvenir zurücklassen.«

Triumph hellte Chinks Gesicht auf. »Du meinst, daß du mich haben willst? In seiner eigenen Wohnung?«

»In seinem eigenen Bett«, antwortete sie. »Der Scheißkerl hat immer gemeint, daß ich ihn betrüge, als es nicht so war. Jetzt will ich's ihm zeigen.«

Chink stieß ein leises, boshaftes Lachen aus. »Du und ich, Kindchen, wir werden es ihm gemeinsam zeigen.«

»Dann beeil dich«, drängte sie.

»Gib mir eine halbe Stunde«, antwortete er.

Den Anschluß des zweiten Apparats im Schlafzimmer hatte sie vorsichtshalber herausgezogen und sprach vom Apparat in der Küche. Als sie einhängte, sagte sie vor sich hin: »Du hast es so gewollt.«

Dulcy spähte durch das Guckloch und öffnete die Tür, noch ehe er klingelte. Sie trug ihren Morgenmantel und nichts darunter.

»Komm rein, Schatz«, sagte sie. »Die Bude gehört uns.«

»Ich wußte, daß ich dich kriege«, sagte er und griff nach ihr, aber sie entzog sich gewandt seinen Armen und sagte: »Na gut, dann laß mich auch nicht warten.«

Er blickte in die Küche.

»Wenn du Angst hast, durchsuch die Wohnung«, spottete sie.

»Wer hat hier Angst?« meinte er streitlustig.

Das Zimmer, in dem Val gewohnt hatte, lag unmittelbar gegenüber der Küche. Dann kam das Badezimmer, dahinter das Hauptschlafzimmer, das ans Wohnzimmer grenzte.

Sie wollte Chink in Vals Zimmer führen, aber er ging nach vorn und sah ins Wohnzimmer, dann zögerte er vor der Tür zum Schlafzimmer. Dulcy hatte sie mit dem schweren Vorhängeschloß verschlossen, das Johnny angebracht hatte, um sie einzusperren.

»Was ist hier drin?« fragte Chink.

»Das war Vals Zimmer«, antwortete Dulcy.

»Wozu ist es verschlossen?« wollte er wissen.

»Die Polizei hat es verschlossen«, antwortete sie. »Wenn du es aufmachen willst, nur zu, schlag die Tür ein.«

Er lachte und sah dann ins Badezimmer. Das Wasser lief in die Wanne.

»Ich will schnell noch baden«, erklärte sie. »Was dagegen?«

Er lachte weiter in einer Art irrem Jubel vor sich hin. »Du bist eine richtige Hure«, sagte er, packte sie am Arm, schob sie in Vals Schlafzimmer und stieß sie mit dem Rücken quer über das Bett. »Daß du eine Hure bist, war mir schon immer klar, aber ich wußte nicht, wie scharf du bist.« Er begann sie zu küssen.

»Laß mich erst baden«, sagte sie. »Ich stinke.«

Er lachte jubilierend, wie über einen ganz privaten Witz, den nur er kannte.

»Eine richtige, waschechte Hure«, sagte er, als ob er mit sich selbst spräche. Dann setzte er sich plötzlich auf. »Wo ist das Geld?«

»Wo ist das Messer?« konterte sie.

Er zog es aus der Tasche und hielt es in der Hand.

Sie deutete auf einen Umschlag auf dem Toilettentisch.

Er nahm ihn, öffnete ihn mit der Hand, während er in der anderen das Messer festhielt, und schüttelte Hundert-Dollar-Noten über die Bettdecke. Sie zog ihm das Messer aus der Hand und schob es in die Tasche ihres Morgenmantels, ohne daß er es bemerkte. Er wühlte mit seinem Gesicht in dem Geld wie ein Schwein im Futtertrog.

»Steck das Geld ein, und zieh dich aus«, sagte sie.

Er stand auf, lachte wie besessen vor sich hin und begann seine Kleider abzustreifen.

»Ich will es da liegen lassen und es mir ansehen«, sagte er.

Sie setzte sich an den Frisiertisch und massierte ihr Gesicht mit Creme, bis er sich ganz ausgezogen hatte.

Aber statt unter die Decke zu kriechen, legte er sich auf die Überdecke, griff ständig in das druckfrische Geld und ließ die Noten wie fallende Blätter auf seinen nackten Körper flattern.

»Amüsier dich gut«, sagte sie und ging ins Badezimmer. Sie hörte ihn wie verrückt vor sich hin lachen, als sie die Verbindungstür hinter sich schloß.

Schnell durchquerte sie das Badezimmer, öffnete die gegenüberliegende Tür und betrat das andere Schlafzimmer.

Johnny schlief auf dem Rücken, den einen Arm quer über die Bettdecke ausgestreckt, den anderen leicht angewinkelt über seinen Magen gelegt. Er schnarchte leise.

Sie schloß die Badezimmertür hinter sich, schlich durch das Zimmer und stellte den Radiowecker so, daß er sich in fünf Minuten einschaltete. Dann schlüpfte sie schnell in ein Kostüm mit langer Hose, ohne sich mit der Unterwäsche aufzuhalten, zog wieder den Morgenrock über und schlich ins Bad zurück. Das Wasser war die ganze Zeit gelaufen und hatte die Wanne bis zum Überlaufen gefüllt. Sie drehte den Hahn ab, stellte die Dusche an und zog den Stöpsel aus der Wanne.

Dann ging sie schnell in den Flur hinaus, eilte in die Küche, nahm ihre Schulterhandtasche aus Sattelleder aus einem der Fächer im Schrank und verließ die Wohnung durch den Dienstboteneingang.

Als sie die Treppe hinunterlief, weinte sie so sehr, daß sie fast gegen zwei uniformierte weiße Polizisten gestoßen wäre, die gerade heraufkamen. Sie traten beiseite, um sie vorbeizulassen.

## *20*

Das Radio setzte explosionsartig ein.

Irgendeine Big Band mit Blechbläsern drosch eine Rock-'n'-Roll-Nummer herunter.

Johnny fuhr aus dem Schlaf hoch, als ob ihn eine Schlange gebissen hätte, sprang aus dem Bett und griff nach der Pistole unter seinem Kissen.

Dann erst begriff er, daß es nur das Radio war. Er grunzte einfältig und bemerkte, daß Dulcy nicht im Bett lag. Mit seiner freien Hand langte er in die Innentasche seiner Jacke, die Pistole immer noch in der Rechten, und stellte fest, daß die zehntausend Dollar verschwunden waren.

Gedankenverloren klopfte er die Jacke ab, die auf dem Sessel neben dem Bett lag, betrachtete aber unterdessen das leere Bett. Sein Atem ging flach, doch sein Gesicht war ausdruckslos.

»Abgehauen«, sagte er zu sich selbst. »Die Wette hast du verloren.«

Das Radio spielte so laut, daß er nicht hörte, wie die Tür im Badezimmer geöffnet wurde. Aus dem Augenwinkel nahm er lediglich eine Bewegung wahr und drehte sich um.

Chink stand nackt, Augen und Mund weit aufgerissen, unter der Tür. Sie starrten einander an, bis der Augenblick unerträglich wurde.

Plötzlich schwollen die Adern an Johnnys Schläfen an, als ob sie platzen wollten. Die Narbe an seiner Stirn blähte sich auf, und die Tentakel zuckten, als wollten sie sich von seinem Kopf losreißen. Dann flammte ein blendender Blitz in seinem Schädel auf, als würde sein Gehirn in die Luft gesprengt.

Sein Verstand verzeichnete seine nächsten Handlungen nicht.

Er drückte den Abzug seiner .38er Pistole so oft ab, bis er alle Geschosse in Chinks Bauch, Lungen, Herz und Kopf gepumpt hatte. Dann machte er einen Satz und stampfte mit bloßen Füßen auf Chinks blutigem, sterbendem Körper herum, bis zwei von Chinks Zähnen in seiner schwieligen Ferse staken. Danach beugte er sich nieder und zerklopfte mit dem Griff seiner Pistole Chinks Kopf zu einem blutigen Brei.

Aber es war ihm nicht bewußt, daß er es tat.

Das erste, was er bewußt wahrnahm, nachdem er Chink

erblickt hatte, war, daß er von zwei uniformierten weißen Polizisten gewaltsam zurückgerissen wurde, daß Chinks blutige Leiche in der Tür vor ihm lag, halb im Schlafzimmer und halb im Badezimmer, und daß aus der Dusche Wasser in die leere Wanne strömte.

»Lassen Sie mich los, damit ich mich anziehen kann«, sagte er mit seiner monotonen Stimme. »Sie können mich nicht splitternackt ins Gefängnis bringen.«

Die Polizisten ließen ihn los, und er begann sich anzukleiden.

»Wir haben das Revier angerufen. Sie schicken ein Kommando von der Mordkommission her«, sagte einer der Polizisten. »Wollen Sie irgendwas sagen, bevor die Leute hier sind?«

»Wozu?« fragte Johnny und zog sich weiter an.

»Wir hörten die Schüsse, und die Hintertür stand offen, darum kamen wir herein«, sagte einer der Polizisten wie zur Entschuldigung. »Wir dachten, es wäre womöglich sie gewesen, die Sie erschossen haben.«

Johnny erwiderte nichts. Er war angezogen, ehe das Kommando der Mordkommission eintraf.

Sie hielten ihn dort fest, bis Detective Sergeant Brody dazustieß.

»Na ja, den haben Sie erledigt«, sagte Brody.

»Beweise gibt's genug«, antwortete Johnny.

Zum Verhör nahmen sie ihn mit ins Revier in der 116th Street, weil Grave Digger und Coffin Ed mit den Ermittlungen betraut waren und sie zu diesem Revier gehörten.

Wie schon einmal saß Brody hinter dem Schreibtisch im Singvogelkäfig. Grave Digger hockte auf der Kante des Schreibtisches, und Coffin Ed stand im Schatten in der Ecke.

Es war 20 Uhr 37, immer noch hell, aber das spielte keine Rolle, weil der Raum ja keine Fenster hatte.

Johnny saß im Lichtkegel auf dem Hocker in der Mitte des Raumes, das Gesicht Brody zugewandt. In den senkrechten Strahlen des Scheinwerfers bildeten die Narbe auf seiner Stirn und die geschwollenen Adern an seinen Schläfen ein groteskes

Muster, aber sein großer, muskulöser Körper war entspannt und sein Gesicht ausdruckslos. Er sah aus wie ein Mann, dem eine schwere Last von den Schultern genommen war.

»Warum laßt ihr mich nicht einfach erzählen, was ich weiß?« fragte er mit seiner tonlosen Stimme. »Wenn ihr's mir nicht abkauft, könnt ihr mich nachher immer noch ausfragen.«

»Also gut, schießen Sie los«, sagte Brody.

»Wir wollen mit dem Messer anfangen und das erst mal klarkriegen«, sagte Johnny. »Ich fand das Messer in ihrer Schublade an einem Dienstag nachmittag vor etwas mehr als zwei Wochen. Ich dachte einfach, sie hätte es gekauft, um sich vor mir zu schützen. Ich steckte es in die Tasche und nahm es mit in den Club. Dann fing ich an, darüber nachzudenken, und wollte es wieder zurücklegen, aber Big Joe hat das mitgekriegt. Wenn sie so große Angst vor mir hatte, daß sie ein Jagdmesser in ihrer Schublade versteckt halten mußte, wo sie ihre Unterwäsche aufbewahrte, dann sollte sie es von mir aus behalten. Aber ich hielt es nun mal in der Hand, und Big Joe meinte, er hätte auch gern so ein Messer. Da hab ich es ihm gegeben. Das war das letzte Mal, daß ich es gesehen oder auch nur daran gedacht habe, bis Sie es mir hier auf dem Schreibtisch zeigten und sagten, es wäre das Messer, mit dem Val erstochen wurde, und daß der Prediger behauptet hatte, er hätte gesehen, wie Chink es ihr gab.«

»Sie wissen nicht, was Big Joe mit dem Messer gemacht hat?« fragte Brody.

»Nein, er hat nie was darüber gesagt. Alles, was er sagte, war, er hätte Angst, es mit sich herumzutragen, weil er eines Tages wütend werden und jemanden damit aufschlitzen könnte. Mit so einem Messer könnte man einem den Kopf abhacken, wenn man ihm eigentlich nur ein kleines Andenken verpassen wollte.«

»Haben Sie je ein gleiches Messer gesehen?« fragte Brody.

»Genau das gleiche nicht«, antwortete Johnny. »Ich hab Messer gesehen, die so ähnlich waren, aber keins, das genauso aussah.«

Brody nahm das Messer aus der Schreibtischschublade, wie er es schon beim ersten Verhör getan hatte, und schob es über die Platte.

»Ist das hier das Messer?«

Johnny beugte sich vor und nahm es auf. »Ja. Aber wie Val damit erstochen wurde, kann ich nicht sagen.«

»Dies hier ist nicht das Messer, mit dem Val erstochen wurde«, erklärte Brody. »Es wurde erst vor einer halben Stunde in einem Fach Ihres Küchenschranks gefunden.« Dann legte er ein identisches Messer vor Johnny auf die Schreibtischplatte. »Das ist das Messer, das in Vals Leiche steckte.«

Johnny sah von einem Messer zum anderen, ohne ein Wort zu sagen.

»Wie erklären Sie sich das?« fragte Brody.

»Weiß ich nicht«, antwortete Johnny ausdruckslos.

»Könnte Big Joe es irgendwann mal in Ihrer Wohnung zurückgelassen und jemand es in Ihren Küchenschrank gelegt haben?« fragte Brody.

»Wenn er's getan hat, weiß ich nichts davon«, antwortete Johnny.

»Na schön, das ist Ihre Version«, sagte Brody. »Kommen wir zu Val zurück. Wann haben Sie ihn das letzte Mal gesehen?«

»Das war etwa zehn vor vier, als ich aus dem Club herunterkam«, antwortete Johnny. »Ich hatte gewonnen, und die Spieler wollten nicht, daß ich aufhörte. Dadurch verspätete ich mich. Val saß im Wagen und wartete auf mich.«

»War das nicht ungewöhnlich?« warf Brody ein.

Johnny sah ihn an.

»Warum kam er nicht in den Club hinauf?« fragte Brody.

»Da war gar nichts so Besonderes dran. Er saß gern in meinem Wagen und hörte Radio. Er hatte Schlüssel zu dem Wagen, er und Dulcy, aber nur für den Notfall, denn ich habe ihn den Wagen nie fahren lassen. Und er hat sich zur verabredeten Zeit reingesetzt, wahrscheinlich hat es ihm das Gefühl gegeben, eine große Nummer zu sein. Ich weiß nicht, wie lang er da gesessen hat. Ich hab ihn nicht danach gefragt. Er sagte mir, er käme von Reverend Short, mit dem er gesprochen hätte, und er müßte mir was sagen. Aber wir waren spät dran, und ich fürchtete, die Trauerfeier wäre vorbei, ehe wir hinkamen ...«

»Val behauptete, er hätte mit Reverend Short gesprochen?« unterbrach Brody ihn erneut. »Um diese Zeit in der Nacht oder richtiger am frühen Morgen?«

»Ja, aber ich hab mir in dem Augenblick nichts dabei gedacht«, antwortete Johnny. »Ich sagte ihm, er soll damit bis später warten, aber kurz bevor wir zur Seventh Avenue kamen, sagte er, er hätte keine Lust, zur Trauerfeier zu gehen. Er sagte, er wolle von Harlem fort, mit einem Frühzug nach Chicago, und er wüßte nicht, wohin er von da weiter sollte, und daß ich mir lieber anhören sollte, was er zu sagen hätte, weil es wichtig wäre. Ich fuhr bis zur Ecke und hielt an. Dann sagte er mir, daß er bei dem Prediger in der Kirche war – wenn man das eine Kirche nennen kann. Er hat ihn da gegen zwei Uhr in der Nacht getroffen, und sie hatten ein langes Gespräch. Aber ehe er mir mehr erzählen konnte, sah ich auf der anderen Straßenseite einen Burschen an den geparkten Wagen vorbeischleichen, und mir war klar, daß er dem A & P-Manager das Wechselgeld klauen wollte. Ich sagte, warte mal einen Moment, laß uns das Spielchen da drüben beobachten. Da war ein farbiger Polizist, er heißt Harris, der neben dem Manager stand, während der die Ladentür aufschloß, und dann war noch jemand da, der sich aus Big Joes Schlafzimmerfenster beugte und auch alles mit ansah. Der Bursche stahl den Geldsack aus dem Auto und rannte davon, aber der Manager sah ihn noch, und er und der Polizist rannten hinter ihm her ...«

Brody schnitt ihm das Wort ab. »Das wissen wir alles schon. Aber was geschah, nachdem Reverend Short aufstand?«

»Ich wußte nicht, daß es der Prediger war, bis er wieder aus dem Brotkorb kam«, sagte Johnny. »Die komischste Nummer, die man je gesehen hat. Er stand auf und begann sich zu schütteln wie eine Katze, die in einen Misthaufen gefallen ist. Als ich erkannte, wer es war, dachte ich mir gleich, daß er voll war mit seinem Wildkirschenschnaps und Opiumsaft, den er immer trinkt, dann nahm er noch einen Schluck aus der Flasche und ging auf Zehenspitzen ins Haus zurück. Dabei schüttelte er sich wie eine Katze, die nasse Pfoten gekriegt hat. Val lachte auch darüber. Er sagte noch, ein Betrunkener tut sich nie weh. Dann kam mir plötzlich die Idee, wie wir einen prima Gag landen konnten. Ich sagte Val, er solle über die Straße gehen und sich in den Brotkorb legen, in den der Prediger gefallen war. Und ich wollte um die Ecke in Hamfats Bar, um Mamie anzurufen und ihr zu sagen, da läge ein toter Mann auf der Straße, der aus ihrem Fenster gefallen wäre. Hamfats Bar liegt an der Ecke 135th Street und Lennox, und ich hätte nicht länger als fünf Minuten gebraucht, um bei ihr anzurufen. Aber irgendeine Wachtel klebte am Telefon, und ich dachte, bis ich zum Telefonieren käme, hätte schon jemand Val gefunden, und unser Witz wäre geplatzt.«

»Wie kamen Sie zu Hamfats?« unterbrach ihn Brody.

»Ich bin gefahren«, sagte Johnny. »Erst über die Seventh Avenue bis zur 135th Street und dann zur Lennox rüber. Ich wußte nicht, daß Val erstochen worden war, bis Mamie es mir am Telefon sagte.«

»Haben Sie jemanden aus dem Haus kommen sehen, oder war überhaupt jemand auf der Straße, als Sie die Seventh Avenue entlangfuhren?« fragte Brody.

»Keine Menschenseele.«

»Haben Sie Mamie gesagt, wer Sie sind?«

»Nein. Ich versuchte meine Stimme zu verstellen. Ich wußte, daß sie den Scherz sofort durchschauen würde, wenn sie meine Stimme erkannte.«

»Glauben Sie nicht, daß sie Ihre Stimme doch erkannt hat?« fragte Brody beharrlich.

»Glaube ich nicht, aber ich kann es nicht sagen.«

»Na schön. Das ist Ihre Geschichte«, sagte Brody. »Und weshalb fuhren Sie nach Chicago?«

»Ich versuchte herauszufinden, was Val mir erzählen wollte, ehe er erstochen wurde«, gab Johnny zu. »Nachdem Doll Baby am Nachmittag unmittelbar nach dem Begräbnis in meine Wohnung kam und behauptete, daß Val von mir zehntausend Dollar bekommen sollte, um einen Schnapsladen aufzumachen, wollte ich wissen, weshalb ich ihm die zehntausend hätte geben sollen. Er hatte keine Gelegenheit mehr, es mir zu sagen. Darum mußte ich es selbst herausfinden.«

»Haben Sie es herausgefunden?« fragte Brody und beugte sich etwas vor.

Grave Digger neigte sich aus der Hüfte vor, um besser hören zu können, und Coffin Ed trat aus dem Dunkeln.

»Ja«, antwortete Johnny, und sein Gesicht blieb ausdruckslos. »Er war mit Dulcy verheiratet. Ich vermute, er wollte die zehntausend Dollar haben und dann damit verschwinden. Wahrscheinlich wollte er Doll Baby mitnehmen.«

Die drei Detectives blieben aufmerksam, als ob sie auf ein Geräusch lauschten, das ihnen den Augenblick der Gefahr ankündigen würde.

»Hätten Sie ihm das Geld gegeben?« fragte Brody.

»Da hätte er lange drauf warten können«, antwortete Johnny.

»War das seine Idee oder Dulcys?« fragte Brody weiter.

»Ich kann's nicht sagen«, antwortete Johnny, »ich bin nicht der liebe Gott.«

»Hätte sie ihm geholfen, wenn er etwas bei ihr erreicht hätte? Oder versucht hätte, bei ihr was zu erreichen?« forschte Brody weiter.

»Ich kann's nicht sagen«, antwortete Johnny.

Brody hämmerte weiter. »Oder hätte sie ihn getötet?«

»Ich kann's nicht sagen«, erklärte Johnny mit seiner tonlosen Stimme.

»Was suchte Chink Charly in Ihrer Wohnung?« fuhr Brody fort. »Erpreßte er sie wegen des Messers?«

»Ich kann's nicht sagen«, antwortete Johnny.

»Zehntausend Dollar in Hundert-Dollar-Noten lagen auf dem Bett in dem anderen Schlafzimmer verstreut«, erklärte Brody. »Kam er, um die in Empfang zu nehmen?«

»Keine Ahnung, warum er kam«, antwortete Johnny. »Was er kriegte, wissen Sie.«

»Das war Ihr Geld«, bohrte Brody.

»Nein, es gehörte ihr«, sagte Johnny. »Ich holte es für sie, als ich aus Chicago zurückkam. Wenn zehntausend Dollar alles war, was sie von mir haben wollte, konnte sie die haben. Sie brauchte sie nur zu nehmen und zu verschwinden. Es war für mich leichter, Schulden zu machen, um ihr zehntausend Dollar zu geben, als sie umbringen zu müssen.«

»Haben Sie eine Ahnung, wo sie hingegangen sein kann?« fragte Brody.

»Ich kann's nicht sagen«, antwortete Johnny. »Sie hat ihren eigenen Wagen, ein Chevy-Cabrio, ich hab's ihr zu Weihnachten geschenkt. Sie kann überall hin sein.«

»Na schön, Johnny, das ist im Augenblick alles«, sagte Brody. »Wir werden Sie wegen Totschlags und unter Mordverdacht festnehmen. Sie können jetzt mit Ihrem Anwalt telefonieren. Vielleicht bekommt er Sie gegen Kaution auf freien Fuß.«

»Wozu?« sagte Johnny. »Ich will nur schlafen.«

»Zu Hause können Sie besser schlafen«, antwortete Brody. »Oder gehen Sie in ein Hotel.«

»Ich kann im Gefängnis auch sehr gut schlafen«, sagte Johnny. »Ist ja nicht das erste Mal.«

Als die Wärter Johnny hinausgeführt hatten, sagte Brody: »Sieht so aus, als ob sie unser kleiner Liebling wäre. Sie brachte ihren gesetzlichen Ehemann um, damit der sie nicht um ihre kleine Goldgrube brachte. Dann mußte sie eine Falle stellen, um ihren ungesetzlichen Ehemann dazu zu bringen, Chink Charly umzulegen. Auf diese Weise versuchte sie, sich vor dem elektrischen Stuhl zu retten.«

»Und was ist mit dem Messer?« fragte Coffin Ed.

»Entweder hatte sie beide Messer, oder sie bekam das

zweite von Chink und ließ es zurück, als sie die Wohnung verließ«, sagte Brody.

»Aber warum ließ sie es an einer Stelle, wo es bestimmt gefunden werden mußte?« fragte Coffin Ed hartnäckig. »Wenn sie tatsächlich das zweite Messer hatte, warum hat sie es nicht beiseite geschafft? Dann wäre der Mord an Val auch an Johnny hängengeblieben. Er hätte dann beweisen müssen, daß er das Messer Big Joe gegeben hat, und Big Joe ist tot. Die Indizien gegen Johnny wären unwiderlegbar, wenn dieses zweite Messer nicht da wäre.«

»Vielleicht hatte Johnny auch das zweite Messer und legte es selbst dahin«, sagte Grave Digger. »Er ist der gerissenste von allen.«

»Wir hätten das tun sollen, was ich gesagt habe: sie gestern nacht gleich festnehmen«, meinte Coffin Ed.

»Hören wir auf, daran herumzurätseln, und gehen wir sie jetzt holen«, sagte Grave Digger.

»Richtig«, sagte Brody. »In der Zwischenzeit werde ich sämtliche Berichte durchgehen.«

»Riskieren Sie nicht unnötig, sich mit all den gemeinen Worten abzugeben«, riet Coffin Ed ihm mit ausdruckslosem Gesicht.

»Ja«, ergänzte Grave Digger ebenso feierlich, »seien Sie vorsichtig, daß keins von ihnen Sie von hinten anschleicht und in den Rücken sticht, wenn Sie gerade mal nicht aufpassen.«

»Verdammt noch mal!« knurrte Brody und lief rot an. »Ihr beiden Kerle zieht los und macht Jagd auf das heißeste Stück in Harlem. Ich beneide euch drum.«

## *21*

Sie fanden Mamie beim Bügeln der Wäsche, die Baby Sis an diesem Morgen gewaschen hatte. Die Küche stand voller Dampf von einem Paar Bügeleisen, die Mamie auf dem elektrischen Herd erhitzte. Sie sagten ihr, Dulcy habe ihre Wohnung verlassen und Johnny habe Chink umgebracht und sei jetzt im Gefängnis.

Mamie setzte sich und begann zu stöhnen. »Mein Gott, ich wußte, daß noch jemand umgebracht wird«, jammerte sie.

»Wo kann sie hingegangen sein, nachdem Chink und Val tot sind und Johnny eingesperrt ist?« fragte Grave Digger.

»Das weiß nur Gott«, antwortete sie mit klagender Stimme. »Vielleicht ist sie zum Reverend gegangen.«

»Reverend Short!« rief Grave Digger überrascht. »Warum sollte sie zu dem gehen?«

Mamie sah erstaunt zu ihm auf. »Warum? Weil sie in großen Schwierigkeiten steckt, und er ist ein Diener Gottes. Dulcy ist im Innern ihres Herzens religiös. Vielleicht hat sie in ihrem Elend Hilfe bei Gott gesucht.«

Baby Sis kicherte. Mamie warf ihr einen drohenden Blick zu. »Er ist ein Diener Gottes«, sagte sie. »Er trinkt einfach nur zuviel von diesem Gift, und das macht ihn manchmal ein bißchen verrückt.«

»Wenn sie dort ist, können wir nur hoffen, daß er nicht zu verrückt ist«, meinte Coffin Ed.

Fünf Minuten später schlichen sie auf Zehenspitzen durch die halbdunkle Kirche mit der Ladenfassade. In der Tür zu Reverend Shorts Zimmer im Hintergrund war das Loch von dem Flintenschuß mit einem Stück Pappe abgedeckt worden. Es hielt das Licht von innen ab, aber die krächzenden Töne von Reverend Shorts Stimme waren deutlich zu hören. Sie schlichen weiter und neigten sich zur Tür, um zu lauschen.

»Aber um Himmels willen, warum mußten Sie ihn denn umbringen?« hörten sie eine von Entsetzen verzerrte weibliche Stimme ausrufen.

»Du bist eine Hure«, hörten sie Reverend Short als Antwort krächzen. »Ich muß deine Seele vor der Hölle retten. Du bist mein. Ich habe deinen Gatten erschlagen. Jetzt muß ich dich Gott übergeben.«

»Total übergeschnappt«, sagte Grave Digger laut.

Aus dem Zimmer war ein überraschtes Hin- und Herlaufen

zu hören. »Wer ist da?« krächzte Reverend Short mit einer Stimme, so dünn und trocken wie das Warnsignal einer Klapperschlange.

»Der Arm des Gesetzes«, sagte Grave Digger und drückte sich flach an die Wand neben der Tür. »Die Detectives Jones und Johnson. Kommen Sie mit erhobenen Händen heraus!«

Ehe er zu Ende gesprochen hatte, sprintete Coffin Ed den Gang zwischen den Bänken entlang und um das Haus herum, um an die hinteren Fenster zu kommen.

»Ihr könnt sie nicht haben«, krächzte Reverend Short. »Jetzt gehört sie dem Herrn.«

»Wir wollen nicht Dulcy, wir wollen Sie«, erklärte Grave Digger.

»Ich bin ein Werkzeug des Herrn«, antwortete Reverend Short.

»Das bezweifle ich nicht«, sagte Grave Digger und versuchte ihn abzulenken, bis Coffin Ed die Hinterfenster erreicht hatte. »Wir wollen nur zusehen, daß Sie wieder sicher und gesund in der Werkzeugtasche des Herrn landen.«

Ein Gewehr ging innen los, ohne daß vorher ein Hahn warnend knackte, und riß ein Loch mitten durch die Tür.

»Daneben«, rief Grave Digger. »Versuchen Sie den anderen Lauf.«

Von innen war das Geräusch von Bewegungen zu hören, und Dulcy schrie auf. Gleich darauf folgte das Knallen von zwei Schüssen aus einer .38er Pistole vom Hinterhof. Grave Digger wirbelte auf den Ballen seiner großen Plattfüße herum, traf die Tür mit seiner linken Schulter und schoß mit seiner langläufigen, vernickelten .38er, die er entsichert und schußbereit in der rechten Hand hatte, in das Zimmer. Reverend Short lag mit dem Gesicht nach unten über dem Sitz eines hölzernen Stuhls, der neben dem Bett stand. Er versuchte die Jagdflinte wieder zu fassen, die halb unter dem Tisch auf dem Boden lag. Er griff mit der linken Hand danach. Sein rechter Arm baumelte unnütz an seiner Seite.

Grave Digger beugte sich vor und schlug ihm mit dem

Revolverlauf über den Hinterkopf, gerade fest genug, um ihn bewußtlos zu machen und ohne ihn zu verletzen. Dann drehte er sich zu Dulcy um, noch ehe Reverend Short vom Stuhl gerollt und auf den Boden gefallen war.

Sie lag mit gespreizten Armen und Beinen auf dem Bett, Hände und Füße mit einer Wäscheleine an die Bettpfosten gefesselt. Ihr Oberkörper und ihre Füße waren nackt, aber sie trug noch die leuchtendrote Hose ihres Anzugs. Der Hirschhorngriff eines Messers ragte senkrecht aus dem Tal zwischen ihren Brüsten auf. Sie sah Grave Digger aus riesigen, schreckgeweiteten schwarzen Augen an.

»Bin ich schwer verletzt?« fragte sie flüsternd.

»Ich bezweifle es«, sagte Grave Digger, betrachtete sie genauer und fügte dann hinzu: »Sie sind zu hübsch, um schwer verletzt zu werden. Nur häßliche Frauen werden schwer verletzt.«

Coffin Ed riß das Maschendrahtgitter vom Hoffenster ab. Grave Digger schritt durch das Zimmer, öffnete das Fenster und half ihm. Coffin Ed kletterte herein.

Grave Digger sagte: »Dann laß uns diese beiden Hübschen mal ins Krankenhaus schaffen.«

Reverend Short wurde in die psychiatrische Abteilung des Bellevue Hospitals, Ecke First Avenue und 29th Street, eingeliefert. Er bekam eine Paraldehyd-Spritze und war fügsam und vernünftig, als die Detectives zu ihm kamen, um den Fall abzuschließen. Er saß aufgestützt im Bett, den rechten Arm in einer Schlinge.

Detective Sergeant Brody von der Mordkommission war mit Grave Digger und Coffin Ed ins Stadtzentrum gefahren, und Brody saß neben dem Bett und leitete die Vernehmung. Der Polizeistenograph saß neben ihm.

Coffin Ed saß auf der anderen Seite des Bettes und starrte auf die Fieberkurve am Fußende. Grave Digger hockte auf der Fensterbank und beobachtete die Schlepper, die den East River hinauf und hinunter dampften.

»Nur ein paar kleine Fragen, Reverend«, sagte Brody fröhlich. »Zunächst: Warum haben Sie ihn getötet?«

»Gott wies mich an, es zu tun«, antwortete Reverend Short mit ruhiger, gefaßter Stimme.

Brody sah Coffin Ed an, aber der bemerkte den fragenden Blick nicht.

Grave Digger starrte weiter auf den Fluß hinaus.

»Schildern Sie uns das näher«, forderte Brody.

»Big Joe Pullen fand heraus, daß Val ihr Ehemann war und die beiden in Sünde lebten, wo Dulcy doch angeblich mit Johnny Perry verheiratet war«, begann Reverend Short.

»Wann hat er das herausbekommen?« fragte Brody.

»Auf seiner letzten Reise«, antwortete Reverend Short ruhig. »Er wollte mit Val sprechen und ihm sagen, er solle seine Dinge ins reine bringen, nach Chicago gehen, in aller Stille seine Scheidung regeln und dann verschwinden. Aber bevor Joe Pullen die Möglichkeit hatte, mit Val zu sprechen, starb er. Als ich zu Mamie kam, um ihr bei der Vorbereitung des Begräbnisses zu helfen, sagte sie mir, was Big Joe herausgefunden hatte, und bat mich um meinen geistlichen Rat. Ich sagte ihr, sie solle es mir überlassen, ich würde schon alles in Ordnung bringen, denn ich war ihr und Big Joes geistlicher Berater, und auch Johnny und Dulcy Perry waren Mitglieder meiner Gemeinde, wenn sie auch nie den Gottesdienst besuchten. Ich rief Val an und sagte ihm, ich wolle ihn sprechen, aber er meinte, er hätte keine Zeit, mit Predigern zu reden. Darum mußte ich ihm sagen, worüber ich mit ihm sprechen wollte. Daraufhin versprach er, er würde in der Nacht der Trauerfeier zu mir in die Kirche kommen. Wir verabredeten uns für zwei Uhr. Ich glaube, er war darauf vorbereitet, mich gewaltsam zum Schweigen zu bringen, aber darauf war ich gefaßt und hielt ihn mir vom Leib. Ich setzte ihm eine Frist von vierundzwanzig Stunden, um aus der Stadt zu verschwinden und sie in Ruhe zu lassen, oder ich würde Johnny alles offenbaren. Darauf erklärte er, er wolle fort. Ich war überzeugt, daß er mir die Wahrheit sagte, darum ging ich zu der Trauerfeier zurück, um Mamie in ihren letzten Stunden mit Big Joes sterblichen Überresten zu trösten. Während ich dort war, geschah es, daß Gott mir die Anweisung gab, ihn niederzustrecken.«

»Wie kam es dazu, Reverend?« fragte Brody freundlich.

Reverend Short nahm seine Brille ab, legte sie zur Seite und strich sich mit der Hand über sein dünnes, knochiges Gesicht. Dann setzte er die Brille wieder auf.

»Es ist mir gegeben, Anweisungen von Gott zu empfangen, und ich frage nicht weiter danach«, sagte er. »Als ich in dem Zimmer stand, wo Big Joes sterbliche Überreste in dem Sarg lagen, spürte ich einen überwältigenden Drang, in das vordere Schlafzimmer zu gehen. Ich wußte sofort, daß Gott mich auf eine Mission schickte. Ich gehorchte ohne Vorbehalt. Ich ging in das Schlafzimmer und schloß die Tür. Dann fühlte ich den Drang, zwischen Big Joes Sachen zu suchen ...«

Coffin Ed drehte langsam den Kopf, um den Prediger anzusehen. Grave Digger wandte seinen Blick vom East River ab und starrte ihn auch an. Der Polizeistenograph hob schnell die Augen und senkte sie dann wieder.

»Als ich seine Sachen durchsuchte, fand ich das Messer. Es lag zwischen seiner Haarbürste, seinem Rasierapparat und anderem Zeug in der Schublade des Frisiertischs. Gott befahl mir, es an mich zu nehmen. Darum nahm ich es. Ich steckte es in meine Tasche. Dann befahl Gott mir, ans Fenster zu gehen und hinauszusehen. Ich ging zu dem Fenster und sah hinaus. Dann ließ Gott mich hinausstürzen ...«

»Wenn ich mich richtig erinnere, sagten Sie früher, daß Chink Charly Sie hinausgestoßen hat«, unterbrach Brody ihn.

»Das habe ich zu dem Zeitpunkt auch gemeint«, antwortete Reverend Short mit seiner ruhigen Stimme. »Aber inzwischen habe ich erkannt, daß es Gott war, der mich stieß. Ich hatte den Drang zu fallen, doch ich stemmte mich zurück, und Gott mußte mir einen kleinen Stoß geben. Dann stellte Gott den Brotkorb auf den Gehsteig, um meinen Sturz aufzufangen.«

»Früher haben Sie gesagt, es sei der Leib des Heilands gewesen«, erinnerte Brody.

»Ja«, gab Reverend Short zu. »Aber seitdem habe ich mich mit Gott besprochen, und jetzt weiß ich, daß es Brot war. Als ich aus dem Brotkorb stieg und mich unverletzt fand, wußte ich sofort, daß Gott mich in diese Lage gebracht hatte, damit ich eine Mission erfüllte. Aber ich wußte nicht, welche. So stand ich versteckt unten im Hauseingang und wartete darauf, daß Gott mich anwies, was ich tun sollte ...«

»Sind Sie sicher, daß Sie nicht nur mal pinkeln mußten«, warf Coffin Ed ein.

»Ja, das mußte ich auch«, gab Reverend Short zu. »Ich habe eine schwache Blase.«

»Kein Wunder«, meinte Grave Digger.

»Laßt ihn weitererzählen«, sagte Brody.

»Während ich auf Gottes Anweisungen wartete, sah ich Valentine Haines über die Straße kommen«, fuhr Reverend Short fort. »Ich wußte sofort, daß Gott wollte, ich sollte etwas mit ihm tun. Ich war unsichtbar und beobachtete ihn aus dem Schutz der Dunkelheit heraus. Dann sah ich, wie er zu dem Brotkorb ging und sich hineinlegte, als ob er schlafen wollte. Er lag genauso da wie in einem Sarg, und es war, als ob er auf das Begräbnis wartete. Da wußte ich, was Gott von mir wollte. Ich öffnete das Messer, hielt es in meinem Ärmel und trat hinaus. Val sah mich sofort und sagte: ›Ich dachte, Sie sind wieder zu der Trauerfeier hinaufgegangen, Reverend.‹ Ich sagte: ›Nein, ich habe auf dich gewartet.‹ Er sagte: ›Warum auf mich gewartet?‹ Ich sagte: ›Darauf gewartet, dich im Namen des Herrn zu töten.‹ Dann beugte ich mich zu ihm nieder und stach ihm ins Herz.«

Sergeant Brody tauschte Blicke mit den beiden farbigen Detectives aus. »Nun, das klärt alles«, sagte er. Er wandte sich wieder an Reverend Short und bemerkte zynisch: »Ich vermute, Sie werden auf Unzurechnungsfähigkeit plädieren?«

»Ich bin nicht unzurechnungsfähig«, entgegnete Reverend Short ruhig, »ich bin heilig.«

»Klar«, sagte Brody. Er wandte sich an den Stenographen. »Tippen Sie so schnell wie möglich eine Kopie der Aussage, damit er sie unterschreiben kann.«

»Wird gemacht«, sagte der Stenograph, klappte seinen Notizblock zu und eilte hinaus.

Brody klingelte nach dem Pfleger und ging mit Grave Digger und Coffin Ed hinaus. Draußen wandte er sich an Grave Digger: »Sie hatten ganz recht, als Sie sagten, daß die Leute in Harlem Dinge aus Gründen tun, auf die kein anderer in der Welt kommen würde.«

Grave Digger brummte nur.

»Glauben Sie, daß er wirklich verrückt ist?« hakte Brody nach.

»Wer weiß?« antwortete Grave Digger.

»Hängt davon ab, was Sie unter verrückt verstehen«, meinte Coffin Ed.

»Er war einfach sexuell unbefriedigt und auf eine verheiratete Frau scharf«, sagte Grave Digger. »Wenn sich Sex und Religion miteinander mischen, kann das jeden verrückt machen.«

»Falls er bei seiner Aussage bleibt, kommt er damit durch«, sagte Brody.

»Ja«, bestätigte Coffin Ed erbittert. »Und wenn die Karten nur ein bißchen anders gefallen wären, wäre Johnny Perry verheizt worden.«

Dulcy war in ein Hospital in Harlem gebracht worden. Ihre Verletzung war oberflächlich. Der Messerstich war an ihrem Brustbein abgeprallt.

Aber man behielt sie im Krankenhaus, weil sie für ihr Zimmer dort bezahlen konnte.

Sie rief Mamie an, und Mamie kam sofort zu ihr. Sie weinte sich an Mamies Schulter das Herz aus, während sie ihr die Geschichte erzählte.

»Aber warum hast du Val nicht einfach fortgejagt, Kind?« fragte Mamie. »Warum hast du ihn denn nicht weggeschickt?«

»Ich habe nicht mit ihm geschlafen«, sagte Dulcy.

»Das spielt doch keine Rolle. Er war immer noch dein Mann, und ihr habt ihn bei euch in der Wohnung aufgenommen.«

»Er tat mir leid, das ist alles«, erklärte Dulcy. »Er war zu nichts zu gebrauchen, aber er tat mir trotzdem leid.«

»Also in Gottes Namen, Kind«, sagte Mamie. »Aber trotzdem, warum hast du der Polizei nichts davon gesagt, daß Chink noch so ein Messer hatte, statt Johnny dazu zu bringen, ihn umzulegen?«

»Ich weiß, ich hätte es tun sollen«, gestand Dulcy. »Aber ich wußte mir einfach nicht zu helfen.«

»Warum bist du dann nicht zu Johnny gegangen, Kind, und hast ihm dein Herz ausgeschüttet und gefragt, was du tun sollst?« fragte Mamie. »Er war dein Mann, Kind. Er war derjenige, an den du dich wenden konntest.«

»An Johnny?« antwortete Dulcy und lachte mit hysterischem Unterton. »Stell dir vor, ich wäre mit der Geschichte zu Johnny gegangen! Ich dachte doch, er selbst hätte es getan.«

»Er hätte dir bestimmt zugehört«, sagte Mamie. »So gut solltest du Johnny inzwischen kennen, Kind.«

»Das war es nicht, Tante Mamie«, schluchzte Dulcy. »Ich weiß, er hätte mir zugehört. Aber dann hätte er mich gehaßt.«

»Nun, nun, weine nicht«, sagte Mamie und strich ihr über das Haar. »Jetzt ist alles vorbei.«

»Das meine ich ja«, sagte Dulcy, »es ist alles vorbei.« Sie begrub ihr Gesicht in den Händen und weinte herzerweichend. »Ich liebe den häßlichen Bastard doch so«, schluchzte sie, »aber ich kann es ihm nicht beweisen.«

Es war ein heißer Morgen. Die Kinder aus der Nachbarschaft spielten auf der Straße.

Rechtsanwalt Ben Williams hatte Johnny gegen Kaution freibekommen. Die Leute von der Garage hatten einen Mann mit seinem Cadillac zum Gefängnis geschickt. Johnny kam heraus, setzte sich hinter das Steuer, und der Mann von der Garage setzte sich nach hinten. Der Rechtsanwalt nahm neben Johnny Platz.

»Wir werden durchsetzen können, daß gar keine Anklage wegen Totschlags gegen dich erhoben wird«, versprach der Anwalt. »Du brauchst dir keine Sorgen zu machen.«

Johnny drückte auf den Starter, legte den Gang ein, und der große Wagen rollte langsam an.

»Darum mache ich mir auch keine Sorgen«, antwortete er.

»Worum denn?« fragte der Anwalt.

»Davon verstehst du doch nichts«, sagte Johnny.

Magere schwarze Kinder in ihrer Sommerkleidung liefen hinter dem großen, glänzenden Cadillac her und berührten ihn voller Liebe und Bewunderung.

»Heckflossen Johnny Perry«, riefen sie hinter ihm her. »Vier Asse Johnny Perry.«

In einer Art Gruß hob er die linke Hand.

»Versuch's doch mal«, sagte der Anwalt. »Schließlich soll ich für dich denken.«

»Wie kann ein eifersüchtiger Mann gewinnen?« fragte Johnny.

»Indem er auf sein Glück vertraut«, antwortete der Anwalt. »Du bist schließlich der Spieler. Du solltest das wissen.«

»Also gut, Freund«, sagte Johnny, »hoffentlich hast du recht.«